AF314992

COLONEL BARATIER

AU CONGO

SOUVENIRS

de la

MISSION MARCHAND

OUVRAGE INÉDIT

PARIS

MODERN-BIBLIOTHÈQUE

ARTHÈME FAYARD et Cⁱᵉ, ÉDITEURS

18-20, RUE DU SAINT-GOTHARD, 18-20

AU CONGO

Souvenirs de la Mission Marchand

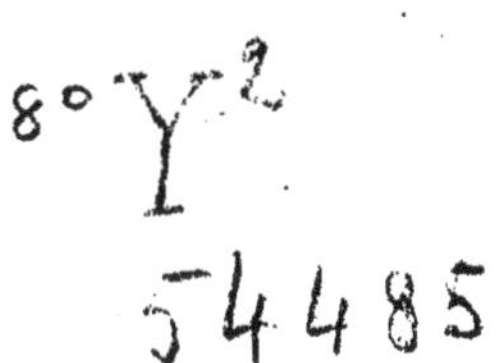

Sᵗ Venail   Lᵗ Fouque Sᵗ Dat   Lᵗ Mangin
Lᵗ Largeau   Dʳ Emily Intᵉ Landeroin Cᵈᵉ Marchand   Ens. Dyé
Cᵈᵉ Germain Cᵈᵉ Baratier

COLONEL BARATIER

AU CONGO

Souvenirs de la Mission Marchand

DE LOANGO A BRAZZAVILLE

OUVRAGE INÉDIT

ILLUSTRATIONS D'APRÈS LES DESSINS DE L. POUZARGUES

PARIS

MODERN-BIBLIOTHÈQUE

ARTHÈME FAYARD et Cⁱᵉ, ÉDITEURS

18-20, RUE DU SAINT-GOTHARD, 18-20

MARCHAND

Au Colonel Marchand
A mon Frère

Frères! nous l'avons été, du jour où nous nous sommes rencontrés. Je te connaissais déjà depuis longtemps par la voix de la renommée. Au Soudan, qui n'avait entendu parler du jeune lieutenant blessé à l'assaut de Koundian, à celui de Diéna, et que le colonel Archinard avait choisi pour représenter la France auprès de Tiéba. J'avais alors la curiosité, le désir de te voir; peut-être avais-je le pressentiment que nos destinées seraient liées un jour? Une fois, en 1892, nous avions failli nous croiser à Mourdia, mais les événements ne devaient nous réunir que deux ans plus tard à la Côte d'Ivoire.

C'était à Grand-Bassam, sur la plage déserte, en face de la barre qui, à grands coups, ébranlait le sol. Tu arrivais du Soudan; à travers les forêts, à marches forcées, tu étais revenu pour demander à la France de secourir ceux que menaçait Samory, et à qui Elle avait promis protection. Tu avais dans le regard cet éclair de l'implacable volonté, de l'indomptable énergie; tes yeux fixés sur l'océan, avaient en même temps cette clarté qui sort du cerveau des songeurs, des chercheurs d'horizon, de tous ceux qui appellent les vastes rêves. Ce jour-là, si l'amitié possède un fluide, son courant s'établit immédiatement entre nous. Je le sentis, et bientôt j'allais en avoir la confirmation.

J'étais en mission auprès de ces populations du Baoulé pour lesquelles tu étais un Dieu : « le Dieu Paquébô! » ainsi qu'elles t'appelaient. Elles étaient sur le point de se soulever, elles y étaient même décidées; elles l'étaient aussi probablement à me tuer car j'étais seul... et soudain, leur chef, sans que j'aie prononcé ton nom, parce que j'avais accompli une de ces marches rapides qui te caractérisaient, et surtout, je crois, parce que là-bas, sur la plage de Grand-Bassam, tu avais mis dans mes yeux un peu du magnétisme des tiens, le chef s'inclina devant moi et prononça : tu es le petit frère de Paquébô.

J'étais sacré pour lui. Ce fut le premier baptême de notre fraternité.

Te souviens-tu du jour où, quatre ans plus tard, cette fraternité reçut sa dernière consécration?

Nous étions au Caire, dans le bureau de l'agence diplomatique; nous venions de lire une dépêche devant laquelle nous restions muets. C'était l'ordre de reculer. Notre cœur se brisait. A quoi bon nous communiquer nos pensées? Nous les connaissions! Depuis si longtemps nous marchions l'un près de l'autre, vers le même but! Pourtant, à ce moment, la douleur nous rapprocha sans doute plus étroitement encore; à un mot que je prononçai, tu me regardas et tu me demandas : « Pourquoi nous dire vous? » Jusqu'ici nous ne nous étions pas tutoyés; nous n'y avions jamais songé.

A la Côte d'Ivoire, et pendant la Mission, nous avions été si étroitement unis que ce tutoiement n'eut pas renforcé notre affection? Mais sous l'étreinte de la douleur, nous n'étions plus seulement deux frères d'armes ayant affronté les mêmes dangers, ayant vécu les mêmes rêves, les mêmes espoirs, nous étions deux frères souffrant ensemble.

Depuis, l'existence nous a séparés; l'éloignement n'a rien changé à cette fraternité faite de souvenirs ineffaçables qui s'étendent de l'Atlantique à la Mer Rouge, en passant par Fachoda.

Ce sont quelques-uns de ces souvenirs que j'ai entrepris de fixer; je les raconterai comme ils viendront, à mesure que ma pensée cheminera à travers l'Afrique, sans avoir l'intention d'écrire un récit de la Mission. Ce n'est même pas un journal de route personnel que je veux publier; un pareil journal risquerait de prendre l'allure d'un historique; et cet historique, nul autre que toi n'a le droit de le signer, non seulement parce que tu fus le chef, le seul chef de notre expédition, mais parce que celle-ci fut conçue,

demandée, obtenue par toi, parce qu'elle
fut et qu'elle reste la mission Marchand,
ta mission.

La tentation sera grande pour moi de
faire revivre notre marche dans tous les
détails, avec toutes les péripéties qui montre-
raient ton rôle et ton caractère, mieux que
ne pourront le faire de simples anecdotes.
Je n'y céderai pas, mais j'espère que ces
épisodes détachés suffiront à donner une
idée des difficultés que tu as eues à vaincre et dont tu as toujours triomphé, grâce à
tes qualités d'initiative, de sang-froid, d'audace calculée et de décision.

C'est à toutes ces qualités que tu dois
d'avoir réussi, c'est surtout à ce don que
tu possèdes au plus haut degré, de juger
les situations d'un coup d'œil, et de discerner immédiatement le parti à prendre.

On a essayé de te représenter sous les
traits d'un homme ne connaissant que la violence, semant la mort derrière lui... Aurais-
tu traversé l'Afrique avec 150 tirailleurs,
si tu t'étais frayé un chemin à coups de fusil
et de baïonnette ?

Bien souvent tu aurais pu te laisser emporter par un ressentiment justifié contre
la rouerie, la malignité des indigènes ; toujours avant de sévir, tu as cherché les causes profondes de leurs actes, pour prescrire

les mesures susceptibles de les ramener.

Tu es bien « Paquébô », celui qui ouvre les routes, c'est-à-dire celui qui sait
ouvrir les routes, qui s'appuie sur les armes et n'en use jamais sans nécessité ; celui
qui, s'il le faut, frappe un coup terrible,
ainsi que tu le fis à Thiassalé pour entrer
dans le Baoulé, mais qui tout de suite fait
succéder la clémence à la force, achevant la
conquête par son influence personnelle, par
sa justice, par sa bonté.

Tu n'es pas seulement le merveilleux
soldat du Soudan, le premier à bondir sur
la brèche, celui dont un tirailleur cruel-
lement blessé, transporté à l'ambulance
après le combat, chantait à tue-tête les
louanges ; tu es aussi celui qui passe sans
effusion de sang, celui qui possède cet ascendant mystérieux du geste et du regard
qui ploie les volontés.

Pendant les trois années que dura la
« Mission Congo-Nil », tu fus réellement
le chef dont les décisions n'étaient jamais
discutées ; ton autorité s'imposait, ton expérience commandait la confiance, ton
cœur attirait les dévouements.

Frère, je te dédie ces souvenirs ; qu'ils
soient à la fois l'hommage de l'un de tes
officiers et le témoignage de ma fraternelle
affection.

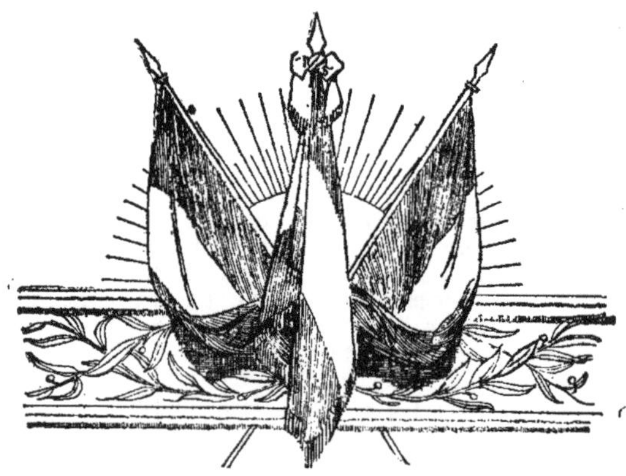

AU CONGO

Souvenirs de la Mission Marchand

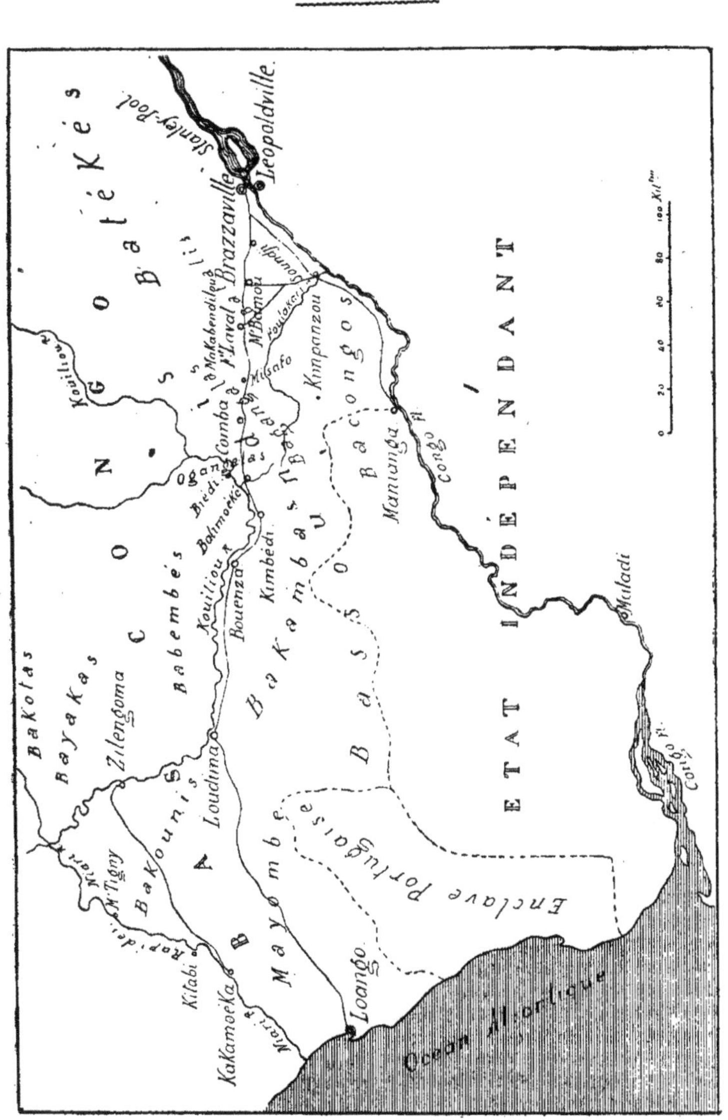

Carte du Bas-Congo

Comment se prépare une Mission
et comment elle voyage

——————— ✳ ———————

Comment se prépare une mission ? C'est une question souvent posée par ceux qui ne connaissent pas l'Afrique.

Il faut distinguer une mission d'une exploration, et d'une colonne destinée à faire de l'occupation.

Un explorateur se contente de traverser un pays, afin d'y recueillir des renseignements, ou de donner à sa patrie un droit de priorité pour la possession des régions parcourues par lui. Il n'aura qu'à déterminer avant son départ la durée approximative de son voyage ; avec quelques caisses de perles, quelques ballots d'étoffe, il arrivera toujours à se nourrir et à faire vivre son escorte, insignifiante d'ailleurs, et simple porte-respect. Il emportera encore, quelques caisses de conserves pour lui, et quelques cadeaux pour les chefs dont il voudra se concilier l'amitié. Son convoi sera réduit, il ne s'en séparera pas et voyagera avec lui.

Une colonne appelée à faire de l'occupation sera forte, s'établira en différents points, mais opérera en contact direct avec sa base d'opérations, d'où elle tirera ses ravitaillements au fur et à mesure de ses besoins.

Tout autre est la façon d'opérer d'une mission comme celle que le gouvernement confia en 1896 au capitaine Marchand. Cette mission relevait à la fois de l'exploration et de l'occupation.

Elle relevait de l'exploration, en ce sens qu'elle avait à traverser des contrées inconnues, qu'elle n'avait pas à s'immobiliser dans un pays, et que son rôle n'était pas de combattre, mais d'atteindre son but le plus vite possible. Elle relevait de l'occupation, car tout en s'enfonçant dans l'Afrique, des raisons politiques l'obligeaient à rester en liaison avec sa base d'opérations ; en outre, elle avait à créer des postes et à préparer les indigènes à l'arrivée des forces qui la remplaceraient dans le pays. Elle avait donc besoin d'une escorte suffisante pour fournir la garnison de ces postes, et pour imposer le respect aux populations, ce qui est la plus sûre manière de ne pas avoir à les combattre ; de plus, cette escorte devait être à même de briser une résistance et de permettre à la Mission, une fois parvenue au point fixé par le gouvernement, de s'y établir et de s'y maintenir.

La rapidité était une condition nécessaire pour être à temps sur le Nil et y prendre pied. L'occupation des pays derrière la Mission pouvait seule justifier les revendications françaises dans la vallée du Nil ; enfin, notre établissement solide sur ce fleuve était indispensable et pour donner à cette occupation un caractère de stabi-

TIRAILLEURS SÉNÉGALAIS ET SOUDANAIS.

lité, et pour résister à une attaque probable des derviches.

La condition de rapidité interdisait au capitaine Marchand la pensée de tirer ses ravitaillements de la base d'opérations. Il devait bien rester en relation avec elle, mais en relation trop lointaine pour avoir le temps d'en attendre des convois. Sa mission était donc forcée d'emporter tout ce qu'il lui faudrait en vivres et munitions pour une durée de deux à trois ans.

Par vivres, il faut entendre non seulement le sucre, le café, le sel, la farine et quelques caisses de conserves, mais encore les objets d'échange destinés à compléter la nourriture des blancs et à assurer celle de l'escorte.

Sur quelle base s'appuyer pour déterminer l'effectif de cette escorte?

Il semble à première vue que plus on sera fort, et plus on passera vite. Ce serait vrai si la question ravitaillement n'intervenait pas.

Il était évidemment impossible à Marchand d'emporter dans son convoi les vivres nécessaires à la troupe. Rien que pour 100 hommes, une ration individuelle de 300 grammes de riz par jour représente annuellement plus de 10 tonnes de riz. Il fallait donc vivre sur le pays. Or, en Afrique, les noirs ne cultivent guère au delà de leurs besoins. Si l'effectif à nourrir n'est pas considérable, les indigènes séduits par l'appât du gain qu'ils en retireront, sacrifieront les faibles réserves qu'ils peuvent avoir faites, en prévision des sauterelles ; ils prendront même sur leur propre nourriture ; mais s'ils doivent fournir un trop grand nombre de rations, ils en seront incapables. Le leur demander les condamnerait à mourir de faim et par conséquent provoquerait des révoltes. La répression ferait perdre du temps, conduirait peut-être à un échec, car les peuplades voisines, averties du danger qui les menacerait, n'attendraient pas pour se soulever qu'on fût entré chez elles. La force serait ainsi une cause de faiblesse.

Lorsqu'on passe comme Stanley, on emmène une armée qui ravage tout, et laisse derrière elle des cadavres faits par les balles ou par la famine qu'on a provoquée ; mais quand on a des sentiments plus humains, et quand l'intérêt même exige que la route derrière soi demeure ouverte, on cherche le moyen d'éviter ces carnages.

L'effectif de l'escorte de Marchand était donc fonction de la population des pays à traverser et du degré de culture de ces pays. Le centre africain est peu peuplé, il est pauvre, il vit de manioc ou de bananes ; on ne retrouve un peu de mil que dans la vallée du Nil ; des régions entières sont inhabitées. Où 150 hommes auront peine à subsister, 300 hommes ne passeront pas. Mais était-il possible de s'aventurer dans des régions inconnues, sauvages, avec 150 hommes ?

Pour tout autre pays que la France, c'eût été sans doute une folie. La France possède seule l'armée coloniale avec laquelle une telle folie peut être tentée sans risque, ou du moins avec le moindre risque. Elle seule a pour soldats ces Sénégalais et ces Soudanais dont le dévouement est à toute épreuve, dont le courage brave tous les dangers et dont la résistance défie toutes les fatigues. Elle seule a dans ses « marsouins » et ses « bigors », des officiers et des sous-officiers susceptibles d'obtenir de pareils résultats.

En cette même année 1896, l'Etat Indépendant résolut de nous devancer sur le Nil. Il forma une expédition, qui était déjà en route lorsque celle du capitaine Marchand débarqua à Loango. Il avait estimé qu'il ne pouvait raisonnablement s'avancer dans le Bahr-el-Gahzal avec moins de 3.000 hommes. Ce qui devait arriver se produisit : cette colonne ruina les pays, les populations se soulevèrent, et les soldats, mourant de faim, se révoltèrent à leur tour.

Marchand connaissait trop bien l'Afrique pour commettre une semblable faute, il connaissait aussi les tirailleurs, et était certain de passer partout avec 150 d'entre eux ; il suffisait d'emporter les marchandises d'échange destinées à les faire vivre.

Là encore, la connaissance de l'Afrique était nécessaire. Les marchandises demandées par un pays ne sont pas celles que réclame le pays voisin. Mais comment savoir les goûts des régions où l'on n'est pas encore allé soi-même ? Les récits des explorateurs vous renseignent, on compulse tous ceux qui ont trait soit aux contrées que l'on doit traverser, soit aux contrées limitrophes. Et encore, ces récits ne donnent pas une certitude, car. chez les noirs comme chez les blancs, la mode subit des variations. Où les perles rouges étaient appréciées, les perles blanches seront en faveur ; où la guinée bleue était en honneur, le calicot blanc aura désormais la vogue, à moins que ce ne soit le coton écru.

Il est impossible de déterminer exactement ce qu'il faut emporter ; tout un assortiment de marchandises est indispensable. En certains points le cuivre jaune a seul cours ; on se munit de ballots de fil de laiton à couper sur place en barrettes plus ou moins longues suivant les villages. Partout le sel et la poudre sont recherchés. Pour les musulmans, on prend des corans et des chapelets. Enfin, il ne faut pas oublier les cadeaux qu'on doit offrir aux chefs, c'est-à-dire des burnous, des couvertures, des tapis, des sabres, des galons d'or, des étoffes riches telles que le velours, la soie brochée et les satins ; et comme il est toujours utile de se faire bien venir des femmes, on complète ce bazar par des glaces, des colliers de perles, des boules d'ambre vrai et faux, du corail, des rubans et de la parfumerie.

Le reste du convoi peut être organisé sans connaissances spéciales ; la durée approximative de la mission et la pratique permettent de déterminer le nombre des charges de vivres, de médicaments, de papier, de bougie, d'allumettes, car il faut tout prévoir. Une fois le détail arrêté, on fait l'acquisition de tous ces produits du commerce et de l'industrie, qui constituent un véritable magasin de nouveautés, d'épicerie, de quincaillerie, de parfumerie et de pharmacie !

C'est le moment où l'on court les fabriques, les dépôts, où l'on vit au milieu des échantillons les plus variés, où l'on suppute les prix, les qualités, où, l'œil fixé à la loupe du compte-fils, on examine le nombre de fils contenus dans un carré d'un centimètre de côté. On passe du calicot à l'andrinople, on apprend la différence entre la toile et le coton, entre le velours de soie et le velours de laine ; on découvre que les perles, dites de Venise, viennent de Gablonz, en Bohême. De la direction de l'artillerie, pour les cartouches, on se transporte chez le fabricant de bâches et d'articles de campement ; du magasin d'emballage des colonies, on va chez le fournisseur des caisses et des tonnelets étanches. Le soir, on se plonge dans les récits des explorateurs français, anglais et allemands ; on vérifie les commandes, les ordres d'expédition, on classe les factures, et pour se reposer on prend une carte, on contemple des espaces plus ou moins blancs que coupent de petites lignes rouges et noires, où on se voit cheminant, et sur lesquelles on rêve.

La mission du capitaine Marchand, dont la durée était évaluée à trois ans, ne comptait pas moins de 3.049 charges, toutes de 30 kilos, poids maximum qui puisse être mis sur la tête d'un homme. De toute évidence il est impossible de constituer une armée de 3.049 porteurs et de se faire suivre de cette armée à travers l'Afrique. D'abord, on ne trouverait pas un pareil nombre de porteurs ; ensuite, réussirait-on à les réunir, qu'on n'aurait aucun moyen de les faire vivre. La raison qui limite l'effectif de l'escorte, interdit d'emmener même un nombre restreint de porteurs.

Comment ces 3.000 charges circuleront-elles et arriveront-elles au but ?

On peut d'abord poser en principe que les transports ne sont ni plus faciles, ni plus rapides dans les régions occupées qu'ils ne le sont dans les régions inoccupées. Celles-ci comme celles-là ont simplement à leur disposition la tête des nègres ou les pirogues.

Dans le Congo, par exemple, les charges auront à faire un premier bond de Loango à Brazzaville. Pour l'accomplir, si la route est libre, ce qui n'est pas toujours, une caravane partira aujourd'hui, une autre demain, celle-ci de 20 hommes, celle-là de 30 ; certains jours, trois ou quatre partiront à la fois, mais plusieurs jours pourront s'écouler sans qu'aucune ne se présente. Il faudra bien des semaines avant que les 3.000 charges soient rendues au terme du premier bond.

Il en sera de même dans l'intérieur de l'Afrique ; les bonds seront marqués par l'étendue des pays soumis à un même chef. On passera en quelque sorte marché avec un chef qui s'engagera à faire porter par ses sujets les charges jusque chez le chef voisin. D'où l'obligation de créer des postes extrêmes et des postes intermédiaires.

Et ainsi, de pays en pays, les charges avanceront.

Naturellement, elles n'avancent pas vite ; il faut compter avec mille difficultés. Si le chef est désireux de gagner un beau cadeau, ses sujets, bien que payés de leur côté, ne manifesteront peut-être pas le même enthousiasme que lui. La route sera longue, le pays à traverser sera souvent désert, car deux Etats voisins sont généralement séparés par une zone qui leur sert de tampon et qui a depuis longtemps été ravagée. Il est bien convenu que les porteurs emporteront

leur nourriture, mais ils sont pauvres, parce qu'ils ont pu souffrir des sauterelles, et par-dessus tout ils sont insouciants ; ils prendront, pour parcourir 4 ou 500 kilomètres, cinq ou six épis de maïs et une dizaine de sauterelles grillées ! Si sobres qu'ils soient, ce régime est insuffisant ; ils s'en apercevront et abandonneront leurs charges dans la brousse. Il faudra créer des postes qui auront pour consigne de chasser, de fumer

la viande et d'assurer les vivres aux convois. Cette façon de voyager amène la dispersion d'une mission qui presque jamais ne sera groupée, non seulement par suite des obligations du portage, mais pour satisfaire à d'autres nécessités. Un officier ira en avant préparer l'arrivée prochaine de l'expédition, d'autres exécuteront des reconnaissances topographiques. Afin de ne pas perdre de temps, on n'attendra pas que la totalité des charges soit parvenue au poste extrême pour entamer le transport dans le pays suivant. Ce ne sera pas sur 500, mais peut-être sur 1.000 kilomètres que les officiers et les sous-officiers seront disséminés.

Cette dispersion force naturellement à vivre pacifiquement avec les habitants ; et quand une mission semblable est représentée comme couvrant sa route de ruines, l'arrosant de sang, il est facile de juger de la véracité de telles allégations.

Il peut paraître extraordinaire que cet état de paix soit réalisable. De même que pour beaucoup l'Afrique se résume dans le Sahara, on se fait difficilement à l'idée que les noirs ne soient pas des sauvages sanguinaires. Je ne veux pas dire que les noirs soient sans défauts. Leur nature a quelques mauvais instincts. Si les nègres méprisent les billets de banque, même l'argent, c'est qu'ils n'en connaissent pas la valeur. Un chèque les laisse indifférents, mais il n'en est pas de même d'une caisse de perles ! Quand ils la respectent, c'est que la crainte du Seigneur est le commencement de la sagesse. Le Seigneur est représenté par leur chef qui tient à gagner son cadeau et n'hésiterait pas à couper le cou d'un de ses sujets coupables de vol ; et lui-même borne ses convoitises au cadeau promis, par la peur des fusils et des baïonnettes. Il sait fort bien que s'il massacrait des blancs, d'autres viendraient qui lui feraient payer cher son écart de conduite. D'ailleurs, sur les sujets aussi la vue des armes produit son effet salutaire.

Mais l'escorte, tout en garantissant la paix, pourrait également provoquer la guerre. Les indigènes ont peut-être du mérite à résister à la tentation de s'adjuger les richesses qu'ils voient passer, les tirailleurs n'en ont pas moins à respecter les villages. Eux aussi se trouvent soumis à de fortes tentations. Ils ont la force, ils ne craignent rien, et ils sont des hommes ! Ils transformeraient volontiers la colonne en smala ! Le tolérer serait s'exposer presque sûrement à des soulèvements. Bien des révoltes ont eu pour cause l'enlèvement de Sabines noires.

Je disais que la France seule pouvait entreprendre la mission confiée au capitaine Marchand, parce que, seule, elle possède des tirailleurs dont le courage et le dévouement sont à toute épreuve ; ces hommes méritent autant d'admiration pour leur discipline que pour leur valeur. Ne pas céder aux tentations dont je parlais, résister à tant de séductions, et se consoler avec ce mot : « y a service ! » c'est certainement de l'héroïsme.

Une mission comme celle du capitaine Marchand ne pouvait réussir que préparée, conduite avec une profonde connaissance de l'Afrique, et escortée par nos tirailleurs.

LOANGO

——✳——

Depuis le 10 Juin, je suis à Loango ; et voilà douze
jours que je suis condamné à l'inaction par une révolte
qui a fermé la route de Brazzaville. Je n'ai pas le
moyen de rouvrir cette route, étant seul ici avec le lieutenant Simon. La mission Marchand, en effet, n'est pas
concentrée à Loango, ses membres débarqueront successivement. Le lieutenant Largeau a quitté le premier
la France ; il est en ce moment à Loudima, cherchant
à recruter des porteurs. Je me suis mis en route,
quinze jours après lui, avec le lieutenant Simon et
le sergent Dat ; par le bateau suivant sont partis
le capitaine Germain, le lieutenant Mangin, le
docteur Emily, l'adjudant de Prat, les sergents
Venail, Bernard, et les tirailleurs, ils seront ici
dans quelques jours. Enfin le capitaine Marchand, retenu à Paris par les dern'ères mesures
à prendre, d'ordre matériel ou politique, ne
nous rejoindra pas avant un mois.

Loango ne s'est pas modifié. Je l'ai retrouvé tel que je l'ai laissé il y a deux ans,
lorsque, sur un ordre ministériel, la mission Monteil a dû abandonner le Congo
et se rembarquer pour la Côte d'Ivoire.
Je revois disséminées sur le bord du plateau, face à la mer, et séparées par de larges espaces dénudés, les mêmes maisons
de commerce, les deux anglaises, les trois
portugaises, la hollandaise et les trois françaises ; aucune autre ne s'est élevée depuis
mon départ. Cet égrènement de bâtisses, la
plupart en bois, commence par une des maisons françaises, et s'allonge en pente vers
le Sud pour se terminer par les bâtiments
de la mission catholique. Au Nord, en tête
de cette ligne s'aplatit une baraque carrée,
également en bois, la maison de l'Oubangui. Sa destination, comme son nom l'indique, est d'abriter les passagers qui attendent d'être mis en route pour cette colonie. En arrière, au-dessus d'elle, une sorte
de boîte oblongue toujours en bois, mais en
ruines, n'a plus d'usage déterminé. Enfin,
au sommet du plateau, dominant ce petit
troupeau sur lequel il règne, le service local apparaît avec quelques demeures et magasins d'une apparence moins rustique.
Rien n'a changé. Tout cela dort sous l'ar-
dent soleil ; tout cela disparaît presque,
confondu dans la teinte uniforme du sable
qui s'étale coloré, par places, d'une herbe

courte privée de terre, brûlée avant d'être née.

Cependant, au bout de la falaise, loin de la maison de l'Oubangui, la civilisation et le progrès se dressent sous la forme d'un cube, moitié fer, moitié brique : le palais de l'administrateur. Ce palais resplendit dans sa nouveauté, son toit de tôles ondulées rayonne, il semble promettre à Loango le réveil, la renaissance, puisque autrefois, paraît-il, au temps de la conquête portugaise, Loango a eu son importance.

De ce passé ne demeure d'autre vestige que certains mots portugais restés en usage. Ainsi, Français, Anglais et Hollandais ont adopté comme mesure, pour métrer les étoffes, la cortade, qui représente 1 m. 80.

Loango n'est rien qu'un point de débarquement, la barre y est rarement mauvaise, mais il serait impossible d'y créer un port. Il n'y a rien de remarquable à Loango que l'indigène : le Loango.

Ce n'est pas que celui-ci ait une intelligence supérieure ; en contact avec des blancs depuis plusieurs siècles, il n'a apprécié dans la civilisation que l'usage de l'alcool. Ce n'est pas qu'il soit brave et guerrier ; il est au contraire fort timide devant le danger. Ce n'est pas non plus qu'il soit beau, j'entends beau, à la façon dont les nègres sont susceptibles de l'être ; la race fut belle sans doute à l'origine, malheureusement, par l'abus de l'alcool, elle est complètement dégénérée. Le Loango est remarquable en un seul point, mais sur ce point il éclipse tous les autres noirs, il est un porteur merveilleux, c'est grâce à lui que la colonie du Congo a pu exister et se maintenir jusqu'à ces dernières années. Les Loangos sont nés porteurs, ils sont certainement venus au monde avec une charge sur la tête. A voir ces hommes dont la plupart sont d'apparence malingre, on croirait que ces corps amaigris, au torse efflanqué, aux côtes saillantes, aux muscles atrophiés, aux jambes décharnées, aux pieds dévorés par les chiques, doivent être incapables du moindre effort. Et pourtant, dès qu'ils ont 30 kilos sur la tête, quelques-uns 60, — ceux-ci sont payés double, — ils partent légèrement de leur pas glissant, et par étapes, en vingt jours en moyenne, ils vont jusqu'à Brazzaville, à 500 kilomètres de la côte.

Le Loango est un porteur, il n'est rien d'autre. Lorsqu'il ne porte pas, il dort, il boit, ou il extrait les chiques de ses pieds ; encore néglige-t-il parfois cette dernière oc-

cupation, et insouciant, perdu dans les rêves que lui procure l'alcool, il abandonne aux chiques quelques-uns de ses orteils.

Loango est en effet un séjour de prédilection pour cet insecte, rapporté, dit-on, du Brésil par les noirs qui, après l'abolition de l'esclavage, regagnaient leur pays d'origine. Cette petite puce pénétrante se loge de préférence dans les parties les plus tendres du pied, soit entre les doigts, soit sous les ongles. Elle est presque invisible. Quand elle vous pique, on sent à peine une légère démangeaison, mais dès qu'elle est entrée, elle se met à pondre. Elle s'entoure alors d'une membrane blanchâtre qui se développe avec les œufs et atteint assez vite la grosseur d'un pois ; si on ne l'enlève, on risque la perte d'un doigt, même d'un membre. Il n'y a qu'un moyen de s'en débarrasser, la retirer avec une aiguille. Quant à l'éviter... c'est chose impossible ; elle se glisse sous les guêtres les mieux ajustées, force les lacets les plus serrés, les bandes les mieux enroulées ; nul ne lui échappe.

Heureusement pour l'Europe, la chique ne vit pas dans le froid, dans l'humidité, il lui faut la sécheresse, le sable. Nous devons à cette raison de ne pas la connaître sur notre continent, mais elle se rattrape largement dans l'Afrique qu'elle envahit chaque jour un peu plus, transportée partout par les pieds de nos porteurs et de nos tirailleurs.

Chaque soir, au Congo, l'Européen est forcé de livrer ses pieds à l'examen de son boy. Sur les peaux blanches, la chique se détache en un minuscule point noir, mais encore perceptible ; c'est un avantage dont les noirs ne jouissent pas, sur leur peau la chique ne se décèle qu'une fois la membrane blanchâtre développée ; à ce moment, l'extraction est plus délicate, c'est ce qui explique chez les indigènes le grand nombre de pieds abîmés ou entamés. Il y a peut-être souvent de leur part de l'insouciance ou de la paresse, il faut cependant reconnaître qu'un Loango, dès qu'il est assis, se met généralement à explorer ses orteils à l'aide d'une épine arrachée au buisson voisin s'il est en route, à l'aide d'une aiguille s'il est dans un endroit civilisé.

Je ne peux même me figurer le Loango autrement que dans cette position, ou sur le sentier, trottinant, sa longue moutète sur la tête.

La moutète est l'accessoire inséparable

du Loango, celui sans lequel il ne peut pas porter, car il serait incapable à lui seul de soulever 30 kilos ; il n'y réussit que grâce à la moutète, sorte de panier allongé fait de deux feuilles de palmier. La fabrication en est simple : on pose à terre les deux palmes à plat, les tiges parallèles, à environ 20 centimètres l'une de l'autre ; on croise les feuilles intérieures, le bout de ces feuilles croisées est rejeté sous les tiges, on l'ajoutera plus tard aux feuilles exté-

passer inaperçu, il me vient un remords. J'ai dit qu'il était timide devant le danger, mais je n'ai pas ajouté qu'il était excusable. Il l'est d'autant plus qu'une partie des risques, courus pendant son voyage, résultent des tentations qui se sont offertes à lui dès le début de sa route. Ces tentations sont grandes ; il ne sait pas y résister. Si son courage est faible, sa vertu est fragile.

Qui dira jamais l'odyssée du Loango sur cette route de Brazzaville ? Qui rendra

LE LOANGO DÉPOSE SA MOUTÈTE

rieures ; le fonds est confectionné. On achève en nattant trois par trois les feuilles d'un même côté sur presque toute leur longueur, réservant seulement de quoi les relier par une dernière natte longitudinale qui forme les bords de ce panier à claire-voie. Comme on a eu la précaution de dépouiller de feuilles la base des tiges sur un mètre au moins, la moutète se termine, à l'une de ses extrémités, par une double canne. Ce prolongement rigide permet au Loango prenant le bout opposé du panier, de le soulever, avec la charge qu'il renferme, de l'amener sans fatigue à une inclinaison telle qu'il n'a plus qu'à glisser sa tête sous le centre de gravité et à laisser basculer pour se trouver chargé. Le long de la route. lorsqu'il a besoin de se reposer, il s'approche d'un arbre, baisse la tête, le bout des tiges touche terre, et la moutète est déposée, debout contre le tronc ; quand il veut repartir, il n'a plus à faire aucun effort, la charge dressée bascule et se remet à sa place rien qu'en l'écartant de l'arbre. La moutète est l'économie des forces ; sans elle, un Loango ne serait plus qu'une moitié de porteur.

En revoyant en pensée le Loango se faufiler, l'air craintif, à travers les villages, le long des ravins, un peu comme s'il voulait

ses tribulations ? Qui chantera le dévouement, l'abnégation, la force de caractère, et la sobriété du porteur déposant sa charge à destination ?

A peine est-il parti de Loango qu'il pénètre dans la forêt du Mayombe, la terrible région du Mayombe qui réunit les difficultés de la montagne et celles de la forêt équatoriale ; le voilà qui escalade des pics, qui descend dans le fond des ravins, qui franchit des torrents ; sa longue moutète s'insinue à travers les lianes, se glisse sous les arbres écroulés ; ses pieds s'agrippent aux cailloux,

TOUTES LES TÉNTATIONS SE DRESSERONT
DEVANT LE LOANGO.

aux racines... enfin il arrive à un village, il va se reposer ! Il se reposera trop bien ! car dans ce village, comme dans tous ceux qu'il trouvera dans le Mayombe, tout sera mis en œuvre pour l'arrêter, c'est-à-dire pour lui faire dépenser les cortades d'étoffe, avances sur le paiement final, destinées à assurer sa subsistance jusqu'à Brazzaville. La musique, la bonne chère, les femmes, toutes les tentations des sens, de l'estomac et du cœur se dresseront devant lui.

Mais mon Loango possède une vertu à toute épreuve, du moins je veux le supposer ; il résiste, et vrai saint Antoine, il sort du Mayombe sans avoir succombé. Il s'engage, entre le poste de Loudima et celui de Kimbédi, dans le pays Bakamba. Ici, la spéculation revêt un caractère moins affable. Le Bakamba frappe au ventre sans pitié : il refuse de vendre. Il s'estime ainsi parfait honnête homme, c'est son droit de ne pas vendre. Malheureusement, son honnêteté est légèrement usuraire, il n'exerce ce droit qu'en vue de réaliser de sérieux bénéfices sur des échanges fructueux.

Le pauvre porteur se couche le premier soir sans dîner. Toute la nuit, il voit en songe la chicouangue dont il est privé. Il s'imagine qu'il la fabrique lui-même. Il prend les racines de manioc qui macèrent dans un ruisseau pour y perdre leur substance vénéneuse ; il les roule dans un morceau de feuille de bananier ; il les fait bouillir jusqu'à ce qu'elles soient devenues translucides ; il tient enfin dans ses mains ce pain transparent comme une gelée, en savoure le goût de fermentation. Ce n'est qu'un rêve !

Un jour encore ce Loango incomparable tient bon ; mais, généralement avant que la soixante-douzième heure ait sonné, vaincu par la faim, il consent à payer l'indispensable chicouangue dix ou quinze fois sa valeur.

Il n'est pas encore sorti du pays Bakamba, et ses ressources ont diminué d'une façon inquiétante. Il va toujours, car il est résolu à atteindre le but, mais il ne mange plus qu'une fois tous les deux jours. Cependant, il passe à côté d'un champ d'arachides, puis d'un autre, son estomac crie famine, il ne peut plus résister ; il faut vivre... et, en se cachant, il essaie, non d'assouvir, mais de tromper sa légitime fringale. Le propriétaire du champ n'est jamais loin, il approuve rarement une telle conduite, et, froidement, il confisque le porteur et la charge. Quand il ne réussit pas à l'attraper, il se promet de reporter sa créance sur le porteur suivant.

Supposons que l'adresse de mon Loango égale sa bonne volonté et qu'il n'ait pas été pris. Il a franchi Kimbédi, puis Comba ; il n'a plus que 150 kilomètres à faire. Il est sauvé ! Non pas ! Entre Comba et Brazzaville l'attend le terrible Bassoundi, grand détrousseur de caravanes, toujours prêt à massacrer quelques porteurs, non seulement pour s'adjuger leurs charges, mais encore pour créer un incident sur la route, dans l'espoir de gagner quelque chose au règlement de l'affaire.

Et c'est avec des ruses d'Apache, par des marches de nuit, au moyen de sentiers détournés, que mon brave porteur cherche à gagner le Pool (1). Il file sans bruit, il courbe le dos, toujours exposé à recevoir une balle bassoundi au passage des ravins profonds et marécageux qui séparent les collines abruptes et boisées.

S'il réussit, quelle récompense ne mérite-t-il pas ? A son entrée à Brazzaville, il devrait être fêté comme un héros !

Tous ne sont pas des héros, les uns succombent aux charmes du Mayombe, les autres aux exigences des Bakambas ou aux pièges des Bassoundis... mais avais-je raison de les traiter de craintifs ? N'ont-ils pas droit à quelque indulgence ?

Je ne me trompais pas en disant que le Loango était remarquable ; le Loango et sa moutète, silhouette inséparable du paysage congolais.

------

(1) Stanley-Pool : nom que porte l'épanouissement du Congo en face de Brazzaville.

Pierre Savorgnan de Brazza et le Congo

——— * ———

Si la route de Loango à Brazzaville n'a jamais offert une entière sécurité, si en 1896 pas une caravane ne consentait à s'y aventurer, loin de moi la pensée, en écrivant ces mots, de vouloir diminuer la gloire de l'homme à qui la France doit son immense empire de l'Afrique équatoriale.

Cet état du Congo n'était que la conséquence forcée des théories humanitaires qui depuis longtemps illusionnaient la France.

Lorsque de Brazza prenant pied sur le Congo eut ouvert la route du Tchad et du Nil, son action vers la Sangha, vers le Chari, vers l'Oubangui, s'appuya sur le Bas-Congo. Il eût été nécessaire d'occuper solidement cette région, puisqu'elle allait supporter le poids de la conquête de l'Afrique équatoriale; mais si de Brazza en eût demandé les moyens, on les lui eût refusés. La métropole l'aurait regardé comme un guerrier, un conquérant; elle acceptait le cadeau qu'il lui faisait, encore fallait-il qu'il ne fût pas exigeant.

Et puis, pourquoi ne pas le reconnaître, de Brazza fut lui-même séduit par cette illusion très belle de la pénétration pacifique, à laquelle son grand cœur devait s'abandonner. Il n'eût pu la réaliser que si tous les agents du Congo avaient possédé le même ascendant que lui sur les indigènes. Les hommes doués de ce pouvoir sont rares et l'occupation du Bas-Congo demeura limitée à celle de l'étroit sentier qui relie Loango à Brazzaville. Les quelques postes semés sur cette route ne connaissant rien des pays environnants, la base d'action vers le Nord se trouva réduite à un point, au port de débarquement, à Loango. A mesure que l'œuvre de Savorgnan de Brazza grandit, s'étendit sur la Sangha, monta vers l'Oubangui, cette base eut à supporter un poids de plus en plus lourd; un jour vint où elle fléchit.

De Brazza n'en reste pas moins celui dont le nom plane sur toute l'Afrique équatoriale, le héros légendaire du Congo, le rival de Stanley; celui qui fut vraiment le paladin de l'Afrique. Il fut ce paladin, car il n'avait pas seulement la volonté de conquérir un empire, il accomplissait en même temps une mission d'humanité. En lui s'incarnait le justicier des légendes, toujours prêt à tirer so.. épée pour défendre le faible et l'opprimé, et cette terre des noirs, cette terre d'esclavage où chaque chef un peu puissant devien un tyran, devait l'attirer.

Quels glorieux rêves emplissaient son âme! Libérer des peuples, les arracher à la servitude, et les donner à la France!

Il était de ceux qui se sentent des ailes et veulent sortir de la prison où la vie commune les a enfermés ; cœurs ardents, enthousiastes, amants du péril ; cerveaux lumineux d'où se dégagent la bonté, la pitié, le pardon, et qui aspirent à répandre l'espérance, la joie et l'amour. Chimères peut-être ? Mais admirables chimères. Celui qui en a réalisé quelques-unes peut s'endormir heureux.

Paladin, de Brazza a erré sous le soleil, sous les tornades, insensible à la fatigue, inaccessible à la peur et au découragement ; les indigènes, en le voyant passer, la face émaciée et pâle, éclairée par des yeux noirs profonds, d'une intelligence et d'une acuité incomparables, s'inclinaient devant l'homme qui se présentait à eux presque sans défense, et qui, pareil au prophète, la tête haute, semblant voir par l'esprit et par l'âme, paraissait appeler à lui ses rêves du haut des cieux.

Cette puissance de séduction, nul plus que lui ne l'exerça sur les noirs. Un de ses compagnons de route raconte son retour aux rives de l'Ogooué : « Son arrivée, dit-il, a été quelque chose d'émouvant ; j'avais les yeux humides en constatant l'accueil que lui ont fait les noirs. La nouvelle de sa présence s'était répandue très vite. De toutes parts surgissaient des pirogues surchargées d'indigènes qui accouraient pour le regarder, le saluer, et criaient d'une voix forte : Notre père est revenu ! J'ai peine à comprendre comment un blanc a pu inspirer tant de confiance et d'affection à ces gens défiants, ingrats et de tempérament faux. » De Brazza portait ce secret dans son âme ouverte à tous les sentiments de justice et de bonté.

Tout à l'heure, le nom de Stanley est venu se placer près de celui de Brazza. C'est que l'un appelle l'autre par les contrastes que présentent ces deux grandes figures.

Tous deux sont des énergiques, des héros, mais l'un est dur, l'autre est souple ; l'un est impitoyable, l'autre est humain ; à celui-là il faut une armée, à celui-ci quelques hommes suffisent. Stanley confond trop facilement l'autorité avec la cruauté, il passe, il fait une trouée ; ses foudroyantes percées laissent derrière elles une trace de sang ; de Brazza gagne le cœur des populations au lieu de les épouvanter, il ne recourt à la force que contraint, pour sauvegarder sa vie et celle des siens, et lorsqu'il doit punir, il le fait sans colère, avec l'indulgence d'un père. Si tous deux méritent la gloire qu'ils ont conquise, celle de Brazza est plus pure. Il y avait en Stanley de l'aventurier, en de Brazza de l'apôtre.

Il s'en fallut de peu que l'honneur de découvrir le Congo n'appartînt à de Brazza. Le jeune enseigne de vaisseau, qui venait de se faire naturaliser Français, après un séjour au Gabon, en 1872, commença trois ans plus tard la série de ses voyages. C'est dans cette exploration, à travers les vallées de l'Ogooué et de l'Alima, qu'il toucha presque le Congo, arrêté par les indigènes à quatre jours du grand fleuve, au moment même où Stanley le descendait. Il allait bientôt prendre sa revanche.

Stanley, dès son retour, avait fait part de sa découverte à l'Association africaine, formée par le roi des Belges. Chargé par elle d'occuper les régions qu'il avait traversées, il était reparti pour l'Afrique en Février 1879. Il s'était engagé dans la direction de Zanzibar, afin de dissimuler le véritable but de sa mission. A Zanzibar, il recruta des porteurs, et de là se dirigea immédiatement vers les bouches du Congo où il débarqua le 14 Août 1879.

De Brazza veillait. Les projets de Stanley ne lui échappèrent pas. Lui aussi avait reconnu que la véritable voie d'accès à l'Afrique centrale était le Congo ; dès que le plan des Belges lui apparut, il se rembarqua, décidé à devancer cette fois Stanley. Les deux grands explorateurs étaient aux prises, mais tandis que de Brazza connaissait le départ de Stanley, ce dernier ignorait les intentions de son rival. L'un n'avait que 500 kilomètres à parcourir ; l'autre, par l'Ogooué et la Léfini en avait près de 2.000 ; mais Stanley traînait à travers une région accidentée le lourd convoi des voyageurs anglais ; de Brazza emportait pour tout bagage son cœur et sa volonté.

Au mois de Septembre 1880, de Brazza touchait le Congo, et après avoir conclu un traité avec le roi des Batékés, Makoko, il fondait le 1er Octobre sur la rive droite du Pool le poste qui allait recevoir le nom de Brazzaville. Stanley était encore loin. Ce fut seulement quinze mois plus tard qu'il arriva au Pool. Quelle ne fut pas sa stupeur, lorsqu'il se trouva en face du pavillon français, au pied duquel le sergent Malamine et trois tirailleurs montaient la garde ; de Brazza, parti pour fonder d'autres postes, avait confié à ces quatre braves le soin de défendre le drapeau et les nouvelles terres françaises qu'il abritait.

Intimidation et menaces furent vaines ; Malamine se serait fait tuer plutôt que d'amener son drapeau.

Stanley dut se résoudre à créer Léopoldville, en face de Brazzaville ; il lui fallait renoncer à toutes prétentions sur la rive droite du grand fleuve.

De Brazza venait d'ouvrir l'Afrique centrale à la France. Comme le disait alors M. Rouvier, demandant à la Chambre la ratification des traités passés avec les indi-

Il ne suffit pas à de Brazza d'avoir donné la clé de ces immenses régions, il voulut y porter lui-même le nom de la France, y faire aimer son pays d'adoption.

Cette œuvre gigantesque, il l'accomplit presque sans autre ressource que le dévouement de ses intrépides collaborateurs, le docteur Balley, MM. Fourneau, Chavannes, Dolisie, Jacques de Brazza, le capitaine Decazes, pour ne citer que ceux de la première heure ; il y dépensa sa fortune, il y sacrifia sa santé.

Il disait : « Il faut être plus dur pour soi-même que pour les autres. » Ce principe, il le mit toujours en pratique.

La liste serait longue des souffrances endurées par lui, des dangers que seuls peuvent connaître ceux qui l'ont accompagné. Ceux qui ont suivi ses traces sont à même de les deviner. Quand il en parlait il le faisait avec cette simplicité qui était un des charmes de cet énergique.

« Un jour qu'une pirogue avait chaviré dans les chutes de l'Ogooué, raconte-t-il, nous dûmes travailler longtemps dans l'eau pour sauver le chargement. Je gagnai à cet exercice une dysenterie qui me rendit plus maigre encore que je n'étais. Par-dessus le marché, je m'étais blessé assez sérieusement au pied gauche sur une roche. Un charlatan de l'endroit appliqua sur la plaie un diable d'onguent qui me fit enfler le pied gros comme la jambe. Privé de médicaments, je pris mon couteau et taillai dans le morceau jusqu'à un centimètre de profondeur, supprimant tout ce qui n'avait pas une jolie couleur de chair fraîche. J'en fus quitte pour deux mois d'inaction. »

Une autre fois, il fut attaqué à l'improviste au milieu d'un village ; les balles sifflaient de tous côtés, six de ses compagnons avaient été blessés immédiatement. « La situation laissait à désirer », écrit-il simplement.

Lorsqu'en 1897, il revint définitivement en France, il n'avait que quarante-cinq ans, sa santé était ruinée et, huit ans plus tard, il succombait ; mais son nom était entré dans l'histoire.

Le sergent Malamine et trois tirailleurs montaient la garde.

gènes, la France possédait désormais la clé du Congo, de cette magnifique voie navigable, qui sur un parcours de 5.000 kilomètres arrose une contrée admirablement fertile. Notre commerce allait y trouver le caoutchouc, la gomme, l'ivoire, les pelleteries, les métaux, les bois précieux, notre industrie acquérait des débouchés nouveaux.

Sur le Niari Kouiliou

DE LA CÔTE A KAKAMOEKA

Le 2 Juillet 1896, le vapeur *le Fiote*, de la Société d'Etudes Le Chatelier, m'embarque pour me conduire à quelques kilomètres au Nord de Loango, à l'embouchure du Niari, la rivière qui dans son cours supérieur porte le nom de Kouiliou.

Je me suis décidé à remonter le Niari et à essayer de transporter des charges par cette voie, puisque sur la route de Loango à Brazzaville, pas une caravane ne consent à s'aventurer. La présence des tirailleurs ne suffira pas à rouvrir cette route, il faudra la présence de Marchand ; lui seul est qualifié pour obtenir les pouvoirs nécessaires. D'ailleurs, les tirailleurs qui devaient arriver le 24 Juin, par le même bateau que le capitaine Germain, ont été retenus à Libreville avec leur chef, le lieutenant Mangin, et le docteur Emily. Il n'y a donc rien à entreprendre, pour le moment, sur la route de terre, tandis qu'il est possible de faire une tentative par la voie du Niari. Le moyen m'en est donné par la Société d'Etudes Le Chatelier, qui veut organiser un service de transports, par le Niari et le Kouiliou, entre la côte et le poste de Kimbédi, situé sur la route du Pool à moins de 200 kilomètres de Brazzaville. Les charges qui lui seront confiées iront de la côte à Kakamoéka, au pied des rapides du Niari ; là, tournant ces rapides, elles emprunteront une route de terre, libre celle-ci, pour atteindre Zilengoma, où des baleinières les reprendront et les conduiront à Kimbédi.

Ces baleinières, des surf-boats servant à passer la barre, sont actuellement à l'embouchure du Niari, et la Société d'Etudes en a besoin sur le Kouiliou. M. Fondère m'a proposé de les conduire à Zilengoma, et d'utiliser ce voyage pour transporter 800 des charges de la Mission. Nous nous rendrons ainsi un service réciproque.

Il est vrai que les voix les plus autorisées du Congo traitent ce projet de folie. Les rapides du Niari sont infranchissables, dit-on ; ou je mettrai six mois à les remonter, et quand j'y serai parvenu, toutes mes charges auront été noyées, ainsi qu'il en a été lors d'un essai tenté il y a deux ans ; ou j'aurai le même sort qu'ont eu, depuis, le capitaine Pleigneur, noyé dans un rapide et le lieutenant de vaisseau Besançon, mort d'épuisement. Et même, déclarent ces augures, en admettant que j'arrive à Kimbédi, je n'aurai en rien avancé les transports de la mission, car sur toute cette route de Brazzaville, il me sera impossible de recruter un seul porteur; il faudra en envoyer de Loango.

C'est en effet une conviction absolue au Congo, que les Loangos seuls peuvent servir de porteurs. Le principe est indiscutable : hors les Loangos, pas de salut! Le monopole du portage leur appartient, il est interdit d'y toucher. Il est vrai que les commerçants de Loango ont quelque intérêt à affirmer ce principe, puisqu'ils ont de leur côté le monopole du recrutement des porteurs.

Le Congo serait donc l'unique contrée de l'Afrique où les populations n'éprouveraient pas le désir de gagner des perles ou des étoffes en fournissant des porteurs? Il faut croire pourtant qu'elles ne sont pas insensibles à l'appât des richesses, puisqu'elles pillent les convois pour se les procurer. Le jour où elles verront les tirailleurs occuper le pays, et où elles n'auront plus d'autre moyen que le travail pour acquérir ce qu'elles convoitent, elles consentiront à porter.

Persuadé de l'exactitude de ce dernier raisonnement, je me suis mis en route vers le Niari ; je parviendrai bien à me tirer des rapides et à faire mentir les funèbres pronostics qui accompagnent mon départ.

Sur le *Fiote* ont pris passage, avec moi, M. Fondère qui tient à me faire passer lui-même la barre du Niari, et M. Castellani. M. Castellani est un peintre très connu comme panoramiste, attaché à la Mission à titre de dessinateur de l'*Illustration*. Il est arrivé à Loango le 24 Juin, en même temps que le capitaine Germain, et s'est décidé à me suivre, séduit par les jouissances artistiques que lui offrira ce voyage.

Un gros chaland est à la remorque du *Fiote*, il renferme les 800 charges que je vais essayer de ne pas noyer dans les rapides.

De Loango au Niari, le trajet n'est pas long ; nous sommes partis depuis une heure et demie, et déjà nous apercevons l'embouchure de la rivière, qui ne se jette pas directement dans l'Océan, mais dans une lagune, comme presque toutes les rivières de la côte congolaise. Au milieu de la bande de sable qui sépare la lagune de la mer, s'ouvre un passage dans lequel les eaux du Niari heurtent la grande houle, qui éternellement bat les rivages occidentaux de l'Afrique et dont le choc contre le courant produit la barre, le mascaret classique existant souvent en Europe.

Quelques toits de cases apparaissent sur la plage et à l'intérieur de la lagune, nous approchons. Nous virons et mettons le cap sur la terre. « Attention ! crie M. Fondère ; tenez-vous bien. » Un commandement dans le porte-voix : « A toute vitesse ; » et presque aussitôt un énorme mascaret nous enlève. Mais le chaland, qui se trouve trop loin pour être soulevé en même temps que le *Fiote*, tire sur sa remorque, pèse sur l'arrière du vapeur. La lame, rencontrant une résistance, balaie le pont, nous douche au passage, et emporte le panneau qui ferme la chambre des machines. Les mécaniciens sortent une tête effarée. Fondère se précipite sur eux et les renvoie à leur levier de manœuvre. D'ailleurs, nous sommes passés. Le chaland bondit à son tour et fond sur nous comme un bolide ; nous larguons son amarre pour ne pas être écrasés par lui, et nous entrons dans la lagune sans autre incident.

Cette barre n'est pas toujours bonne. Il y a deux ans, elle a englouti la plupart des pièces du *Léon-de-Poumayrac*, l'un des deux vapeurs envoyés pour le Haut-Oubangui. L'autre vapeur, le *Jacques-d'Uzès*, a été débarqué à Loango, mais il n'a pas eu plus de chance que son frère, car ses morceaux gisent épars le long de la route de Brazzaville, notamment dans la forêt du Mayombe. Des deux, c'est encore le premier qui a eu le sort le plus logique pour un bateau.

⁂

Fondère a besoin d'un jour pour rassembler les équipes de pagayeurs qu'il mettra à ma disposition, et faire exécuter une réparation au vapeur, le *Manji*, qui nous conduira à Kakamoéka au pied des rapides.

J'habite avec Castellani une maison de bois entre la mer et la lagune. Assis sous la véranda, nous attendons le moment de rejoindre Fondère qui nous a invités à dîner. Moussa, mon fidèle cuisinier, accroupi sur le sable, extrait les chiques de ses pieds.

Castellani le regarde et me dit :

— Sait-il où nous allons ?

— Sûrement non. J'ignore même comment il a pu apprendre à Dakar ma présence à bord du paquebot, car on a peu parlé de l'organisation de notre Mission. Toujours est-il qu'il se trouvait sur le quai, guettant mon arrivée, supposant que cette

CASTELLANI REGARDE
MOUSSA.

fois, encore, la troisième, je l'emmènerais. Il n'a pas demandé où nous allions, il est monté sur le bateau, comme à Paris nous prendrions un tramway. Que lui importe le but et la durée d'une expédition ? La distance ne l'effraie pas, le temps n'a pas de valeur pour lui. Insouciant, il a traîné ses pas au bord du Sénégal et du Niger, sur les rives du Bandama ; bientôt, il les fera résonner le long du Congo, de l'Oubangui et du Nil. Après avoir vu le soleil se lever sur des forêts, sur des marécages, il le verra se lever sur la mer... et ce jour-là, il ne se doutera pas qu'il a traversé l'Afrique.

Après un instant de silence, Castellani m'avoue timidement :

— Je ne suis pas beaucoup plus avancé que Moussa. Vraiment nous traversons l'Afrique ? J'ai pris tout ce que le capitaine Marchand me conseillait d'emporter, j'ai tout mis dans mes deux cantines et mon tonnelet, je supposais même que ce dernier était destiné à contenir ma provision d'eau dans le désert...

— Mais puisqu'il est étanche, justement pour empêcher l'eau d'y entrer !

— Ma foi, je ne savais pas. Je m'imaginais qu'en Afrique, il n'y avait que du sable et des palmiers de temps en temps ; et puis, je vous le répète, j'ignorais où nous allions. Quand j'ai lu, au magasin général des colonies, la marque C. N. apposée sur tous nos colis, j'ai demandé aux emballeurs la signification de ces lettres cabalistiques. Ils m'ont regardé avec pitié et m'ont répondu : « Congo-Nil, monsieur ! » J'ai fait : C'est vrai ; tout en ne comprenant rien du tout. Réellement nous allons au Nil ?

— C'est l'exacte vérité. Les Anglais ont entamé leur marche vers Khartoum ; de notre côté, nous marchons sur Fachoda. Il s'agit d'arriver avant eux. Voilà tout.

Castellani, joyeux, se frotte les mains. Il se voit déjà au Nil. Quant aux difficultés que nous rencontrerons, elles ne l'inquiètent pas ; je le soupçonne même de ne pas y croire, car il ne croit plus à rien de tout ce qu'il a entendu raconter sur ce pays. Il possède, vis-à-vis de l'Afrique, un état d'âme pareil à celui de Tartarin, qui, dans sa célèbre ascension des Alpes, s'attendait à trouver au fond des précipices, des restaurants et de confortables hôtels. Il ne va pas jusqu'à dire que l'Afrique est truquée, mais il accuse les récits des voyageurs d'être faux.

Deux faits l'ont conduit à ce degré de scepticisme. A l'escale de Konakry, il est descendu à terre et a eu une entrevue avec le docteur Maclaud. Il l'a aussitôt questionné sur la fièvre. Maclaud est humoriste, à ses moments perdus ; peut-être aussi appartient-il à l'école qui nie les bienfaits du sulfate de quinine ? Toujours est-il qu'il répondit gravement à son interlocuteur :

— La fièvre ? Je ne comprends pas...

— Mais cependant, docteur, reprit Castellani, il paraît que c'est terrible, et qu'on en meurt souvent.

Et Maclaud, de continuer imperturbable :

— La fièvre... je ne connais pas du tout... Ah ! vous voulez peut-être parler de la quinine ? Oh ! la quinine, monsieur, a tué bien des gens !

Castellani a pris cette affirmation pour argent comptant ; depuis, il n'en veut pas démordre : la quinine seule est redoutable.

Cette conversation avait déjà sérieusement ébranlé la confiance de notre peintre en tout ce qu'on lui avait raconté sur l'Afrique. Un deuxième fait, extraordinaire et pourtant véridique, acheva l'œuvre commencée par Maclaud.

Castellani était depuis quarante-huit heures à Loango, ou plutôt à la recherche de Loango, car il ne pouvait comprendre comment ces quelques masures dispersées sur un plateau sablonneux représentaient une ville ; il méditait sur les capitales africaines, quand un commerçant vint lui proposer de contempler un boa prisonnier dans une caisse. On venait justement de servir une poule au reptile.

« Un boa ! s'écria Castellani ; un constrictor ! » S'il voulait le voir ? quelle question ! Il y vole, et du premier coup d'œil, qu'aperçoit-il ?... La poule en train de manger le boa !

Parfaitement. Si invraisemblable que cela paraisse, la poule mangeait le boa. Ce pauvre constrictor, gêné dans sa caisse, ou mal éveillé, avait nonchalamment avancé la tête vers la poule. Celle-ci, apercevant les deux yeux qui brillaient, de deux coups de bec les avait crevés. Le boa avait reculé ; la poule s'était avancée, de plus en plus agressive, après les yeux avait attaqué le crâne, si bien qu'elle était en train de traiter l'énorme serpent comme un simple vermisseau. Peut-être fut-elle écrasée par les contorsions et les bonds désordonnés de son ennemi ?... Castellani ne voulut pas en savoir plus long. Il revint, plongé dans une joie intense. C'en était fait, il ne croyait plus à rien. La fièvre n'existait pas, c'était la quinine qui tuait. Les boas... c'étaient les poules qui les mangeaient ! L'Afrique n'était qu'un vaste bluff !

Les rapides le feront peut-être changer d'avis ; il sera bien forcé de constater leur existence ; à moins que la fièvre ne se charge de lui prouver que tout n'est pas un mythe sur le continent noir.

**

Le 4, à six heures du matin, nous embarquons.

Lentement le *Manji* s'éloigne de la côte et de l'Océan. Un dernier regard sur cette mer, dont bien loin les flots baignent les rivages de la France, et derrière un tournant l'Atlantique disparaît.

Le *Manji* presse sa marche, il se dirige vers la trouée que le Niari s'est ouverte à travers la forêt du Mayombe. Les rives de la lagune se rapprochent ; de chaque côté, les berges sont voilées par le lacis que tendent devant elles les palétuviers. Arbre étrange qui semble être planté sur pilotis, qui pousse seulement en eau saumâtre, dans les estuaires des fleuves, et ne se propage que dans les parties inondées à marée haute, découvertes à marée basse. Arbre étrange surtout par la façon dont il se reproduit. S'il laissait tomber sa graine, celle-ci serait entraînée par les eaux, l'espèce serait perdue. La nature, guidée par la nécessité de la conservation, a paré à ce danger. La graine ne tombe pas de l'arbre, elle germe sur la branche et produit une longue liane souple qui descend vers le sol. Au moment où celle-ci arrive au niveau des hautes eaux, elle se divise en trois ou quatre rameaux qui, aux basses eaux, piquent dans la vase. Dès que ces derniers ont pris racine, le palétuvier, rassuré sur le sort de son rejeton, l'abandonne à lui-même ; la liane se détache et devient le tronc d'un nouvel arbre. Enfin, le palétuvier a encore d'autres particularités ; il est le plus lourd et le plus dur de tous les bois ; comme il est imputrescible, les insectes et les autres agents de destruction ont renoncé à s'attaquer à lui.

Bientôt l'inextricable fouillis de troncs, de branches, de lianes, se raréfie, puis disparaît, nous entrons dans le Niari.

Les arbres montent et descendent pêle-mêle le long des flancs du Mayombe, le massif montagneux que traverse la rivière ;

ils frissonnent dans le vent et dans la lumière ; ils se dressent de chaque côté, comme une falaise de verdure ; parfois la tête d'un rocher en émerge ; çà et là des trous d'ombre la crèvent, ouvertures de cavernes dans lesquelles l'esprit devine toute une nature vierge.

Derrière la muraille festonnée de lianes qui se relèvent en draperies, pendent en stalactites, et se frangent de graminées accrochées à l'écorce, on perçoit la pénombre des sous-bois, la nuit verte avec des nefs de ramures, des voûtes d'église soutenues par des piliers formidables. C'est la forêt sans âge, car ces arbres ont des siècles, et, à côté d'eux, les plus beaux de nos forêts de France seraient des arbrisseaux.

Nos regards suivent le déploiement des branches, le moutonnement des cimes que la rouille de l'automne n'atteint pas, et qui restent en pleine gloire ; les yeux, sans se lasser, se reportent d'une rive sur l'autre. Le fleuve est large, et pourtant nous avons l'impression d'être enfouis sous cet amas de verdure.

Il est midi. Une vibration d'air chaud flotte au-dessus des eaux, des coups de soleil éclatants fouillent les massifs sombres, cherchent à y faire pénétrer le frémissement de la vie ; repoussés, ils rejaillissent sur le fleuve où traînent des flammes d'or.

Dans le bruit de la machine qui halète, de l'hélice qui tourne comme fatiguée, le vapeur fend l'eau brillante ; le long de la coque elle court en bruissant. Sur les berges, les branches retombent et rasent l'eau qui leur communique un frissonnement ; sous l'action du courant, des roseaux se courbent et se redressent mollement ; la nature repose dans la lumière. Parfois un gamier s'envole ; il sort de la verdure comme il s'échapperait de la fente d'un mur ; il raye l'air de son vol saccadé et le trouble de la gamme de son cri. De loin en loin, un caïman réveillé se laisse glisser du tronc d'arbre sur lequel il dormait ; il plonge d'un air nonchalant, ennuyé d'être dérangé ; on entend à peine la chute de sa lourde masse qui ride l'eau de cercles concentriques ; il s'est réfugié dans des profondeurs où il retrouvera sans doute d'autres arbres géants engloutis depuis des siècles.

Sur les baleinières destinées à mon voyage, et que remorque le *Manji*, les équipes de pagayeurs sommeillent, on dirait d'un entassement de bronze doré par le soleil.

Assis sur le pont, nous regardons la forêt escalader les flancs du Mayombe, se modeler sur eux, et dessiner tantôt des terrasses successives, tantôt des escarpements. A chaque coude du Niari, la berge intérieure s'avance en promontoire, et des acajous monstrueux se découpent sur le fond, comme d'immenses portants de théâtre.

A quatre heures, dans une clairière, apparaît sur la rive droite la plantation de café et de cacao de la maison Ancel-Seitz. Le vapeur s'arrête; nous sommes encore à quelques heures de Kakamoéka. C'est le point où commencera mon voyage en baleinière; nous passerons la nuit ici.

Dans le crépuscule, le fond de la trouée du Niari s'éloigne, n'est plus qu'une masse confuse; une dernière clarté glisse sur l'eau; les grands arbres de la rive opposée se dessinent vaguement, ils se confondent avec leur ombre sur le fleuve, et semblent s'être rapprochés de nous. Dans la sonorité nocturne, la mélopée des crapauds s'élève, un jappement court et mélancolique lui répond : l'appel des caïmans, m'affirme Moussa.

*
* *

Le *Manji* a repris sa marche, il poursuit sa route à travers des décors de féerie. Bientôt le fleuve se resserre, un coude brusque, et deux blocs de granit surgissent, dressant leur masse à 50 mètres l'une de l'autre. Ce sont les portes de N'Gotou. Entre ces deux bornes colossales, deux géants de pierre qui ont l'air de se parler, nous passons; et peu après nous apercevons les cases de Kakamoéka, le point terminus de la navigation des vapeurs.

Nous gagnons à pied Manji, le poste de la Société d'Etudes, situé à un kilomètre de là, où nous devons séjourner vingt-quatre heures, le temps nécessaire au partage des charges. Il est indispensable en effet d'alléger les baleinières dans la région des grands rapides, c'est-à-dire entre Kakamoéka et Zilengoma; je ne prendrai avec moi que 400 caisses ou ballots, M. Fondère fera transporter le reste par terre à Zilengoma, où je reprendrai la totalité des charges pour les conduire ensuite jusqu'à Kimbédi.

DANS LES RAPIDES.

DE KAKAMOÉKA A M'TIGNY

Le 7 Juillet, tout est prêt; les colis sont zimés, chaque baleinière est munie d'un fort câble, car le seul moyen de remonter les terribles courants que je rencortrerai est de se haler de rochers en rochers. Nous nous mettons en route.

Mes équipes sont de races différentes. Immédiatement elles se classent suivant leur valeur; les Bassas et les Cap-Lopez, qui depuis leur naissance vivent dans les rapides, prennent la tête, mais sur mes sept embarcations, quatre sont armées avec des Loangos, et, si les Loangos ont le monopole du portage, ils n'ont pas celui de la navigation! Ils sont tout de suite en panne. Je laisse Castellani continuer avec les Bassas et je reste avec les Cap-Lopez pour aider les Loangos. Ce n'est que le début de mes tribulations; les rapides à franchir entre Manji et Koussounda sont insignifiants; que sera-ce dans quelques jours?

Grâce au renfort des Cap-Lopez, tout mon convoi est rassemblé le lendemain en face de Koussounda. En y arrivant, je trouve Castellani installé sur un banc de sable d'où il a chassé un énorme caïman, qui a consenti à lui céder la place et à se transporter sur un banc de sable voisin. En ce moment, avec plusieurs de ses frères, l'expulsé chauffe au soleil ses écailles verdâtres. Il ne semble pas avoir gardé rancune à Castellani, il paraît seulement assez intrigué par l'occupation de son remplaçant. Castellani, enthousiasmé par cette entrée des gorges de Koussounda, a en effet dressé son chevalet, il peint. Il m'explique qu'ayant oublié une partie de son matériel dans un des bateaux retardataires, il peint au pétrole au lieu de peindre à l'huile, avec une assiette en guise de palette. Comment une bouteille de pétrole s'est-elle égarée dans nos bagages? Je ne le saurai jamais.

Castellani est décidément l'homme de la brousse. Je crains même qu'il ne le soit un peu trop. Il est midi et il est assis en plein soleil. Quand je lui fais remarquer que pour un homme nouvellement débarqué, habitué seulement au pâle soleil de Paris, il est peut-être imprudent, il hausse les épaules. Tout en dédaignant l'avis, il a pourtant un sourire de remerciement pour l'intention. Je ne parviens à l'arracher à la peinture et au soleil qu'en l'invitant à entrer dans les gorges.

Koussounda est un large couloir, une tranchée ouverte en plein milieu d'une haute colline. Le coup de hache qui a fendu ce contrefort de la montagne est

Les baleinières trainées
dans les rochers.

tombé verticalement, et des deux côtés la falaise se dresse à pic; sur la rive droite seulement, quelques rochers éboulés permettent de longer à pied le torrent. Dans ce défilé, le Niari se précipite furieux, bondit comme s'il avait hâte de fuir les masses sombres qui entravent sa course, s'écroule brusquement en une chute de trois à quatre mètres, et sort en tourbillonnant pour s'étendre et se calmer dans le large bassin sablonneux où mes sept bateaux sont rassemblés en ce moment.

Un à un, halés de rocher en rocher, ils s'engagent dans la gorge et arrivent au pied de la chute. Toutes les charges sont enlevées et déposées sur la rive droite, car un transbordement s'impose. Il me semble même impossible de faire remonter aux embarcations la trombe liquide qui déferle devant nous. Comment aborder cet écroulement d'eau, s'élever sur cet enroulement de vague? nous nous entendons à peine dans le tumulte des flots qui se heurtent, se brisent, s'en vont en écume, en pluie, en fumée. Au milieu de ce fracas, se trouvent quelques endroits paisibles, de petits lacs endormis au sein des tourbillons de larges squames blanches les recouvrent; autour d'eux le flot tourne et revient, créant un contre-courant jusqu'au pied de la chute. C'est grâce à l'un de ces contre-courants que nous sommes parvenus assez facilement là où nous sommes. Mais maintenant?...

Je suis d'avis de traîner les bateaux à travers l'amoncellement de rochers. Fondère qui nous a accompagnés jusqu'ici veut tenter le passage par eau. Quelle force humaine pourrait d'un seul coup enlever une de nos lourdes baleinières en bois au-dessus de cette vague? Essayons.

Les soixante-quinze pagayeurs sont attelés au câble dont l'extrémité, pour plus de sûreté, est amarrée à un rocher. A un coup de sifflet, ils se raidissent dans un effort violent, mais le boat est saisi par la cataracte, retourné comme une coquille de noix; les hommes entraînés lâchent le câble, qui se tend brusquement, et se brise comme une paille. La quille en l'air, le bateau tournoie; il va sûrement se fendre contre les rochers qui disparaissent et reparaissent sous l'écume. Heureusement un courant favorable le fait évoluer entre les écueils; virant sur lui-même, traçant une serpentine, il file vers la sortie du couloir et va s'échouer dans le bassin au milieu des petites lames qui lèchent doucement les bancs de sable.

J'avais raison : il n'y a qu'un moyen de franchir l'obstacle : traîner les embarcations à travers le chaos de rochers où nous avons pris pied. Nous disposons quelques troncs d'arbres de façon à établir une sorte de glissière, une succession de glissières plutôt, car cet amas de rocs est informe. Pour passer d'un morceau de glissière sur un autre, les bateaux devront exécuter toute une gymnastique, dont j'ai bien peur qu'ils ne sortent pas indemnes!

L'opération commence. Derrière eux, les boats laissent de longs copeaux; leurs flancs se zèbrent de blessures, heureusement elles ne sont que superficielles; ces embarcations construites pour franchir la barre sont résistantes. Mais du dernier rocher sur lequel on peut les amener, elles sont obligées de retomber à l'eau, exactement à la tête de la chute. Un manque d'ensemble des pagayeurs à ce moment, et le torrent prendrait sa proie.

.*.

Les sept baleinières ont passé et sont rechargées. Une seule a souffert, celle qui a été d'abord submergée par la chute. Sa coque s'est crevée; avec un morceau de zinc coupé dans une caisse de farine, quelques clous, de l'étoupe fabriquée avec un bout de corde, le flanc malade est réparé.

Fondère nous quitte pour retourner à Manji et le convoi reprend sa route à travers les rapides.

Les Loangos sont toujours en arrière, ils n'ont pas plus d'ardeur que le premier jour! J'ai fait charger et partir leurs bateaux les premiers, afin de leur donner un peu d'avance; mais à peine suis-je sorti des gorges de Koussounda que je les aperçois allongés sur une grève sablonneuse. Je saute à terre pour les inviter à se remettre en route, et je commence par essayer de la persuasion. Mes bonnes paroles n'obtiennent aucun succès, ils n'ont même pas l'air de m'écouter. Je suis plutôt embarrassé! Je n'ose employer les menaces, de peur de les voir déserter. Ils ne sont pas encore à une assez grande distance de la côte pour ne pas réussir à rentrer chez eux où, ils le savent bien, la trop bienveillante administration locale ne les poursuivrait pas. Cependant je décide un des contremaîtres à se lever. Instantanément les voilà tous debout m'entourant, réclamant, gesticulant, criant. Je n'arrive ni à les entendre, ni à me faire entendre d'eux. Tout à coup ils se sauvent en hurlant ; à côté de moi Castellani a surgi, le revolver au poing.

Il a cru à une attaque et bravement a bondi hors de notre bateau ! Au lieu de le féliciter de son courage, je l'invite en termes véhéments à remettre son revolver

gré mes efforts je ne peux m'empêcher de rire. Dès lors l'hilarité est générale, et chacun regagnant son embarcation, reprend la perche ou la corde de halage.

Castellani a bon caractère, il ne se fâche ni de la façon un peu vive dont je l'ai apostrophé, ni des imitations auxquelles

LE FLANC MALADE EST RÉPARÉ.

son geste donne lieu dans les équipes. Seulement il a noté cet incident à côté des déclarations de Maclaud sur la quinine, et de ses impressions sur les rapports entre poules et boas ; les révoltes des noirs sont rentrées dans le domaine de la fiction ! A Manji, d'ailleurs, son carnet s'est enrichi d'un nouvel élément de scepticisme : Fondère lui a révélé que, de toute l'Afrique, le Congo est le seul pays où les noirs ne fabriquent pas de savon !

dans l'étui, et je le renvoie à ses études, car il était en train de dessiner.

Vais-je rattraper mes pagayeurs effarouchés ? Heureusement, ils ne sont pas allés loin ; la mine déconfite de Castellani semble même les réjouir. Je ne veux pas insinuer que l'homme descend du singe ; mais il est certain que les noirs, comme ces animaux, ont une facilité surprenante à se laisser distraire de leur idée première par le moindre incident. Ceux-là ne songent plus à ce qu'ils voulaient me dire ou obtenir de moi. Ils reviennent en imitant la pose dramatique de mon trop brave peintre, et mal-

***

Nous suivons les baleinières à pied ; la forêt nous enserre toujours et pèse encore sur nous, mais la montagne se fait moins sauvage ; les berges sont praticables ; il m'est possible d'accompagner les Loangos, de les surveiller, de les exhorter ; si tant est que mes exhortations puissent avoir un effet !

Il est certain que ces malheureux font un dur métier. Le courant a une violence terrible ; les rochers se montrent partout, ils apparaissent à fleur d'eau comme des têtes de géants engloutis. Du matin au soir il faut haler. Dans chaque équipe, pendant que les uns maintiennent le boat en place au milieu des tourbillons, les pieds agrippés aux écueils, les mains au bordage, les autres portent le câble un peu plus loin, luttant contre l'eau, escaladant les entassements de rocs ; puis les premiers rejoignent ceux-ci, et tous à la fois recommencent à tirer ; un seul homme reste dans le bateau, muni d'une perche, afin d'éviter ou d'amortir les chocs ; c'est lui qui a

la N'Goma, nous sortons de la forêt. Le Niari est encore encaissé entre les derniers contreforts du Mayombe, mais nous pouvons nous imaginer que du sommet des hauteurs qui nous dominent on découvre de vastes horizons, et cette idée nous fait respirer plus librement.

Des indigènes nous apportent du village voisin du manioc et des bananes, et j'apprends par eux que la route de Zilengoma passe sur la colline au pied de laquelle nous campons. Les achats terminés, les vivres payés de quelques cortades d'étoffe, je me dispose à gravir la falaise pour reconnaître ce sentier et contempler autre chose que cet interminable défilé dans lequel nous sommes prisonniers. Castellani veut venir avec moi ; comme je lui conseille de rester, car l'escarpement est assez raide, il met un point d'honneur à m'accompagner ; il parle toujours de sa vigueur, nous verrons bien s'il me suivra.

La colline n'a guère que 300 mètres, mais c'est une escalade plutôt qu'une ascension ; nous grimpons au milieu de pierres, d'éboulis, de

la fonction la plus délicate, la plus dangereuse aussi, car s'il n'agit pas exactement dans le sens voulu, avec la force voulue, il peut mettre la baleinière en travers du courant et la faire chavirer ; il est exposé encore à un autre danger, si le câble se rompt, l'embarcation court grand risque, emportée par le courant, de s'éventrer sur les récifs. Les Bassas et les Cap-Lopez ont une sûreté merveilleuse d'œil et de main ; je tremble toujours pour les Loangos.

J'ai bien un moyen de stimuler l'ardeur de ceux-ci ; je possède une dame-jeanne de tafia dans mes bagages ; mais je la réserve pour les plus mauvais passages, car nous avons plusieurs chutes à remonter dans le genre de celle de Koussounda.

broussailles, de temps en temps, il faut faire un rétablissement pour s'enlever sur la plate-forme d'un rocher. Et Castellani me suit. Arrivé au sommet, il souffle un peu, moi aussi d'ailleurs. Nous nous asseyons un instant. Autour de nous, c'est le calme ; l'horizon n'est pas encore très étendu, il est coupé par les mouvements de terrain qui prolongent le Mayombe.

Évidemment nous ne nous attendions pas à trouver la plaine, une campagne fleurie, des champs de blé semés de coquelicots. Ce n'est que la brousse desséchée, pourtant c'est un soulagement de voir devant soi, de ne pas être dominé par la montagne et la forêt. A nos pieds la rivière bouillonne ; couverte d'écume, elle paraît rouler de l'eau de savon.

La colline, sur laquelle nous sommes, s'abaisse au Nord vers un ravin affluent du Niari, le chemin annoncé par les indi-

*
* *

Aujourd'hui 13 Juillet, au confluent de

gènes descend le long de cette croupe ; en le prenant, il est probable que nous rejoindrons les bords du Niari et notre campement plus facilement que par le chemin de l'aller ; nous nous mettons en route. Au fond du ravin, pas de trace de sentier se dirigeant vers la rivière, mais elle est tout près, nous l'entendons gronder ; nous nous lançons à travers la brousse. A peine y sommes-nous engagés que nous rencontrons un fourré de ronces. Tant pis, il faut passer. Nous nous débattons ; à chaque pas, les épines laissent la trace de leurs griffes sur nos vareuses, nos casques arrachés restent suspendus aux branches. Les bras en avant, nous fonçons avec le courage du désespoir. J'ai pitié de Castellani qui n'est pas habitué à de pareils exercices, j'essaye de lui frayer le chemin. Il prétend que c'est inutile, qu'autant vaudrait faire frayer par une souris le chemin à un bœuf. Il exagère pour lui comme pour moi. Nous entendons toujours la rivière, mais je commence à croire que nous n'y arriverons pas ! Enfin, nous y voilà. Nous poussons un soupir de satisfaction et contemplons non loin de là, d'un œil attendri, notre campement où la table est dressée. Moussa nous attend.

Pendant le dîner, Castellani dissimule quelques bâillements. Je sais bien ce qu'ils signifient. Ils sont un des signes précurseurs de la fièvre ; mais je n'ose prononcer ce mot. Pourtant, je me décide timidement :

— Castellani, vous devriez prendre de la quinine.

L'explosion redoutée se produit immédiatement :

— De la quinine ? Jamais ! D'ailleurs, la fièvre... Et puis vous, l'avez-vous ?

J'essaye de lui expliquer que ce n'est pas une raison ; il ne veut rien entendre.

Je regrette presque de l'avoir emmené dans mon excursion. Quels remords n'aurais-je pas eu si j'avais connu son âge. Car il ne l'avait pas avoué, il s'était donné 45 ans, et il ne portait pas davantage. Il avait réellement 60 ans !

Un nouvel incident allait dans la nuit même compléter ce que la promenade avait commencé et accroître la fatigue de Castellani. Moussa avait jeté négligemment près de notre tente un pot de confiture vide, ou tout au moins qu'il croyait tel, il n'a pas l'habitude de laisser se perdre la moindre parcelle d'une semblable friandise. Mais là où il ne restait plus rien pour Moussa, des fourmis trouvaient encore à glaner. Pendant la nuit, alors que nous reposions tous, une bande de magnans en voyage vint à passer dans les environs.

Les magnans, fourmis noires, ont une férocité qui n'a d'égale que leur prétention. Tout ce qu'elles rencontrent de comestible, elles veulent l'emporter, fût-ce un homme. Leur marche est d'ailleurs merveilleusement organisée. La bande circule sur une largeur de 4 à 5 centimètres, entre deux haies de guerriers, de forte taille ; à la plus petite alerte, ils se dressent de chaque côté, les pinces en l'air, tournées vers l'ennemi. C'est le service de protection, le service d'exploration est constitué par des éclaireurs qui courent au loin, en avant, sur les flancs, à la recherche d'une proie. Quelle est la longueur de cette colonne ? Je ne sais si personne a jamais essayé de la calculer ? Il est de ces bandes qui défilent pendant des heures, peut-être pendant une journée ?

C'était sûrement à une des plus fortes colonnes de ces terribles fourmis que fût signalé le pot de confiture de Moussa. Elle s'y engouffra ; mais pendant ce temps les éclaireurs poursuivaient leur reconnaissance, ils découvrirent Castellani. Lâchant aussitôt le pot de confiture, les magnans se lancèrent à l'assaut.

Un cri me réveilla. Je reconnus la voix de Castellani. Avait-il rêvé d'une révolte des pagayeurs ?

— Des fourmis, me dit-il.

Il avait seulement un peu d'angoisse dans la voix, et vraiment il aurait eu le droit de hurler. Je dois le reconnaître ; il fit preuve d'un remarquable stoïcisme. Chaque morsure de magnan laisse sa trace, et produit une véritable sensation de brûlure. Quand des milliers de ces insectes vous surprennent endormi, ce sont des milliers de brûlures qui vous éveillent, et la douleur est terrible.

— Déshabillez-vous, lui criai-je, et sortez vite.

En Afrique, en route, on dort avec une partie de ses vêtements, et le seul moyen de se débarrasser de ces agresseurs est de se porter loin du gros de l'ennemi et de se dévêtir entièrement ; après quoi, un boy ou un ami complaisant vous épluche et arrache tous les magnans qui n'ont pas lâché prise.

Aidé de Moussa, je réussis à délivrer Castellani ; mais la nuit pour nous était terminée ; après avoir repoussé les fourmis à l'aide du feu, il fallut démonter la tente pour en chasser les dernières, et le jour se levait lorsque nous pûmes nous déclarer vainqueurs.

*
* *

A neuf heures du matin, nous arrivons au pied de la chute Pleigneur. C'est là que s'est noyé le capitaine Pleigneur dans sa reconnaissance des rapides du Niari.

Comme à Koussounda, le fleuve tombe en chute, disparaît dans une pluie de perles, une gerbe d'écume, et barre toute la largeur du lit. Cependant sur la rive droite existe au milieu des rochers une sorte de petit chenal en escalier ; mais sa profondeur est à peine suffisante pour faire passer un bateau vide, et il n'a pas l'air d'avoir la largeur nécessaire. C'est pourtant le seul passage par où nous puissions essayer de remonter la chute.

Les boats sont déchargés, je fais avancer le premier. Je m'en doutais, il est trop large pour le chenal. On le soulève, on le met de travers, sa coque grince contre les rochers, se creuse de sillons, il arrive tout de même au-dessus du barrage. Les autres suivent ; à deux heures de l'après-midi, tous sont réunis dans une petite crique sablonneuse, et je les fais recharger aussitôt.

— Nous reprenons la marche ? demande Castellani.

— Evidemment !

— Vous avez une façon de fêter le 14 Juillet ! !

Je n'y avais plus songé. Voilà l'occasion de récompenser le zèle des Bassas et des Cap-Lopez, et d'encourager le timide effort donné aujourd'hui par les Loangos. En l'honneur du 14 Juillet, il y aura repos et distribution de tafia.

Cette nouvelle est accueillie avec un enthousiasme qui s'accroît à la vue d'un défilé de bon augure ; le chef de Kitabi, le village voisin, apporte du manioc, et en tête du cortège s'avance, sur la tête d'un indigène, un petit cochon ficelé dans une moutète. Le pauvre animal fait une si triste figure que je le livre au crayon de Castellani avant de l'abandonner aux pagayeurs.

Pendant que Castellani dessine, et que le chef de Kitabi s'éloigne gratifié de cortades d'étoffe, je subis l'assaut des malades. J'aurais peut-être eu la vocation de médecin, je n'ai pas celle d'infirmier. C'est toujours le moment pénible de la journée ; je ne peux cependant refuser de panser les écorchures, les coupures, dont certaines sont assez profondes ; ces malheureux se sont blessés sur les rochers ; c'est bien le moins que je les soigne.

Mes pansements ne produisent pas grand effet, puisque les blessés reprennent aussitôt leur dur métier, mais les noirs aiment se faire soigner. Ils sont en cela de grands enfants éprouvant un plaisir à ce qu'on s'occupe d'eux ; et ce qu'il y a de mystérieux dans les remèdes les attire. Tout ce qui est inexplicable revêt à leurs yeux une allure de magie. Que pensent-ils de mes médicaments, de moi qui les distribue ? Je n'en sais rien. Je sais seulement ce qu'ils pensent de leurs sorciers et de la façon dont ils sont soignés par eux. Ignorants des lois de la nature, ils donnent pour cause à leurs maladies l'influence d'un mauvais esprit et ils attribuent leur guérison à l'apaisement de cette puissance néfaste. Ce n'est pas, en effet, à la victoire du bon esprit sur le mauvais qu'ils font remonter la cessation de leurs maux ; le bon esprit existe bien, mais il est passif, le mauvais seul est actif ; l'importance n'est pas de se rendre propice celui-là, mais celui-ci. Ces enfants de la brousse sont des désabusés, ils reconnaissent que le mal a plus de puissance que le bien ! Hélas ! trop souvent la philosophie de ces nègres se trouve justifiée, aussi bien chez les civilisés que chez les sauvages.

Mes pagayeurs me considèrent-ils comme le vainqueur de l'esprit du mal ? Cette hypothèse me flatte. Je crois qu'ils ne se livrent à aucune supposition ; le blanc est un être à part, ils ne cherchent pas à expliquer son pouvoir. En tout cas, ils m'abandonnent leurs blessures avec une confiance que je déplore, mais que je m'efforce de mériter. Que deviendrai-je dans quelques jours ? Je serai bientôt à bout de médicaments et je me verrai dans l'obligation, ou de renvoyer mes malades sans pansement, ou de les tromper. Il est vrai que si dans certains cas le mensonge est permis, c'est bien dans le domaine médical.

Je voudrais que Castellani ait un peu de cette foi aveugle dans ma science. Il est sans entrain, il étouffe des bâillements ; c'est en vain que je fais une timide allusion à la quinine ; il y répond en me disant que d'un coup de poing il brise une porte, qu'il fatigue un maître d'armes sur la planche, et qu'il en a vu bien d'autres !

CASTELLANI DESSINE. JE
FAIS DES PANSEMENTS.

La fatigue de l'ascension d'hier, à laquelle s'ajoutent une nuit d'insomnie et la persistance d'innombrables brûlures, le mettent en mauvaise situation pour résister à la fièvre. Je crains fort qu'il ne doive en reconnaître l'existence avant peu, en dépit des affirmations du docteur Maclaud.

Le soir, le tam-tam provoqué par la distribution de tafia le laisse indifférent. Il remarque seulement qu'en France aussi on danse sur les places, au carrefour des rues... Et voilà comment un tam-tam nègre nous plongea soudain dans un rêve attendri.

* *

Le jour se lève, une petite vapeur flotte sur le Niari, elle se confond au-dessus de la chute avec la brume projetée par l'écume ; les collines en face de nous se détachent en sombre sur le ciel éclairci, rosi par les premières lueurs ; nous repartons.

La marche du convoi est de plus en plus pénible, car le courant est de plus en plus fort, et les rochers sont de plus en plus nombreux.

Aux rapides de l'Aloubomou, nous sommes obligés, à nouveau, de décharger les embarcations. Si encore les rives se prêtaient à cette opération, mais les rapides se produisent généralement à un étranglement de la rivière, les berges sont supprimées et le transbordement des colis doit se faire dans l'eau, au milieu des brisants. Les hommes peinent affreusement, s'enlèvent des morceaux de chair ; ils me font pitié.

Lorsque les sept boats ont passé, il n'est que quatre heures et demie ; je donne l'ordre de camper. Que de pansements en perspective !

Pour effacer la mauvaise impression de cette journée épuisante, j'accorde à chaque équipe une prime de dix francs et j'annonce une distribution de tafia. Toutefois, comme je crains d'avoir d'autres journées semblables, et que ma dame-jeanne sera vite tarie, je commence à baptiser mon alcool. C'est une mesure prudente et hygiénique.

A peine avons-nous démarré, que nous nous trouvons en face d'un autre rapide. L'Aloubomou se compose de deux marches ; hier nous n'avons franchi que la première. Le déchargement des boats et le transbordement recommencent. Pour stimu-

ler l'ardeur et ménager mon tafia, une fois le rapide remonté, j'envoie dire au chef du village voisin d'apporter des vivres et j'achète du manioc, des bananes, des poulets pour la somme de dix-neuf cortades !

Réparer des forces dépensées n'est que justice. Malheureusement je commets une imprudence ! Je distribue ces vivres pour que la récompense suive immédiatement l'effort. Les meilleures intentions n'ont pas toujours des résultats adéquats. J'ai compté sans mes Loangos ! Ils jugent que la récompense ne consiste pas uniquement à déposer les provisions au fond du boat, mais à les manger le plus tôt possible. Et la rivière prenant enfin une allure plus facile, pendant que je file à grands coups de pagaies avec mes Bassas, suivis des Cap-Lopez, les Loangos se laissent distancer et s'arrêtent pour festoyer. A midi, lorsque je fais halte, ils sont loin derrière moi.

En les attendant, je profite d'un épanouissement du Niari qui crève les berges de petites criques, pour pêcher à la dynamite. Cette pêche remplit de joie mes pagayeurs. Castellani, qui semble remis de sa fatigue, n'est pas moins heureux qu'eux ; il s'exerce à amorcer les pétards et à les lancer, je suis obligé de le modérer.

Enfin, à quatre heures, les Loangos apparaissent ; ils mettent leur retard sur le compte d'une avarie : la quille en fer d'un de leurs bateaux a sauté. Je ne suis pas dupe de ce prétexte.

Il est vrai cependant que la bande de fer n'existe plus. Le boat déchargé, retourné, je constate, après examen, qu'il peut continuer à naviguer ; il faudra seulement le surveiller.

* *

Au réveil, au moment où je commande le départ, on m'annonce qu'une des baleinières est pleine d'eau ; c'est celle qui a descendu la chute de Koussounda et s'y est crevée. Les chocs successifs, subis depuis, ont soulevé la plaque de zinc qui bouchait le trou, et arraché l'étoupe. Je fais une nouvelle réparation, et ce bateau ayant droit à des égards, je l'allège d'une partie de ses charges que je répartis entre les autres équipes.

Le Niari reste calme, nous avançons rapidement, les Cap-Lopez scandent de chants leurs coups de pagaie, je me laisse bercer par le mouvement, par la mélopée ; le soleil lui-même se fait clément, il s'est voilé de nuages. Souvent, pendant la saison sèche au Congo, il disparaît ainsi, on dirait d'un ciel d'orage, la lumière est à la fois plombée et cuivrée, mais ce n'est qu'une apparence ; la pluie ne tombe jamais avant l'époque fixée par la marche des saisons. Celles-ci sont réglées par la marche du soleil ; entre les deux points extrêmes de sa course, il apporte la pluie à toutes les longitudes par lesquelles il passe. Ici, par conséquent, le prochain équinoxe ramènera l'hivernage. Nous avons encore deux mois de sécheresse.

L'apaisement du Niari n'est pas de longue durée. A midi, un grondement trop connu me tire de mon indolence. Ce sont les rapides du Sousou. Je jette un regard en arrière ; hélas ! je ne vois pas un seul des bateaux loangos ; je les avais oubliés dans le farniente d'une navigation paisible. Où sont-ils. Il est midi et demi. Quand arriveront-ils ?

Le premier se montre à six heures, les trois suivants à sept heures et demie. Qu'est devenu le cinquième, celui qui a le dénommé Balo comme contremaître ? La nuit est complète, il ne nous rejoindra pas. Il prévoit sans doute que la journée de demain sera dure ; il n'est pas pressé de le vérifier.

Nous dînons sur un rocher, entourés par l'eau que nous entendons bouillonner autour de nous. Qui donc a dit : les rivières sont des chemins qui marchent ? Oui, elles marchent, mais pour ceux qui descendent le fil de l'eau ; il leur arrive alors de marcher trop vite ! Enfin, la phrase est jolie, elle fait image. Elle fait même rêver : on se voit dans le fond d'une barque, mollement allongé, emporté sans effort par le courant, les avirons à l'abandon, bercé par un léger clapotement, les yeux perdus dans le ciel, le front caressé par la brise... ou bien on se représente les gabares hissant leur voile, les grands chalands en file, tirés par le remorqueur au souffle haletant, les péniches traînées par les chevaux qui égrènent, le long du chemin de halage, le tintement de leurs grelots dans le flottement de la brise matinale... Chemins qui marchent pour le rêve, chemins qui marchent pour le travail, les rivières en France sont des amies, des aides. Ici elles sont, comme le reste de la nature, dressées contre qui veut les violer ; les rivières sont des ennemies.

Je viens de faire cette série de réflexions à part moi. A la grande stupéfaction de Castellani, je répète tout d'un coup rageusement, songeant à la journée de demain :

Ah ! oui ; les rivières sont des chemins qui marchent !

Moussa, qui sert le café, a compris que j'invectivais le Niari. Maître d'hôtel accompli, il se mêle néanmoins quelquefois à la conversation.

— Sénégal seulement y a bon ; affirme-t-il gravement.

— Est-ce vrai ? demande Castellani.

— A peu près. Je reconnais qu'il se jette dans la mer avec assez de dignité. Il est même de tous les fleuves d'Afrique le seul à qui pareille chose arrive. De cela, Moussa, je lui sais gré, bien que ce soit sûrement malgré lui. S'il ne rencontre pas de rochers sur sa route de sable, il n'y est pour rien, mais au-dessus de Kayes, souviens-toi, il se conduit comme les autres.

Moussa cherche une excuse à son fleuve ; comme il ne la trouve pas, je la lui fournis généreusement :

— Consolons-nous. Toutes ces chutes sont probablement destinées à pourvoir un jour l'Afrique d'électricité. Croyons-en le bon La Fontaine : Dieu fait bien ce qu'il fait.

Mais Moussa qui ignore la houille blanche, aussi bien que La Fontaine, ne m'entend plus, il est retourné à ses fourneaux me laissant à mes réflexions sur les forces inemployées, sur les réserves d'énergie dont dispose l'Afrique. Quelques lucioles voltigent autour de nous, petites étoiles mouvantes, elles protestent contre l'éclairage électrique que je viens d'évoquer. Puis-je désirer que des usines abîment ce paysage, que le travail de l'homme enlaidisse celui de la nature ?

*
* *

Le jour est levé depuis deux heures, et j'attends toujours le boat retardataire. Il se décide à paraître vers neuf heures. Je fais une exécution ; je dégrade le contremaître et en nomme un autre à sa place, puis nous partons.

A deux heures, un barrage de plusieurs mètres dresse devant nous sa ligne d'écume, son rideau de poussière liquide ; ce sont les cataractes de la Moutima. Pas la moindre chance de les remonter le long de la rive gauche. Nous explorons la rive droite. Le Niari y creuse une anse qui communique par une porte formée de deux très gros rochers avec un petit bassin où la chute est déviée par un promontoire rocheux le long duquel elle glisse. Ici, la chute est moins brutale, elle s'allonge sur plusieurs mètres, elle n'est plus qu'un torrent, mais ce torrent roule une énorme masse d'eau avec une terrible vitesse. Je n'ai pas le choix. Il faut passer ici ou encore une fois traîner les baleinières à sec, comme à Koussounda. Une première difficulté nous arrête : la porte formée par les deux rochers est trop étroite ! Toutes les charges sont débarquées, et les boats allégés, tirés d'un côté, poussés de l'autre, soulevés, mis de travers, finissent par retomber dans le petit bassin.

Maintenant, tous les pagayeurs sont attelés au câble du premier bateau que je présente au torrent. Je n'ai pas osé laisser à l'intérieur le percheur habituel, il courrait trop de dangers. Je commande de haler. L'avant n'étant pas maintenu se jette à gauche, se précipite à droite, le bateau se débat au bout du câble, comme un cheval rétif au bout de sa longe ; il va se briser. Halte ! Il faut absolument un percheur et même deux ; mais c'est risquer la vie de deux hommes ! Les Cap-Lopez sont seuls capables de réussir. Ils rient de ce qui me terrifie ; deux d'entre eux sautent dans le boat comme si ce dernier reposait sur un lac. Ils sont prêts ; de nouveau, je fais haler. Maintenue par les perches, l'embarcation demeure face au courant. Elle reste immobile ! Sous les efforts réunis de 75 hommes, elle ne gagne pas un centimètre ; elle émerge d'une coupe d'écume, le torrent se relève le long de ses bords, et va l'envahir. Je la laisse revenir en arrière.

Où trouver du renfort ? Comme s'il eût deviné mon vœu, le chef de Yélika, un village dont on aperçoit les cases, arrive, suivi d'une théorie de porteurs chargés de vivres. Je mets bout à bout plusieurs câbles, j'y attelle le peuple de Yélika, après lui avoir expliqué qu'il faut tirer très vite, sans s'arrêter. Cette fois, les forces combinées de plus de 100 hommes parviennent à arracher la baleinière du torrent. Elle remonte. La vague coupée se dresse, passe par-dessus l'étrave. Plus vite ! plus vite ! Les Cap-Lopez n'ont pas bronché, le point critique est franchi, le boat flotte en eau calme.

Après avoir recommencé six fois cette manœuvre, les sept baleinières sont au mouillage, au-dessus de la Moutima, il est neuf heures et demie du soir. La nuit est complète au moment où le transbordement des charges, restées en aval, est terminé.

Nous campons sur les pentes du promontoire rocheux qui nous a permis de passer ; plus bas, à nos pieds, la grève est couverte de traces d'hippopotames, et mes noirs affirment que si nous campions à cet endroit, nous serions écrasés par eux pendant notre sommeil. D'ailleurs, je n'en crois rien ; nos feux suffiraient à les éloigner.

*
* *

Au réveil, pour la première fois depuis le départ, j'aperçois un horizon. Il est encore noyé dans la brume, mais la muraille qui nous enserrait jusqu'ici a disparu.

A mesure que nous avançons, le paysage se transforme. Devant nous, s'étend une succession de collines où des bouquets de bois alternent avec une brousse parsemée de quelques arbres rabougris ; derrière nous, les plans successifs vont, en s'étageant, rejoindre les cimes du Mayombe qui se fondent dans le ciel. Sous la lumière grise des jours sans soleil, les contours des lignes ont la lucidité que les lointains prennent après un jour de pluie.

Je me réjouis de ne plus avoir à cheminer entre ces parois de verdure toujours pareilles, où nous étions enfouis, où nous étouffions ; mais le Niari a vite fait de calmer ma joie, lui ne change pas.

Toute la journée nous nous halons de rocher en rocher ; plus nous allons, plus les rapides se multiplient. Dans les couloirs du Mayombe, les dépressions étaient marquées brutalement par des seuils rocheux, digues naturelles qui créaient entre elles des biefs plus ou moins navigables, mais, du moins, on y avait parfois des instants de repos. Ici, le Niari ne descend plus par des échelons largement espacés, il coule sur un escalier. Si chaque marche à monter nécessite un effort moins violent qu'une chute sur laquelle on se hisse par rétablissement, cet effort répété devient à la longue plus fatigant. Pour les Loangos surtout, ce travail est démoralisant, ils se traînent littéralement. Seul le tafia serait susceptible de secouer leur mollesse. Je ne peux cependant recourir tous les jours à ce stimulant, à ce poison ! Il est vrai que le virus en est atténué, ce que j'enlève de la dame-jeanne étant immédiatement additionné d'une quantité d'eau à peu près égale. Je crois d'ailleurs qu'ils s'en aper-

Nous halons de rocher
en rocher.

çoivent et proportionnent leur énergie au
degré de l'alcool.

A trois heures, je m'arrête au milieu
d'un rapide; les Loangos ne seront là que
dans deux ou trois heures. Un petit affluent creuse dans la rive gauche un golfe
où une plage de cailloux permet d'établir
le campement. Je fais dresser ma tente
au bord du ruisseau, sous une voûte de
feuillage, bien qu'il soit inutile de rechercher l'ombre; le soleil ne s'est pas montré
de toute la journée.

**

Depuis deux jours, le ciel reste couvert, il est couleur de plomb, il déverse
un ton gris sur les arbres, sur l'eau dont
les bouillonnements ont des reflets de vieil
étain, les rochers semblent noirs entre les
paquets d'écume accrochés à leurs pointes.
Tout est assombri de cette teinte neutre,
et la rumeur monotone des eaux devient
aussi morne que le silence. Les hommes qui
tirent sur les câbles ont l'air de faire des
gestes d'automates; sur eux aussi pèse
cette lumière morte, ils agissent sans parler; quand ils s'appellent ou crient pour
haler avec ensemble, leurs voix résonnent
sans éclat.

Comme avant-hier, comme hier, nous
gravissons les marches de cet escalier sur
lequel bondit le Niari. Deux fois aujour-
d'hui il a fallu décharger les bateaux,
transborder les quatre cents colis.

A midi, sur la rive droite, apparaît un
massif d'aspect étrange. De loin, on croirait voir des murs crénelés, des tours, des
flèches; en approchant, les flèches s'ajou-
rent comme des clochers, les tours se déchi-
quètent, les murs ont des pans écroulés qui
donnent à cet ensemble une allure de
ruines, de forteresse démantelée. Ce n'est
qu'une fantaisie de la nature, une bizar-
rerie géologique; ces rochers ont été sans
doute sculptés par des torrents préhisto-
riques à l'époque où le Niari cherchait sa
voie. Que n'en a-t-il découvert une plus
praticable!

**

La vallée s'élargit, la rivière s'apaise,
mais en se calmant elle se répand sur une
largeur qui lui fait perdre toute profondeur. Elle coule sur une table rocheuse,

les quilles grincent, raclent le fond; à
peine y a-t-il assez d'eau pour empêcher
les bateaux de se coucher.

Une ligne de collines, dont l'aridité
contraste avec la verdure environnante,
barre le lit devant nous; ce sont les hauteurs de Milonga où, d'après les renseignements, nous devons trouver les rapides les
plus durs.

A midi et demi, nous arrivons au pied
de ce massif. Le Niari en jaillit par un
étroit goulot. Le passage sera difficile. Il
faut attendre les Loangos. Leur lenteur
aura doublé la longueur du voyage. Sans
eux, je serais déjà loin, et sorti des rapides.

Nous campons sous un petit bois en
futaie. De grands arbres assez semblables
à des chênes étendent leur ombrage au-
dessus d'un sol couvert d'une herbe rase,
parsemé de touffes de joncs. Aujourd'hui
le soleil brille; au milieu de la poussière
liquide que projette la chute, à côté de
nous, se dessine un arc-en-ciel; une de ses
branches plonge dans la vague, on dirait
le col recourbé d'un grand oiseau de toutes
couleurs en train de se désaltérer. Au delà,
sur les crêtes des collines qui ondulent
vers l'horizon, les rochers tracent un liséré
bleuâtre.

Mais le temps n'est pas aux rêveries!
Les blessés attendent leurs pansements.
Depuis quelques jours, je suis dépourvu
de médicaments; j'en donne néanmoins.
On ne se doute pas, en France, des cures
que peut opérer la sauce anglaise! Mé-
langée à de l'huile et dosée de façon à
colorer la mixture de teintes variées, elle
guérit les maladies les plus diverses, aussi
bonne pour les plaies que pour les rhuma-
tismes. Je ne crains pas de dire qu'elle
est supérieure à la teinture d'iode! Quand
j'ai appliqué sur un bras ce baume souve-
rain, il faut voir comme mon malade en
aspire le parfum avec délices! L'un d'eux
a même eu, avant-hier, l'idée de passer sa
langue sur la partie frictionnée. Il a paru
goûter la valeur de ce produit britannique;
si bien qu'hier son mal s'est trouvé, comme
par miracle, transporté du bras dans la
mâchoire. J'en ai tout de suite compris
la raison car il réclamait un traitement in-
terne et ouvrait une bouche capable d'en-
gloutir un flacon entier de Worcester sauce.
Après lui avoir expliqué que ce remède
s'employait seulement pour l'usage externe,
je frottai sa joue et aussi près de l'oreille
que possible. Sa mine était comique; elle

le fut bien davantage quand il tenta, en s'en allant, d'atteindre avec sa langue le point soigné. Il a certainement pris la résolution de n'avoir plus mal qu'en des endroits accessibles, où le remède puisse se lapper. J'attends la déception de mes malades au premier poste où je me ravitaillerai, sans les prévenir, de véritable teinture d'iode.

*
* *

Au réveil, j'examine la chute ; je ne vois aucun moyen de la tourner ; je donne l'ordre de transborder les charges. Après quatre heures de travail l'obstacle est franchi, et les boats rechargés reprennent leur route. Le Niari s'est resserré entre les collines qu'il traverse mais s'il a retrouvé sa profondeur, il a retrouvé en même temps sa vitesse. Au premier tournant, d'énormes rochers apparaissent, c'est le deuxième rapide de Milonga, et nous en rencontrerons bientôt un troisième, paraît-il. Le seul passage possible est en plein milieu, au plus fort du courant. Je passe en tête avec les Bassas, les Cap-Lopez suivent, puis je reviens diriger les boats loangos. Ayant mis le premier en bonne voie, je crois pouvoir l'abandonner et rejoindre Castellani campé sur la rive gauche. Il est trois heures et demie et je n'ai pas encore eu le temps de déjeuner. A peine ai-je commencé que j'entends des cris ; la baleinière a coulé ! Un faux coup de perche l'a placée en travers du rapide, elle a été instantanément retournée. Je l'aperçois la quille en l'air, immobile, car son câble s'est pris entre deux rochers au fond du fleuve. Les caisses filent à grande allure vers le campement d'hier ; mais que deviendront les ballots trop lourds pour flotter ? Le courant est tellement violent qu'ils seront probablement roulés jusqu'à la chute. Vite, une équipe au galop pour couper le coude du Niari et rattraper ce qu'elle pourra ; avec les autres, je vais essayer de ramener le bateau à terre. Comment dégager son amarre ? Avant d'y songer, il faut lui attacher un nouveau câble, c'est-à-dire le rejoindre là où il est, en plein rapide, au milieu des écueils. Piquer une tête dans ce torrent dont chaque bouillonnement cache un récif me semble être une folie, un suicide si je le tentais, un homicide si je l'ordonnais. Je crois bien que ce boat est perdu.

Mais pendant que je réfléchis, deux de

mes Cap-Lopez se sont mis à l'eau, le plus naturellement du monde, et, terrifié, je les vois plonger, reparaître, tournoyer, emprunter un de ces contre-courants, créés par les remous, pour s'arrêter quelques secondes, jeter un coup d'œil autour d'eux, se lancer un peu plus loin... C'est fou d'audace, merveilleux d'adresse et de force. Et les voilà à cheval sur la quille, comme chez eux. Ils sont en effet chez eux, ces enfants de l'Ogooué, nés dans les rapides ! Il s'agit maintenant de leur envoyer une corde ; ce n'est pas facile, ils sont à 100 mètres du bord. Après plusieurs essais infructueux, ils parviennent à saisir le flotteur auquel nous avons attaché le câble. Dès qu'ils l'ont fixé à l'avant du boat, nous halons en même temps, et bientôt à force de tirer dans un sens, dans un autre, l'amarre qui a tenu lieu d'ancre se décroche du fond, la baleinière accoste la rive. C'est encore celle qui, à Koussounda, a été retournée par la chute, elle n'a vraiment pas de chance. Dans la circonstance, c'est un bonheur, puisqu'elle était moins chargée que les autres ; mais elle s'est crevée de nouveau. Je pose une deuxième pièce à son flanc, pendant que les Bassas et les Cap-Lopez achèvent de faire passer les derniers bateaux loangos. Au moment où je termine la réparation, les pagayeurs lancés à la poursuite des charges reviennent, ils les ont toutes repêchées à six kilomètres du lieu du sinistre, une seule manque à l'appel, un colis de sabres d'abattis, le mal n'est pas grand.

Le soir, je distribue des récompenses, cortades et alcool, aux Cap-Lopez et aux Bassas, je m'abstiens d'en donner aux Loangos ; la dame-jeanne de tafia reste close pour eux. A la stupeur qu'ils éprouvent d'abord succède bientôt une véritable fureur. Leur colère menace de dégénérer en révolte. Castellani caresse son étui de revolver. Il est enragé ! Il voudrait évidemment avoir un récit sensationnel à envoyer à l'*Illustration!* Je me fâche :

— Ah ! non. Ne recommencez pas. Restez tranquille.

Quand mes Loangos ont bien crié, gesticulé, je leur réponds froidement :

— C'est bien ! Vous êtes libres, vous pouvez retourner chez vous.

Cette perspective de regagner la côte par leurs propres moyens les déconcerte. Quelques-uns tentent d'élever la voix. Je répète :

— Allez-vous en.

Ils s'en vont, mais dans leur campement. Je plaisante Castellani. Ce n'est pas
encore aujourd'hui qu'il peindra une révolte de nègres dans la nuit ! Des Loangos se
révolter ? Ces pauvres gens n'ont jamais été
que les victimes des massacres, ils sont incapables d'en être une seule fois les auteurs !

— On dirait que vous le regrettez ?

— Pour eux, assurément. Et, mon
Dieu, pour nous aussi. S'ils avaient plus
de caractère, ils nous rendraient plus de
services.

— Et s'ils vous avaient pris au mot ?
S'ils étaient partis.

— Ils ne le pouvaient pas. Même dans
ce cas, je me serais passé d'eux. Demain,
nous devons être sortis des rapides, jusque-
là je m'en serais tiré avec les Bassas et les
Cap-Lopez. Ensuite, en eau calme, j'aurais
dédoublé les équipes.

C'est demain, en effet, que nous trouverons le fleuve libre. Après le dernier rapide de Milonga, nous franchirons celui
de M'Tigny, et le voyage sera autant dire
terminé, il ne sera plus qu'une promenade
jusqu'à Kimbédi.

*
* *

Le dernier rapide de Milonga me mé-
nageait encore une émotion. Un des boats
loangos, voulant éviter un rocher, oblique
trop ; il est empoigné par le courant, et les
hommes qui le halent, entraînés par la violence du torrent, ne pouvant résister, lâchent le câble. Le boat file en tournoyant,
emportant le maladroit percheur affolé. Si
j'amarre s'accroche entre deux rochers, nous
aurons une réédition du sauvetage d'hier.
Je crie au percheur de couper la corde. Au
même instant celle-ci se tend, elle est prise.
Mais le Loango qui s'est ressaisi, d'un
coup de hache coupe l'amarre. Il était
temps ! Le boat finit par aborder un peu
plus loin sans encombres ; encore une fois,
les charges l'ont échappé belle !

Enfin, voilà le rapide de la M'Tigny,
le dernier ! Les équipes, en apercevant le
terme de leurs peines, donnent un furieux
coup de collier. En un tour de main, les
boats sont déchargés, halés, rechargés ; c'est
fini !

— Hélas ! au-dessus de la chute que nous
venons de franchir, un rapide très violent
barre toute la rivière ; il n'y a de passage
que sur la rive gauche, et nous sommes sur

la rive droite. Jamais les Loangos n'arrive-
ront à traverser dans un courant pareil, à
100 mètres de la chute ! Ils seront entraînés, et adieu tous nos efforts ! Nous échoue-
rons au but.

Il faut cependant essayer. Les Loangos
sont réunis et je les invite à regarder la
manœuvre. Je lance les Cap-Lopez, ceux-
ci, sans inquiétude. Ils remontent le long
de la rive droite, à l'abri du courant ; puis
au commandement : « coupe », le boat oblique. Au moment où l'avant entre dans le
torrent, le demi-tour est instantané malgré
l'homme de barre arc-bouté sur son aviron
de queue ployé comme un arc. Si l'aviron
cassait !... les hommes pagaient avec rage,
le boat, tout en redescendant vers la chute,
emporté comme un fétu, reprend une oblique, et aborde presque en face du point de
départ.

Cette fois, les Loangos ont compris qu'il
ne serait pas prudent de dormir. Ils se
décident à souquer, et ils exécutent les
commandements en vrais marins. A trois
heures, tous ont passé ; à mon tour, je traverse avec les Bassas.

*
* *

Nous en avons fini avec ces terribles rapides, leurs tourbillons, leurs grondements ;
maintenant nous sommes en eau calme.
Plus de rochers ! les berges s'abaissent ver-
doyantes, le fleuve coule à pleins bords, le
courant glisse avec un petit bruit, un frémissement joyeux. Le ciel d'étain qui pesait
hier sur la vallée s'est ouvert, il éclaire les
collines environnantes, fouille les bois, les
herbes, communique à tout un frissonnement
de vie. Une béatitude m'envahit à songer
que je peux me laisser bercer sans rien avoir
à redouter ; j'ai mis seulement dix-huit
jours à remonter ces rapides, et je n'ai
perdu qu'une charge, là où d'après les
pronostics, tout mon convoi devait être
noyé.

A quatre heures et demie, devant l'an-
cienne factorerie de M'Tigny, nous débar-
quons. Les hommes sont harassés, blessés, il
est nécessaire de leur donner deux ou trois
jours de repos ; de plus, les bateaux ont besoin de réparation ; ici, nous serons à proximité d'un village, nous aurons le moyen de
nous ravitailler, et la petite grève où nous
avons abordé permettra de tirer les baleinières à sec.

Sur le haut de la berge, j'aperçois les

ruines de la factorerie, j'escalade le talus ; devant moi est un petit tertre que la brousse recouvre, un morceau de bois émerge, à moitié pourri, on dirait le bras d'une croix. Je me penche, j'écarte les herbes, quelques lettres sont visibles sur ce morceau de planche, je déchiffre ou plutôt je devine le nom. C'est ici la tombe du lieutenant de vaisseau Besançon, mort d'une bilieuse hématurique, contractée à la suite des fatigues qu'il avait éprouvées en essayant de franchir les rapides.

DE M'TIGNY A ZILENGOMA

Les trois jours de repos passés à M'Tigny ont été employés à tout remettre en ordre, à vérifier les charges, à faire sécher celles qui ont été mouillées, à calfater les boats, à acheter des vivres. Mes provisions de réserve sont en effet à peu près épuisées, il me reste deux caisses de riz ; heureusement que la région à partir de M'Tigny est très peuplée, paraît-il, et pourra facilement subvenir à notre ravitaillement. Il faudra pour cela que les villages soient plus accueillants que celui de M'Tigny. J'ai dû garder en otages le chef et son frère jusqu'à ce que les indigènes m'aient apporté le manioc nécessaire aux distributions. Le vieux chef, d'ailleurs, a trouvé la chose toute naturelle, il nous en a si peu voulu, que sa femme est venue partager sa détention, certaine d'en retirer quelques cadeaux. En Afrique, les vieux chefs ont toujours de jeunes épouses ; celui-ci ne faisait pas exception à la règle, il avait même donné une preuve d'assez bon goût dans son choix, de si bon goût, que Castellani jugea cette noble dame digne de son crayon. Il était au moins assuré de

ne pas recevoir de reproches du modèle. Quand il lui présenta son œuvre, la jeune femme la regarda avec attention ; ne saisissant pas très bien ce que signifiaient ces traits de crayon, elle retourna aussitôt le dessin et elle parut beaucoup plus contente de se voir la tête en bas. Elle ne s'était reconnue, bien entendu, ni dans une position, ni dans l'autre.

Castellani n'en revenait pas. C'était une offense à l'art, sinon à l'artiste ; il ne s'y attendait pas !

— Ce sont des brutes, affirma-t-il.

Je protestai :

— Mais non. Seulement, cela vous prouve qu'il faut une éducation de l'œil pour

C'EST LA TOMBE DU LIEUTENANT BESANÇON

discerner la représentation de la nature sur le papier. Nous avons, nous, cette éducation toute faite, par atavisme, en naissant ; où ces braves nègres l'auraient-ils acquise ? C'est la première fois qu'ils voient l'œuvre d'un maître.

— Vous ajoutez généreusement l'ironie à ma déconvenue !

— Voulez-vous parier que si, moi, je lui fais son portrait, elle le reconnaîtra ?

— Je n'en crois rien, mais je tiens le pari.

J'appelai Moussa :

— Va me chercher le paquet noir qui est dans ma cantine.

C'était un paquet enveloppé de papier d'emballage noir d'un côté, jaune de l'autre.

J'étalai le papier sur la table, le côté jaune en dessus.

— Castellani, vous allez me dessiner, grandeur naturelle, le profil de cette jeune femme. Ne craignez pas d'accentuer ses charmes, forcez l'indice de prognathisme, ajoutez au relief des lèvres... faites un peu de caricature.

Castellani docilement obéissait. Quand il eut fini, je pris des ciseaux, découpai fidèlement le profil, très ressemblant d'ailleurs, et je le présentai d'un peu loin au chef. Celui-ci n'hésita pas : c'était sa femme !

Tout en se frappant joyeusement sur les cuisses, il appela ses sujets pour qu'ils vissent cette curiosité ; son épouse, bien que d'une façon plus réservée, partagea sa gaieté.

— Et après ? me dit Castellani. Ce n'est pas du dessin, ça. En tout cas, la partie dessin m'appartient.

— Attendez. Faites-moi maintenant une réduction de ce profil.

La réduction terminée, je la montrai au chef et à sa femme, à côté de l'autre profil. En quelques mots d'explication, ils avaient compris.

— Maintenant, Castellani, voilà le dessin ! Donnez-moi votre crayon.

J'invitai mes deux élèves à regarder ce que je faisais. J'appliquai la réduction sur une feuille de papier, j'en suivis régulièrement tous les contours, et l'enlevant, j'indiquai l'analogie existant entre la silhouette et le dessin.

La jeune femme comprit la première. Alors, lui touchant délicatement les paupières, puis l'oreille, puis les narines, j'ajoutai successivement à mon portrait ces organes indispensables.

Castellani, devant l'œil que j'avais posé sur ce profil, ne se tenait pas de joie :

— Oh ! cet œil ! oh ! cet œil !

— N'empêche qu'elle s'est reconnue, tandis que sur votre dessin elle n'avait rien vu. J'ai gagné mon pari. Payez.

— Comment ?

— Mon portrait par le maître !

— Vil flatteur ! Mais cet œil ! cet œil !

C'est ainsi que j'eus un croquis de moi par Castellani.

*
* *

La marche n'est plus qu'une promenade ; je me laisse emporter juché sur une caisse dans le repos du corps et de l'esprit.

Il est midi. Le calme de la rivière n'est troublé que par le bruit des pagaies ; parfois une branche morte tombe d'un arbre, parfois des feuilles bruissent, s'agitent dans la fuite d'un singe apeuré, et la nature reprend l'impassibilité qu'elle revêt à l'heure où l'accablement du soleil plane sur elle. Cette torpeur m'envahit, si j'étais plus mollement assis, je m'abandonnerais peut-être au sommeil ; en ce moment, je ne m'abandonne qu'à la rêverie, et ma pensée endormie s'arrête à peine aux réflexions suggérées par les images qui passent devant mes yeux.

D'où vient cette sensation de sommeil, éparse autour de moi ? De l'immobilité ? du silence ? Peut-être aussi de l'absence d'ombres ? Le soleil trop haut frappe en plein, détruit le contraste, supprime le relief, aplatit, écrase tout ; et rien ne se redressera avant qu'il ne se soit abaissé, avant que chaque chose n'ait retrouvé son ombre.

Dans le désert, cette impression se renforce de l'espace, du dénuement du sol ; elle devient plus profonde, plus complète ; et sur l'immensité composée de soleil, de solitude, et à jamais stérile, ce n'est plus le sommeil, c'est la mort. Ici, au contraire, la vie se dégage à travers l'engourdissement général ; un frisson s'échappe de la terre, un murmure, chant de bestioles bourdonnantes, vibre indistinct dans l'atmosphère, au-dessus des taillis qui bordent la berge, une fumée monte des cases d'un village, douce et tranquille, semblable à l'haleine des êtres dissimulés dans l'épaisseur de la brousse ; là-bas, au tournant, un arbre étale ses branches, les lance dans un geste vivant, comme pour saisir à pleins bras l'air et la lumière.

E PRÉSENTAI AU CHEF
A SILHOUETTE DE SA
FEMME.

Ma baleinière, elle-même, est à l'unisson du paysage ; endormie et vivante, elle avance si lentement que le mouvement en est insensible. Le long des bords, l'eau court avec un gazouillement assourdi ; les pagayeurs ne frappent plus l'eau dont ils caressent machinalement la surface de leur pagaie à peu près inerte ; et devant moi, allongé sur des caisses, Moussa dort la bouche ouverte, le visage tourné vers le ciel, indifférent au mystère de midi.

Un soupir me tire de ma rêverie. C'est Castellani qui ne partage pas ma béatitude ; il n'est pas heureux, il trouve les caisses dures, le soleil insoutenable. Il a bravement lutté depuis quinze jours, mais la fièvre commence à avoir raison de sa résistance.

*
* *

Depuis deux jours que nous avons quitté M'Tigny, plusieurs villages ont défilé devant nous : Louvakou, Moutchéké, Bemboutaté ; malheureusement, leurs ressources étaient minimes et, hier, j'ai distribué mes deux dernières caisses de riz. Aujourd'hui, un grand village, Koutissa s'offre à moi, il est urgent de nous y ravitailler.

Toutes les cases sont vides, les habitants ont fui dans la brousse. Je ne peux courir la chance de rencontrer plus loin un village moins sauvage ; je donne l'ordre de ramasser le manioc dans les champs. Au cours de la récolte, mes hommes découvrent un indigène et trois moutons. Je garde les derniers et j'envoie le premier vers son chef, pour que celui-ci vienne chercher le paiement de ce qui lui est dû.

Je l'attends en vain toute la soirée.

Le lendemain, à six heures du matin, le chef d'un village situé sur la rive opposée m'apporte trois poules. Je lui ouvre mes bras, lui explique la conduite indigne et ridicule de son voisin, et lui ayant fait don d'un cadeau royal, je l'expédie à la recherche de mon créancier. Je tiens à payer mes dettes. Enfin, à neuf heures, je peux m'acquitter et repartir.

Le Niari s'élargit, ses rives s'abaissent, il est coupé de nombreux îlots recouverts d'une forte végétation ; la vallée s'évase, les arbres se présentent sous l'aspect de riants boqueteaux, ou de ceinture verte le long d'un ruisseau ; les collines ne se voient plus qu'à l'horizon. De temps en temps, quelques groins d'hippopotames sortent de l'eau, soufflent et replongent aussitôt.

*
* *

Castellani va de plus en plus mal, j'essaye de l'installer aussi bien que possible, de lui confectionner un abri qui le protège du soleil, mais ce confortable est bien relatif !

Nous venons d'arriver à Kambitchibinga par eau, nous sommes encore à dix jours de Zilengoma, le Niari décrivant une énorme boucle ; par terre, affirment les indigènes, nous en sommes à une étape. Je me décide à faire porter Castellani au poste de la Société d'Etudes, où il pourra être soigné. Le convoi est vite organisé. Je fabrique un hamac avec deux couvertures, je désigne deux Loangos comme porteurs, je prends un homme du village pour servir de guide, et Castellani, presque sans connaissance, est bientôt emporté comme un colis vers Zilengoma. Le retrouverai-je dans dix jours ? Je l'espère, mais son état est certainement grave. Il ne s'est décidé qu'hier à accepter de la quinine ; c'était trop tard ! Dans la nuit, j'ai été réveillé par un ébranlement de ma tente, un bruit semblant provenir de la chute d'un corps ; je me suis levé, Castellani était à terre, évanoui. Dans un accès de délire, il avait voulu se lever, s'était pris les pieds dans les cordes de la tente et était tombé.

En Afrique, quand on se sépare, on ne sait jamais si on se reverra.

*
* *

Hier, je faisais filer Castellani sur Zilengoma, aujourd'hui, je n'ai pas cette ressource pour le Bassa qui vient me consulter, et cependant j'ai bien peur de ne lui être d'aucun secours. Le malheureux a un abcès dans le talon depuis plusieurs jours ; jusqu'ici, il n'a pas voulu que je regarde son pied, et maintenant, il est incapable de marcher ; il souffre horriblement.

L'abcès ne pouvant percer la couche de corne qui recouvre la plante des pieds de tout indigène, a fusé à l'intérieur, il est absolument urgent de l'ouvrir. Mais avec quoi ? comment ? Je n'ai pas de bistouri et

JE FAIS TENIR MON BASSA PAR
QUATRE DE SES CAMARADES.

j'ignore l'anatomie! Si j'allais couper une artère? D'un autre côté, il est impossible d'attendre plus longtemps.

Je me décide à tenter ce qui, pour moi, est bien réellement une opération. Cette fois, il ne s'agit plus de frictionner à la sauce anglaise!

Je fais tenir mon Bassa par quatre de ses camarades, je prends dans le village un des couteaux dont les indigènes se servent pour se raser la tête, et à la grâce de Dieu!

Je crois que pour couper cette corne, les outils d'un maréchal ferrant n'auraient pas été de trop! Enfin, c'est fait! Il y avait un tel décollement que j'ai dû fendre la moitié du pied jusqu'au talon. Mais le pansement? Il a besoin d'être sérieux et je n'ai rien. Après tout, un mouchoir bouilli fera une mèche très sortable, un autre découpé remplira parfaitement l'office de compresse, et dans une de mes pièces d'indienne il est facile de tailler des bandes. Tout cela manque bien un peu de stérilisation... à la guerre comme à la guerre! D'ailleurs, ce Bassa a un tempérament à résister à tous les microbes.

*
* *

Je suis descendu de mon bateau pour marcher un peu, pendant que mon convoi remonte lentement, car le courant est devenu assez fort. Je passe près d'un village : Guimbi Dongui, d'après mon guide. Ce nom, paraît-il, est célèbre, car Guimbi Dongui, chef de ce pays, est le frère de Maïnga Dongui, un grand chef dont j'apprends l'histoire. Cet homme déjà remarquable, non seulement par sa puissance, mais aussi par sa coiffure, car son nom signifie : « le chef à plumes », a acquis une suprême notoriété par la façon dont il est mort. Il s'est suicidé ne pouvant plus supporter la douleur causée par la maladie dont il était atteint. C'est ce que j'ai trouvé de plus saillant dans cette biographie. Et je reconnais que le fait vaut d'être cité, car le cas d'un nègre se suicidant est à peu près exceptionnel. Je n'ai entendu parler de suicide en Afrique qu'au moment de la peste bovine, au Soudan : des Peuhls se seraient tués, après la mort de leur dernier bœuf, non du chagrin d'être ruinés, mais de désespoir d'avoir perdu les êtres qui leur étaient le plus cher. Le Peuhl n'est pas un homme, il est plus qu'un pasteur, il ne fait qu'un avec ses animaux ; et j'ai pu le constater, il leur parle et est compris d'eux. Un Peuhl privé de ses bœufs, ne voit plus de raison d'être à sa vie. Un noir se donnant la mort pour échapper à la maladie, je n'en connais pas d'autre exemple que Maïnga Dongui.

Un peu plus loin, je traversai des ruines. Là, était le village du « chef à plumes ». Chez les Bakounis, m'expliqua mon guide, toutes les fois qu'un chef meurt, le village est détruit et on le reconstruit ailleurs. En Afrique, la place ne manque pas, et les villages ne coûtent pas cher à bâtir.

*
* *

Depuis plusieurs jours, le courant devient plus dur, nous approchons de Zilengoma où nous trouverons de petits rapides.

Ce soir, nous avons marché jusqu'à la nuit. Je suis arrivé en tête avec mes Bassas, et j'attends le reste du convoi. Autour de moi, l'obscurité tombe dans la paix du soir. Derrière les arbres, la lune luit, une lune d'argent niellé ; elle s'empare de l'espace, et sous la clarté qu'elle répand, la lueur mourante du jour prend une teinte bleuâtre dans laquelle se fondent des vapeurs diaphanes sorties de la rivière.

A travers cette buée transparente, dans la pénombre bleue, s'avancent les baleinières des Cap-Lopez très chargées. Elles sont si basses sur les eaux que les pagayeurs paraissent accroupis sur le fleuve, elles glissent comme des ombres.

De la rive, pour signaler notre présence, les Bassas lancent un chant d'appel, une vocalise très haute, d'un ton presque aigu. Des baleinières aussitôt s'élève un chœur, un air sauvage, tantôt lent et doux, qui rase la surface du fleuve comme un oiseau aux ailes étendues, tantôt vif et rauque, qui monte au-dessus des arbres et remplit la vallée. Fait de dissonances, ce chant possède une harmonie étrange, mais réelle, puisée dans la nature au milieu de laquelle ces pagayeurs ont passé leur vie. Tous les gosiers s'unissent, c'est le rugissement des rapides, le grondement de la tempête, le ruissellement de la pluie ; et les voix s'affaiblissent, le rythme se ralentit, le chœur s'affaisse, mais quelques notes percent encore, c'est l'apaisement de la rivière, les gouttes d'eau qui claquent sur les feuilles après l'orage ; puis subitement les voix reprennent en notes plus hautes, plus vibrantes, le soleil resplendit. Chant des rivières sur lequelles vivent ces hommes, chant des eaux qui coulent presque sans murmure, et tout à coup se précipitent en mugissant, chant de la brise qui fait bruire les feuillages, chant de la tornade qui s'engouffre entre les falaises ; ce sont les harmonies de la nature que ces hommes ont apprises en écoutant l'eau et le vent, comme le petit tambourinaire de Daudet avait appris en entendant chanter le rossignol.

Ces chants ont-ils réellement le charme que je leur prête? Ils auraient probablement, en France, le même sort que la musique du petit tambourinaire! Pourtant, ils ont une beauté ; mais certaines beautés sont inséparables du décor qui les fait valoir et ne supportent pas d'être transplantées. Pour comprendre ces harmonies, il faut probablement vivre dans le cadre de la nature, se libérer de la civilisation, se rapprocher des races primitives? Est-ce une déchéance intellectuelle? Je crois, au contraire, que chez l'homme séparé du monde se produit un affinement du sens des couleurs et des rythmes, comme chez un aveugle se produit un affinement de l'ouïe et du toucher.

Peut-être suis-je simplement le jouet d'une illusion? Et quand bien même je verrais à travers le prisme magique de l'imagination, grâce auquel l'enchantement passe des yeux dans l'âme ; qu'importe ! J'obéis ainsi à l'instinct de faire provision de souvenirs, provision de bonheur. Aujourd'hui, je marche, l'action est devant moi, et je ne veux pas regarder en arrière, mais le jour où sonnera l'heure du repos forcé, l'heure où je n'apercevrai plus rien en avant, je me retournerai pour contempler le chemin parcouru, et mon esprit se perdra dans le passé. Sur ma route, je collectionne des sensations afin de les retrouver plus tard : cette ombre, cette eau, ce silence, ces harmonies, sont le décor où se réfugiera ma pensée mélancolique.

L'air chargé de chaleur s'est adouci ; il prend une saveur humide ; les pagayeurs approchent ; de temps en temps, l'un d'eux lance une note assourdie qui ne s'envole plus, elle semble planer, palpiter comme un battement d'ailes. La nuit descend tiède et tranquille.

*
* *

Pendant trois jours, nous avons halé les boats, car le 8 Août, nous sommes arrivés au pied des rapides de Zilengoma, rapides peu dangereux, il est vrai, rendus seulement difficiles par la baisse des eaux. Le dernier est passé, maintenant je n'en trouverai plus d'autres que dans l'Oubangui... Que ce soit le plus tôt possible !

Le 11, à trois heures de l'après-midi, Zilengoma est en vue. Quelques toits apparaissent sur un plateau dénudé ; au pied d'une berge assez élevée, plusieurs baleinières sont à sec, les quilles en l'air, deux petits vapeurs et deux gros chalands sont ancrés à cette plage.

Attirés par les chants des Bassas et des Cap-Lopez, qui signalent notre arrivée, trois Européens sont debout sur la rive ; je reconnais en l'un d'eux, Castellani. Il est donc encore en vie !

Le temps de sauter à terre, de constater que notre peintre est guéri, de demander des nouvelles de Loango, d'apprendre que Marchand a débarqué le 24 Juillet, que Mangin et les tirailleurs sont en route vers Kimbédi, et de nouveaux chants retentissent sur le fleuve. C'est Fondère qui revient de Loudima donner ici le coup d'œil du maître. Dans toute la région Bakouni comprise entre Manji, Zilengoma et Loudima, il exerce un véritable commandement. L'influence de son autorité a même traversé le Niari, elle s'étend chez les sauvages Bakotas et jusque chez les Bayakas, plus sauvages encore. J'ai devant moi des représentants de ces deux races, venus à Zilengoma, pour saluer les blancs et opérer quelques échanges.

Ces populations ne sont que depuis peu au contact des Européens. Obéissant au mouvement de migration qui semble pousser les peuplades du centre vers la mer, c'est-à-dire vers le commerce, et surtout vers le sel, elles sont descendues des bords de l'Ogooué sur les rives du Niari, refoulant les Bakounis devant elles Il a fallu longtemps pour les décider à entrer en relation avec le poste, leurs terreurs ne se sont calmées que devant la diplomatie de Fondère, une diplomatie moins faite de paroles que d'actes, basée sur la fermeté et la justice.

Je suis obligé de constater que si la route de Loango à Brazzaville est fermée par les révoltes, les porteurs circulent librement dans le domaine de la Société d'Etudes. Presque toutes les charges laissées par moi à Manji sont déjà arrivées, et la dernière caravane est annoncée pour demain. Je vais donc pouvoir compléter à 800 charges mon convoi et me remettre en route dans deux jours.

Castellani est guéri, mais il fera bien de ne pas reprendre sa place au soleil parmi mes caisses, et d'attendre le départ d'un bateau moins encombré où il pourra jouir d'un peu plus de confort. Il a été sérieusement atteint, et je ne sais comment il n'est pas mort sur la route de Kambitchibinga à Zilengoma! Profitant de l'état d'inconscience où il se trouvait, les guides bakounis que je lui avais donnés, ont tranquillement vaqué à leurs occupations. Ils avaient, paraît-il, quelques courses à faire dans les environs, quelques amis à visiter le long du chemin, et remorquant à leur suite porteurs et hamac, sans s'inquiéter de ce que contenait celui-ci, ils ont trimballé mon malheureux peintre de village en village, s'arrêtant, le déposant dans un coin comme un colis encombrant, si bien que d'une étape, ils en ont fait trois; Comment Castellani a-t-il vécu? Il l'ignore. Il ne croit pas avoir mangé; de temps en temps, on posait tout de même près de lui une calebasse pleine d'eau; mais la fièvre aidant, il était convaincu qu'on se préparait à le manger. Il ne réfléchissait pas que les Bakounis ne sont pas anthropophages et que s'ils avaient eu l'intention de le dévorer, ils auraient commencé par l'engraisser, au lieu de le faire jeûner. Lorsqu'il fut recueilli par les deux Européens de Zilengoma, il vit dans ces derniers les bourreaux destinés à l'achever. Les agents de Fondère éprouvèrent de ce chef beaucoup de peine à le soigner. Dans son cerveau halluciné, la quinine n'était plus seulement le remède proscrit par Maclaud, elle se transformait en poison.

S'il n'est pas encore complètement rétabli au physique, du moins, son moral est déjà en très bonne voie; mon arrivée lui a rendu sa gaieté. En ce moment, il a entrepris de me faire une théorie sur la peinture et il a retrouvé sa blague, la blague du rapin, qui mélange le sérieux à la plaisanterie le paradoxe à la vérité. Son crayon à la main, il disserte sur la sincérité de l'art, sur l'émotion causée par la nature. « La nature, dit-il, nous ne la voyons qu'avec nos yeux, et nous ne la reproduisons qu'à travers nous; chacun y met sa note, et finalement, il y a toujours plus de nous que de la nature dans nos créations! Ainsi, quand je peins un panorama, j'oublie régulièrement une jambe ou deux; ça,

c'est ma note personnelle. Toutes les écoles ne me changeront pas, on n'est jamais que de sa propre école. Prenez ce qu'on appelle la valeur! Tout est dans la valeur, n'est-ce pas? Un même objet possède pour tous, au même moment, le même degré de clarté ou d'obscurité qui lui assigne une place dans la gamme du clair obscur. N'empêche que cette valeur, nous ne serons pas deux à la rendre de façon identique. Est-ce que les yeux bleus voient comme les yeux noirs? Je n'en sais rien, mais je ne le crois pas. Ce n'est pas la lumière du soleil qui détermine la valeur, c'est celle des yeux, de l'intelligence. Quant à la valeur commerciale du peintre.... c'est la mode qui en décide. Je vous en fais juge, mon petit capitaine, plus tard que restera-t-il de moi? Rien du tout. Eh bien! regardez-moi : j'ai fait fortune deux fois avec mes panoramas. Oui! seulement, les deux fois, j'ai dévoré cette fortune. Une autre fois, je l'ai refusée. Savez-vous ce que les Allemands m'avaient demandé?... d'aller leur peindre le panorama de Sedan. J'ai dit, sans avoir l'air étonné : Combien? Ils m'ont offert cinquante mille francs. J'ai remué la tête de gauche à droite. Non! ce n'est pas assez! Et comme ils me demandaient mon prix; mettant flegmatiquement mes mains dans mes poches, j'ai répondu : cinq milliards. Ils courent encore!... »

Tout en parlant, il avait préparé une feuille de papier et des couleurs d'aquarelle, et les avait disposées devant lui. Je jetais un regard autour de moi, ne me rendant pas compte de ce qu'il s'apprêtait à peindre. Il répondit immédiatement à mon interrogation muette : Je vous ai dit que je n'arrivais jamais à faire un homme avec toutes ses jambes; aussi, il est vraiment inutile que je regarde la nature. Je préfère peindre de souvenir. D'ailleurs, j'ai des documents.

Il tire de sa poche un carnet, un de ces carnets de cuisinière à raies rouges, sur lequel il avait pris des croquis pendant notre voyage. Et, triomphant, il proclame :

— Je vais vous montrer comment on fait une aquarelle.

Il feuillette son carnet :

— Tenez, voilà des bananiers qui iront très bien au premier plan.

Il arrache en même temps la page, s'empare d'un pot de colle et applique les bananiers sur un des coins de la feuille immaculée étalée sur ses genoux.

Et continuant de feuilleter :

— Ces rochers. Vous vous les rappelez ?
Ils feront admirablement dans le milieu du
fleuve.

Un deuxième coup de pinceau, et les rochers vont se fixer en retrait des bananiers.

— Le fond, maintenant.

Quelques nouvelles pages sont arrachées
et trouvent place en arrière-plan.

Je suis incapable de retenir ma gaieté
devant cet assemblage, zébré de noir et de
rouge.

— Oui ou non, reprend Castellani, est-
ce le Niari ? Ces bananiers sont sur le Niari, ces rochers aussi, le reste de même ? par
conséquent, voilà bien une vue du Niari;
personne ne peut le nier. Ce sont ces raies
qui vous gênent ? Attendez. Ah! les aquarellistes ! Ils vous diront qu'il faut respecter la fleur du papier. La fleur du papier !
Vous allez voir. A nous la gomme !

Le voilà qui frotte les raies rouges, les
lignes noires, jusqu'à ce qu'elles soient ef-
facées, qui frotte ensuite les bords des pages collées pour les raccorder avec la feuille
blanche, répétant joyeux :

— Ah! la fleur du papier ! des fumistes
les aquarellistes !

L'opération terminée :

— A présent, un peu de couleur par-
dessus.

Quand il eût fini, il prit son aquarelle,
au bout de son bras allongé et renversa la
tête en arrière, clignant des yeux :

— Jouons la satisfaction du monsieur,
qui, dans ce mouvement de recul, juge de
la façon dont il a rendu son modèle... et si-
gnons.

Ma foi, cette aquarelle n'était pas mal du
tout. Je dois à la vérité de dire que j'ai vu
Castellani en faire d'autres, d'après un procédé moins humoristique et plus classique,
avec tout le respect dû à la fleur du papier.

Du moment que Castellani a retrouvé sa
gaieté habituelle, je suis rassuré. Il affirme
bien qu'il est revenu des explorations,
qu'il est décidé à rentrer en France ; je suis
certain qu'il changera d'avis avant peu, et
me rejoindra sur la route de Brazzaville,
quand il aura repris son équilibre. Il se
ressent de la dépression physique et morale
causée par le premier accès de fièvre ; il
n'est pas encore blasé sur ces petits inconvénients de la vie d'Afrique.

DE ZILENGOMA A KIMBEDI

Le Niari a perdu son nom, je navigue
maintenant sur le Kouiliou. La navigation
y est facile ; les baleinières avancent rapidement ; les Cap-Lopez en avant, lancent
leurs chants à tous les échos. J'essaye en
vain de retenir leurs airs. Il y a pourtant
une mélodie dans ce concert de voix, un
rythme qui varie suivant l'effort donné par
les pagayeurs, mais je ne peux arriver à dégager l'harmonie qui résulte de l'amal-

gaîne des différentes parties exécutées sur des tons auxquels mon oreille n'est pas habituée, ou que je ne suis pas assez musicien pour noter.

Ces chants confirment la remarque que j'avais déjà faite à la Côte d'Ivoire, il y a deux ans ; ils sont particuliers aux races qui vivent sur les rivières, au milieu des rapides, à l'exclusion des races de l'intérieur des terres dont les mélopées lamentables se traînent sur les trois éternelles mêmes notes.

* *

Des heures et des heures, nous cheminons lentement sous le soleil éclatant qui depuis notre départ de Zilengoma, n'a pas cessé de briller. Le fleuve est monotone comme le pays qui l'entoure. Parfois, nous échouons sur un banc de sable, les hommes sautent à l'eau, tirent le bateau, le remettent à flot, et la marche reprend dans le clapotement des pagaies, au milieu de la solitude, à travers l'atmosphère qui flambe. J'en arrive à regretter les rapides ; avec le danger ils donnaient au moins un intérêt à notre route. La lenteur des Loangos a même cessé d'être une cause d'inquiétude ; ici, ils ne risquent pas de noyer mes charges, ils peuvent seulement par leur paresse allonger la durée du voyage ; à la vérité, je ne me désintéresse pas du retard qu'ils occasionnent, car je suis à court de vivres, et les villages sont rares ; ceux que je rencontre sont pauvres, comme ces rives plates et désolées sur lesquelles la brousse hérisse le sol de tiges desséchées.

* *

Nous longeons une haute falaise qui nous couvre de son ombre. D'énormes racines jaillies de quelques fentes pendent le long de ce mur et descendent jusqu'au niveau de l'eau avec des contorsions de serpent. Les Cap-Lopez qui avaient perdu leur voix dans ce paysage plat, toujours semblable, se réveillent à la vue des rochers, et la paroi sonore répercute les ondes de leurs chants sur la solitude lumineuse.

Bientôt, de la rive gauche, la falaise passe sur la rive droite, elle est zébrée des mêmes serpents, mais éclairée cette fois par le soleil, elle se mire dans le fleuve, les racines réfléchies dans les rides produites par notre passage, prennent une vie, semblent ramper entre deux eaux comme des reptiles.

Le soir, l'escarpement est revenu sur la rive gauche, nous campons en face de lui, dans l'obscurité, il se dresse agrandi sur la rivière immobile, on ne distingue plus son reflet de lui-même.

Autour de moi, des ombres rayent la nuit d'un vol saccadé, ce sont des chauves-souris qui habitent cette muraille, elles vont et viennent, attirées par la lueur de mon photophore ; elles me frôlent de si près que je sens le vent de leurs ailes, coup d'éventail dans l'air maintenu tiède par la chaleur qu'ont emmagasinée les rochers.

* *

Nous venons de dépasser Loudima, le premier poste que rencontre le voyageur sur la route de Brazzaville, à la sortie du Mayombe. J'y suis resté vingt-quatre heures pour attendre le courrier de France annoncé, répondre à une lettre de Marchand et lui envoyer de mes nouvelles. Pendant ce temps, les boats loangos continuaient leur marche et prenaient de l'avance.

Marchand, Germain, et Landeroin l'interprète d'arabe, sont encore à Loango. Mangin, avec Simon, le docteur Emily et 95 tirailleurs, va s'établir entre Comba et Brazzaville, dans le pays où se sont produites les dernières révoltes. Enfin Largeau est à Brazzaville, pour examiner les possibilités de transport sur le Congo. A Loudima, est resté le sergent Dat, il doit faire relever les charges abandonnées par les porteurs dans le Mayombe. Ce ne sont pas uniquement les morceaux du vapeur le *Jacques-d'Uzès*, qui peuplent la forêt, ce sont aussi nos propres charges. Dans une lettre, Marchand me révèle les exploits des Loangos.

Ces exploits résultent à la fois de la révolte qui a fermé la route de Brazzaville, et du fameux monopole accordé aux commerçants et aux Loangos. Il serait plus juste de dire qu'ils résultent de toute la situation du Congo.

L'occupation du Congo se réduit à celle du sentier qui relie Loango à Brazzaville. Deux postes, Loudima et Comba, jalonnent ce sentier long de 500 kilomètres. Un troisième, Kimbédi, a été fondé il y a deux mois. En dehors de ces postes, tenus par un blanc et quelques miliciens, le reste du Congo est non seulement inoccupé, mais complètement inconnu.

De cette organisation découlent deux impossibilités : celle de recruter des porteurs dans le pays, dont la conséquence directe est le monopole concédé aux Loangos ; et celle d'assurer la sécurité sur la route qui a produit le monopole octroyé aux commerçants. Ceux-ci, en effet, ne pouvant s'établir, sans danger pour eux, dans l'intérieur de la colonie, et se trouvant réduits à un commerce restreint sur la côte, on a voulu leur donner une compensation. Ce double monopole est une des causes des soulèvements, car interdire aux populations de porter, c'est les inciter à acquérir par le vol ce qu'on ne leur permet pas d'acquérir par le travail. En outre, les postes étant trop faibles pour protéger les porteurs et obliger les indigènes à leur vendre des vivres à un prix raisonnable, les Loangos sont conduits à dérober ce qui est nécessaire à les empêcher de mourir de faim, et ces larcins amènent des représailles.

Faiblesse des postes et monopole, qui réagissent ainsi l'un sur l'autre, viennent encore d'engendrer un nouveau résultat.

L'administration confie ses charges aux commerçants, qui, pour 60 francs, les lui font transporter à Brazzaville. Le commerçant ne paie en principe qu'après service accompli, mais il est bien forcé de remettre aux porteurs des avances destinées à assurer leur subsistance pendant 100 kilomètres, aller et retour. Le taux de ces avances varie par suite des difficultés du recrutement et de la concurrence entre maisons de commerce. Peu après mon départ de Loango, les porteurs se refusant toujours à marcher, en raison de l'insécurité de la route, on leur promit, pour les séduire, de leur donner en avance, les deux tiers du paiement total. Une première caravane se présenta, fut chargée, et partit. Une deuxième suivit. D'autres arrivèrent. A Loango, tout le monde chanta victoire. Un beau jour, que découvrit l'administration ? C'étaient les mêmes porteurs qui repassaient devant elle, comme au théâtre les figurants dans un défilé ! Les Loangos avaient succombé à la tentation ! Recevant presque la totalité du salaire avant d'avoir rien fait, ils avaient préféré s'abstenir d'un voyage dangereux. Ils étaient allés jusqu'à une distance variant entre 10 et 20 kilomètres, quelques-uns à moins, ils avaient déposé leurs char-

ges dans la forêt, dans la brousse, et étaient venus se rengager sous d'autres noms pour toucher de nouvelles avances. Plusieurs s'étaient ainsi engagés trois et quatre fois avant que leur manœuvre ne fût découverte.

En ce moment, ils réfléchissent en prison sur les inconvénients du cumul, mais une partie de nos charges gît dans le Mayombe. Marchand n'a pas mis longtemps à juger la situation et à trouver le remède à y apporter. Il a tout de suite expédié les tirailleurs vers Comba, au point où règne l'effervescence, et, ayant ainsi donné aux postes la force qui leur manquait, il a d'un trait de plume aboli les monopoles. Il en a le pouvoir, puisque le 8 Août, M. de Brazza lui a remis le commandement de la route et de toute la région insurgée.

La résolution du capitaine Marchand a, paraît-il, pris des proportions de coup d'Etat ! Loango est révolutionné . toucher aux pratiques ancestrales qui président au recrutement des porteurs est un sacrilège ; la mesure est très grave ; le portage est perdu !

Il est difficile, en tout cas, que la situation soit plus mauvaise qu'elle ne l'est actuellement ; et, d'après ce que je viens de voir dans le domaine de la Société d'Etudes, j'ai la certitude que la suppression de ces monopoles sera notre salut. Les Bakounis des bords du Niari ne diffèrent pas des Bakounis qui entourent Loudima à l'Ouest et au Nord ; et ceux-ci porteront comme ceux-là. Il en sera de même des Bakambas qui s'étendent à l'Est jusqu'à Kimbédi, et des autres peuplades entre Comba et Brazzaville.

Les Bakounis ne demandent qu'à travailler, mais entre Loango et Kimbédi. Ils refusent de faire le trajet jusqu'à Brazzaville à travers des populations dont ils connaissent les dispositions malveillantes à leur égard, sur une route où ils ne trouvent pas à se ravitailler. Il est évident que si les convois circulaient de poste à poste, il serait possible de leur procurer, à peu de frais, une nourriture qui revient actuellement très cher, sans être assurée. La fidélité des caravanes dépend uniquement de la question alimentaire. Leur remettre d'avance quelques mètres d'étoffe, et les lancer avec ce viatique, c'est leur donner la tentation de tout dépenser dès le début, et les exposer à être rançonnées, dépouillées, au cours de leur voyage. Enfin, il deviendrait presque inutile de protéger les porteurs, si ceux d'une région n'allaient pas au delà de la région

voisine; si toutès les races étaient intéressées aux transports.

La mesure prise par Marchand repose
sur la logique; je suis sûr maintenant que
mes 800 charges, une fois arrivées à Kimbédi, y trouveront des porteurs.

Marchand, dans sa lettre, s'inquiète aussi
de ma santé. Ne lui a-t-on pas annoncé à
toutes les escales, depuis Konakry, qu'il ne
me reverrait pas, qu'il était impossible que
je fusse encore en vie! Il est certain que
durant la traversée, j'ai été en piteux état.
Une vieille dysenterie, qui datait du Soudan et m'avait laissé tranquille pendant la
colonne de Kong, s'était réveillée en France
avant mon départ. Je m'étais bien gardé de
la révéler, et malgré la peine que j'avais
eue à la cacher, j'y étais parvenu. J'a-
vais résisté jusqu'à Dakar, mais là, je ne
pouvais plus dissimuler. D'ailleurs, il était
temps de me soigner; je crois même qu'il
était grand temps! A toutes les escales, on
essaya de me débarquer. Si je n'avais plus
la force de me lever, j'avais encore celle
de menacer de mon revolver ceux qui voulaient me déposer dans un hôpital. Cette révolte à part, jamais docteur n'eut un malade plus docile que je ne le fus à l'égard
des ordonnances du médecin du bord. A Libreville, j'allais déjà mieux; je dus cependant me défendre de la sollicitude de M. de
Brazza qui désirait me faire apprécier tous
les agréments de son hôpital :

— Vous ne savez pas ce qui vous attend! me répétait-il.

— Raison de plus, Monsieur le commissaire général. J'ai là une occasion unique de
l'apprendre.

Bref, à Loango, j'étais rétabli. Si, dans
l'avenir, une rechute survient, j'en serai
quitte pour me soigner sérieusement pendant
quelques jours. Je ne dis pas que le moral
soit tout dans une guérison, mais il y est
pour beaucoup. N'entre-t-il pas pour une
large part dans cette prédisposition de notre
organisme à attraper certaines maladies, à
être, comme disent les médecins, en état de
réceptivité? La peur est le plus terrible des
microbes! Et lorsque ces mêmes médecins
reconnaissent qu'ils ne guérissent pas, mais
qu'ils mettent simplement la nature en état
de réagir, ne reconnaissent-ils pas implicite-
ment le pouvoir du moral? Ici, plus que
partout ailleurs, on est sauvé ou perdu par
le moral. Ce n'est pas tant la fièvre que le
« mal du pays » qui a décimé le 200° à
Madagascar!

En ce moment, sous ma tente, au bord
du Kouiliou, je suis seul, tout est immobile autour de moi, tout est silencieux d'un
silence qu'on ignore en France; je suis seul
loin de ceux que j'aime, sous un ciel inconnu d'eux; au milieu de ces êtres d'humanité primitive couchés autour de moi, je
suis l'unique figure du monde moderne; il
semble que je devrais être écrasé par une
sensation d'abandon, que je devrais avoir le
cœur serré... Mais le but est là, toujours
devant les yeux, et la vision de ce but, de
l'action qui le réalisera, élargit le cœur,
le dilate; l'être se sent meilleur, il est en
quelque sorte renouvelé par ce sentiment
qu'il agit utilement; tous les obstacles rencontrés deviennent pour lui un stimulant,
son énergie se double à la pensée qu'en
arrivant là-bas, au point marqué par la
France, il aura fait quelque chose pour son
pays.

*
* *

Maintenant, chaque soir, le vent souffle; il soulève les extrémités flottantes de
ma tente, les fait claquer comme des voiles,
rabat sur nous la fumée des feux allumés
pour le repas du soir; de la brousse balayée
par la rafale sort un soupir confus, des arbres une plainte aiguë. Ce sont les signes
avant-coureurs de l'hivernage.

Dans la nuit, le vent s'apaise, la rosée tombe, les hommes frissonnent de froid;
roulés dans un peu de toile, enveloppés tout
entiers, sans que ni leurs pieds, ni leur tête
apparaissent, ils semblent des paquets dé-
posés autour des feux. De temps en temps,
un des paquets s'entr'ouvre, une main sort,
rapproche deux bûches, quelques étincelles
s'envolent, et la toile ruisselante de l'humidité nocturne se referme sur le corps transi.

Le matin, l'air est glacé, les pagayeurs
s'attardent auprès des tisons qu'ils ont ra-
nimés; ils y jettent des brassées de bran-
chages, et devant la flamme détendent
leurs membres engourdis. J'ai pitié d'eux,
je ne presse plus Moussa de rouler ma tente, comme je le faisais d'habitude. Cependant, les charges embarquées, il faut partir.
En pagayant, les noirs se réchauffent, c'est
à mon tour de grelotter jusqu'à ce que le soleil soit assez haut pour me réchauffer.

*
* *

Sur la rive droite, les toits pointus
d'un village émergent de champs de ma-

LES HOMMES SEMBLENT
DES PAQUETS.

nioc. Depuis Loudima, nous sommes dans le pays Bakamba, inhospitalier entre tous. A grand'peine puis-je me procurer les vivres nécessaires, les indigènes ont même la prétention de faire payer le bois mort que mes

équipes récoltent dans la brousse : on sent que jusqu'ici ces populations ont simplement toléré la présence des blancs. Cependant, le passage des tirailleurs de Mangin paraît les avoir inquiétées, et le résultat de leurs réflexions se manifeste par un peu moins d'arrogance ; pour des Bakambas, c'est presque de l'affabilité.

Un besoin de marcher, de secouer la torpeur produite par l'immobilité à laquelle je suis condamné dans mon bateau, m'a conduit vers ce village dont j'aperçois les chaumes. Les habitants étaient rassemblés sur la place ; ils palabraient, accroupis en cercle autour d'un homme, ou plutôt d'un monstre au corps barbouillé de rouge et de blanc, paré de bracelets, de clochettes s'entre-choquant, tintinnabulant à chacun de ses

gestes, de ses déhanchements qui semblaient vouloir être une danse. L'assistance l'accompagnait d'une mélopée lugubre.

Mon arrivée jeta le trouble dans cette fête. Les femmes s'enfuirent, les hommes se levèrent la figure renfrognée, le chef avait l'air plus maussade encore. Je priai ce dernier de m'envoyer des vivres et je regagnai mon convoi. En chemin, j'interrogeai le Loango qui était avec moi, sur la réunion au milieu de laquelle j'étais tombé, et je compris pourquoi ma présence avait été considérée comme intempestive. Le fils du chef, me dit mon Loango, est malade, et le sorcier « fait fétiche » pour apaiser le mauvais esprit.

Chercher à apaiser le mauvais esprit n'a rien de blâmable en soi ; mais je sais comment on l'apaise.

Généralement, le féticheur découvre que ce génie malfaisant s'est réfugié dans le corps d'un homme ou d'une femme, et celui qu'il désigne est obligé de se soumettre à l'épreuve du poison, qui montre sa culpabilité ou son innocence. Le malheureux ingurgite le breuvage préparé par le sorcier ; si cette décoction faite avec l'écorce d'un arbre vénéneux, n'agit que comme un vomitif, l'innocence est démontrée ; si elle amène une issue fatale, la culpabilité est de toute évidence ; le mauvais esprit réclamait la mort de cette victime ! Il est inutile de dire que le sorcier, dosant le breuvage lui-même, produit l'un ou l'autre effet, à sa volonté, suivant les cadeaux qu'il reçoit de la famille de l'accusé. Quiconque s'expose à son inimitié court grand risque de se voir, un jour ou l'autre, sacrifié au mauvais esprit. La surperstition tient une grande place dans l'âme de ces pauvres gens ; le sorcier a tout intérêt à développer cette croyance en des puissances surnaturelles avec lesquelles lui seul est en rapport ; aussi, exerce-t-il une véritable tyrannie parmi les indigènes dont l'existence se trouve assombrie par de perpétuelles terreurs.

Toutes les pratiques inhumaines, telles que l'épreuve du poison, disparaîtront un jour ; actuellement elles sont clandestines, mais elles existent encore. Que peuvent deux postes sans forces réelles, dispersés sur 500 kilomètres ? Si ma visite a été jugée intempestive par les habitants, c'est que je les surprenais en flagrant délit. J'y ai gagné une abondance inusitée de manioc apporté avec une rare exactitude. Evidemment, ces gens, pour être aussi aimables, ne se sentaient pas la conscience très nette.

***

La saison des pluies n'est pas loin, ces coups de vent qui soufflent régulièrement chaque soir en sont l'annonce. Le ciel ne se couvre plus jamais, le soleil qui approche de l'équateur passe presque au zénith, les journées sont brûlantes, et la terre dans la nuit pure et scintillante, renvoie sa chaleur aux étoiles, se couvre de rosée.

En prévision des premières pluies, les indigènes brûlent la brousse. C'est une façon commode de défricher et de préparer les semailles. Que sèment-ils ici ? Au Soudan, les noirs ont des lougans (des champs) de mil, d'arachides, de patates, d'ignames ; ils cultivent le coton ; ils leur faut des pâturages pour leurs troupeaux, pour leurs chevaux. Mais au Congo ? La culture se borne au manioc ; les bananiers sont en petit nombre et se reproduisent tout seuls ; les ananas poussent à l'état sauvage à travers la brousse ; et le pays ne renferme ni un cheval, ni un âne ; on ne rencontre quelques spécimens de moutons que chez les Bakounis, ici une chèvre est une rareté ; il n'y a d'autres animaux domestiques que le cochon et la poule. Du manioc, des cochons, des poules, ne me paraissent pas justifier de vastes incendies de brousse. Il est vrai qu'on ne dirige pas le feu ; on veut brûler un hectare et on en détruit mille.

C'est ce qui se passe en ce moment ; toute la rive gauche, dont la berge assez élevée et boisée descend en pente jusqu'au Kouiliou, n'est plus qu'un brasier. L'incendie hurle, se dresse, bondit ; des langues de feu lèchent tous les arbres à la fois, se tordent le long des branches, les font crépiter, éclater ; courbées par le vent, les flammes et la fumée forment une voûte qui s'étend au-dessus de nous, masque le ciel ; une pluie de flammèches retombe autour des boats, nous voguons à travers du feu ; dans cette fournaise, les pagayeurs s'agitent, silhouettes de démons ; je me figure que je navigue sur un fleuve infernal.

***

Le Kouiliou se perd en méandres indéfinis, il se replie sur lui-même ; depuis hier, nous voyons Bouenza devant nous, sans pouvoir atteindre ce petit village construit par la mission catholique ; ce matin seulement, dimanche 30 Août, nous y arrivons.

La mission est déserte, il est huit heures, les pères et les enfants sont à la messe. J'entre dans l'église. Une centaine de petits négrillons agenouillés sur la terre battue chantent des cantiques d'un timbre suraigu. Ils chantent à cœur joie ; si le bon Dieu ne les entend pas, c'est qu'il a l'oreille dure ! mais s'il les entend avec plaisir, c'est qu'il a l'oreille peu délicate ! Il est vrai qu'il est toute indulgence. Le pauvre père organiste a beau ouvrir le grand jeu de son harmonium, il n'arrive pas à dominer les voix.

Derrière les enfants, des hommes et des femmes écoutent avec recueillement, surtout avec admiration. Le nègre, quel que soit son âge, aime ce qui est apparat. Pour ces êtres primitifs, les cérémonies catholiques constituent une véritable attraction ; ils les aiment, comme ils apprécient les réjouissances, les fêtes. L'éclat des lustres et des candélabres, le fourmillement des lumières qui peuplent les églises d'autant de petites étoiles, la dorure des chasubles, des vases sacrés, de l'ostensoir qui rayonne, véritable soleil ; tout cela resplendit en leurs yeux, avant de resplendir dans leur âme, et les ravit.

En les regardant, je me souviens de ce que racontait Binger sur un de ses boys fervent catholique. Celui-ci était toujours vêtu à l'européenne ; un jour, il se présenta habillé à la mode musulmane ? Binger s'en étonna :

— Tu es donc redevenu musulman ?

— Non, je suis toujours catholique, seulement de temps en temps « je fais aussi un peu musulman », à cause des fêtes.

Ce brave garçon ne cumulait pas les religions, il cumulait les fêtes.

***

L'office est terminé. Au moment où je vais saluer les pères, apparaît sur la route le chef de la seconde compagnie de milice du Congo, M. Leymarie. Il arrive de Loango, suivi de 80 miliciens destinés à renforcer l'action de nos 150 tirailleurs. Correct, M. Leymarie porte un sabre au côté. Ce sabre jette même un certain trouble dans l'esprit des pères, auxquels nous nous présentons ensemble. Ils ne comprennent pas, tout d'abord, que le capitaine est justement celui des deux qui n'a pas d'armes. Notre identité rétablie, les pères m'emmènent visiter leur domaine en compagnie de M. Ley-

marie, du général Leymarie comme je le
baptisai incontinent, surnom qui devait lui
rester, dont il était très fier, et auquel il
s'efforça toujours de faire honneur.

Dans le jardin de la mission, les légumes abondent, les plates-bandes soigneu-
sement entretenues regorgent de choux,
d'épinards, de haricots; plus loin, sont les
fruits du pays et ceux d'autres colonies
acclimatés ici. Du potager, nous passons
aux ateliers où les enfants apprennent un
métier, voilà la menuiserie, la briqueterie,
le four à chaux. Enfin, nous revenons vers
le bâtiment principal, résultat de tous ces
travaux. La maison de briques, sa charpente, les meubles, tout sort des ateliers
que nous avons visités; la table où les
pères nous convient à nous asseoir, offre un
menu dont je n'ai plus la notion depuis
longtemps.

On sent ici la suite dans les idées,
dans la direction, l'activité dans l'exécution, la foi dans l'œuvre entreprise, toutes
conditions seules capables d'assurer le succès. Les pères changent, les uns meurent
et s'en vont peupler le petit cimetière à
côté de l'église, les autres sont déplacés et
vont porter leur ardeur plus au fond de
cette Afrique à laquelle ils ont donné leur
vie, mais l'impulsion reste la même, le but
ne varie pas : élever des âmes vers Dieu,
en leur faisant connaître et aimer la France.

Leur tâche est ardue; ils le savent bien,
mais ils ne peuvent la rendre plus facile,
il leur faudrait pour cela plier la religion
aux exigences de l'état social dans lequel
les nègres ont toujours vécu. Se conformer
aux règles du christianisme, pour un indigène, c'est transformer sa vie. On peut
dire que toutes les races en Afrique ont
une religion et croient à une autre vie dans
un autre monde; elles sont donc toutes
prêtes à recevoir la conception de l'éternité, même d'une éternité renfermant autre
chose que des satisfactions terrestres, comme celles que promet le paradis de Mahomet; elles ont aussi certaines aspirations
mystiques, elles aiment le mystère, le sur-
naturel; de ce côté encore le catholicisme
n'éprouve pas de peine à se faire accepter
par elles. Mais les religions indigènes sont
adaptées à leurs besoins matériels, elles
leur permettent de les satisfaire; la religion catholique, au contraire, leur demande de renoncer à leurs habitudes, à leurs
mœurs, de modifier leur existence, en un
mot de changer leur nature.

Un autre obstacle pour nos missions

dans leur œuvre d'évangélisation est le
manque de missionnaires. Ils sont très peu
nombreux, le climat fait de terribles ra-
vages dans leurs rangs, et ils ne réussissent
pas à former des missionnaires indigènes.
La religion catholique nécessite du prêtre
un sacrifice trop incompatible avec la nature des noirs. Ceux qui, sincères dans
leur vocation, entament leurs études théologiques, reculent difficilement devant le cé-
libat. Ils sacrifient la polygamie à laquelle
bien des convertis ne parviennent pas à
renoncer, ils ne peuvent aller plus loin.

Les pères savent toutes ces difficultés,
mais ils ne se découragent pas. Ils obtiennent toujours un résultat, puisqu'en jetant
un germe de civilisation dans le pays, ils
le garantissent par cela même de l'in-
vasion de l'Islam. Car, le fait est reconnu,
l'Islam n'agit que là où il apporte le premier élément de civilisation. Pour le catholicisme, c'est déjà une victoire.

Il est des coloniaux qui regrettent cette
victoire, ce sont des « islamophiles », il en
est d'autres, qui n'étant partisans ni de
l'islamisme, ni du christianisme, voudraient laisser aux indigènes leurs différentes religions. La question revient à savoir si nous avons intérêt à trouver en face
de nous des chrétiens, des musulmans ou
des fétichistes, ainsi qu'il est convenu à
tort d'appeler ces derniers, car ils croient
tous à un Dieu.

On a écrit des volumes pour et contre
l'islamisme.

Je dois dire d'abord que c'est une erreur de s'imaginer que l'Islam a envahi
l'Afrique. Il y a de vrais musulmans, mais
en nombre relativement restreint; évidemment, si on les favorisait, ils finiraient par
se diffuser, et à mon avis, ce ne serait pas
à notre avantage.

Je pense que si l'islamisme fait faire
un premier pas dans la civilisation, il est
incapable d'en susciter un autre dans le
progrès. Pour ne pas conserver de doute à
cet égard, il suffit d'avoir connu des officiers musulmans, servant au titre français. Après avoir vécu trente ans et plus
de la vie européenne, alors que nous les
supposions définitivement acquis à notre
civilisation, le jour même où l'heure de la
retraite a sonné pour eux, ils ont repris le
costume arabe et sont retournés à la vie de
leurs pères. Les musulmans restent musulmans, au point où ils en sont; ils ne se con-
vertissent ni à une autre religion, ni à une
autre civilisation. Ils s'ensuit que jamais

nous ne pourrons avoir une entière confiance en eux.

Heureusement pour nous, comme je le disais tout à l'heure. les musulmans fervents sont l'exception au Soudan, c'est pourquoi nous sommes sûrs de la fidélité de nos tirailleurs. Ceux qui se disent disciples de Mahomet ne le sont que de nom, et ne pratiquent pas. Moussa est dans ce cas, il est musulman par snobisme, parce que c'est bien porté au Sénégal ; il n'a jamais fait une prière, ne dédaigne pas l'alcool et ne s'est jamais soucié de savoir l'époque du ramadan.

Tant au point de vue de la civilisation qu'au point de vue militaire, je ne vois pas d'intérêt à propager l'islamisme. En avons-nous un à chercher à maintenir les noirs dans leurs religions ?

Au point de vue militaire, nous n'avons pas à souhaiter des hommes plus braves, plus disciplinés que nos tirailleurs bambaras. Si nous n'étions qu'officiers n'envisageant que le combat, nous chercherions à les éloigner de la civilisation, celle-ci ne pourrait qu'abîmer ces merveilleuses qualités de guerrier, bravoure, endurance et sobriété. Mais nous faisons la guerre uniquement pour apporter la civilisation. Le problème se présente donc sous une autre face, et revient à se demander si l'idée de progrès, de civilisation, s'allie avec les pratiques recommandées par les religions indigènes.

Toutes, je le veux bien, ne réclament pas des sacrifices humains, mais toutes laissent subsister à côté d'elles certaines mœurs absolument sauvages. Que dire du sorcier, du féticheur, qui trouve la cause d'un malheur, de la mort d'un individu. dans un être, homme ou femme, désigne celui-ci à la vindicte publique, ou lui fait subir la fameuse épreuve du poison ? Toutes ces religions, qu'on les nomme totémisme, animisme ou religion des ancêtres, celle-ci en étant pourtant une des formes

les plus respectables, renferment des pratiques inhumaines. Je ne parle pas de toutes les superstitions qu'elles entraînent, bien que leurs défenseurs, ceux qui les défendent contre le christianisme, soient précisément ennemis de toute superstition. Il semble donc difficile à la civilisation de vivre à côté de ces religions.

Il est vrai que les partisans du *statu quo* se flattent de les dépouiller de tout ce

ILS VONT PEUPLER LE PETIT CIMETIÈRE...

qui les entache de cruauté ou de superstition, et reconnaissent qu'il convient de les améliorer.

Nous serions donc obligés de nous ériger en réformateurs ; chaque officier, chaque administrateur deviendrait un petit Mahomet. Je ne crois pas utile d'insister sur ce côté humoristique de la question. Et s'il faut réformer... alors, pourquoi ne pas prendre une religion toute faite, qui, somme toute, a donné des preuves de son action civilisatrice ?

Il y aurait bien un moyen, radical celui-là, qui consisterait à supprimer toute religion. Malheureusement, l'humanité est telle, qu'elle éprouve le besoin de croire à quelque chose, et plus elle est primitive, plus elle ressent ce besoin. Il n'est pas une peuplade nègre qui n'ait une croyance. Les fétiches pour les noirs, ne sont en réalité que des signes extérieurs n'ayant la plupart du temps aucun rapport avec la religion ; ces fétiches, statues ou amulettes, ne les empêchent pas de croire tous à un Dieu qui a créé le monde. Cette notion est plus ou moins nette dans leur esprit. Ils ne s'adressent pas à ce Dieu, ne lui reconnaissent pas le pouvoir de modifier les événements, car un être supérieur ne doit pas s'abaisser jusqu'aux contingences terrestres ; mais ce Dieu existe, et généralement, comme chez les Loangos, il a des ministres qui président aux actes des humains. Il serait probablement plus difficile de supprimer aux noirs toute religion que de les convertir à une autre.

Et puisque leurs religions sont incompatibles avec la civilisation, à moins d'être modifiées par nous, et je ne peux envisager cette hypothèse sans rire, pourquoi ne pas favoriser l'action de nos missionnaires, comme l'Angleterre, comme l'Allemagne favorisent l'action des leurs ?

Nous sommes, nous, arrivés à un degré tel de civilisation et de vertu que nous estimons pouvoir nous passer de religion ? Soit. Mais avant de parvenir à ce degré, les noirs ont de longues étapes à parcourir. Avoir la prétention d'inculquer de but en blanc à ces enfants de la nature, soumis à l'instinct, la notion du devoir, leur donner pour seul contrôle la conscience, et leur enlever cette idée d'une autre vie qu'ils ont, autant dire tous, me semble, à moi, une utopie.

Il faut bien croire que je ne suis pas le seul à être de cet avis, puisque, en dehors des partisans du christianisme, tous, y compris ceux qui veulent améliorer les religions existantes, prêchent la protection de l'islamisme. Celui-ci est d'ailleurs protégé partout, aussi bien en Algérie qu'au Sénégal. C'est même une question devant laquelle s'arrête un esprit sans préjugés, cherchant uniquement à être impartial. Pourquoi un décret, comme celui de 1903 en Afrique Occidentale, renferme-t-il des clauses relatives aux musulmans, mais n'en contient-il aucune à l'égard des indigènes chrétiens ? Ceux-ci restent soumis à toutes les coutumes locales concernant leurs frères totémistes, animistes ou autres. Ils peuvent bien se réclamer de la justice française, toutefois, il faut pour cela que les deux parties soient d'accord sur ce point ; le privilège est faible et le plus souvent sans effet.

Les indigènes chrétiens, il est vrai, sont en très petit nombre, du moins ceux qui le sont réellement et qui peuplent quelques villes du Bas-Sénégal évangélisées depuis de longues années ; les autres, comme ceux du Congo, ne sont encore chrétiens que superficiellement. Je le reconnais, mais la plupart des musulmans protégés par le décret ne sont musulmans, eux aussi, que superficiellement. Et puis, les convictions d'un millier d'individus ne doivent-elles pas être respectées autant que celles d'un million ?

Quelles que soient les opinions sur les religions indigènes, sur leur amélioration ou leur remplacement par une autre, les hommes sans parti pris ne peuvent que s'incliner devant le dévouement des missionnaires. Ils sacrifient leur vie, non seulement pour que les indigènes connaissent leur Dieu, mais aussi pour qu'ils connaissent la France. N'auraient-ils atteint que ce dernier résultat, ils n'auraient pas perdu leur temps. Ils n'ont pas d'illusions sur la valeur présente des conversions obtenues, mais ils ont confiance dans l'avenir, ils n'ont pas la prétention de transformer des mœurs en un jour ; ils cherchent d'abord à les améliorer tout en répandant notre langue et en faisant aimer notre drapeau. Ils vivent sur cette parole : la destinée de l'homme n'est pas de toucher le but, mais d'être toujours en marche ; et cette marche, avec l'infini pour flambeau, se continuera au delà du tombeau.

*
* *

Au soleil levant, nous avons quitté Bouenzá ; l'air frais est rempli de la senteur des herbes mouillées par la rosée de la nuit ; les pagayeurs qui approchent du but pressent la marche. Nous glissons sous les arbres penchés, nous frôlons les roseaux de la berge, les feuilles encore humides brillent dans la lumière matinale.

Nous ne jouissons pas longtemps de cette fraîcheur. Le soleil monte rapidement. Dans notre sillage, son image se tord, se déforme ; devant nous chaque goutte d'eau jette une étincelle. Une branche morte tournoie et dessine de grands cercles miroitants dont l'éclat meurt sur la rive ; un paquet d'herbes arraché par la crue fait une tache qui paraît noire sur la rivière incendiée ; tout flamboie, les yeux ne se reposent que sur les ombres projetées par les arbres, et ces ombres diminuent peu à peu. A midi elles disparaissent.

L'atmosphère est lourde d'une chaleur qui précède l'orage. Il n'a pas encore plu,

mais chaque soir le vent devient plus violent ; il est temps d'arriver à Kimbédi.

*
* *

Mon voyage est fini. Abandonnant
mes bateaux qui n'avaient plus que quelques
kilomètres à faire, j'ai terminé la route
à pied.

Deux heures de marche dans une plaine
coupée de ruisseaux sans importance, à peu
près inhabitée, et sur la rive droite de la
Louvizy, un petit affluent de Kouiliou, entre deux collines le poste m'est apparu.

Le poste... quelques cases édifiées à la
hâte, puisque Kimbédi n'a encore que deux
mois d'existence. Sur la pente douce qui descend vers la rivière, quelques constructions
provisoires et sommaires servent d'habitations et de magasins ; au bord de l'eau, un
espace défriché est coupé de plates-bandes
parallèles, quelques légumes commencent à
pousser, des radis se montrent déjà et piquent la terre de points roses.

Dans une des paillotes, mes 800 charges
sont mises à l'abri ; il ne me reste plus qu'à
les en faire sortir. Pour le moment, cet espoir semble hasardé, mais si les agents du
Congo que j'ai trouvés ici doutent de sa réa-
lisation, ils sont pourtant décidés à m'aider
de tout leur pouvoir ; MM. Gros, Jacquot
et Fredon ne demandent qu'à mettre leur
expérience au service de l'effort prodigieux
que nous allons tenter. Car nous n'avons
pas seulement à transporter les 3.000 charges de notre mission, mais encore celles destinées à l'Oubangui, au Chari, au Tchad, et
même au Congo qui est réduit à la famine
comme les autres colonies. Marchand a pris
la résolution de tout faire passer sans oublier la flotille du Haut-Oubangui, du
moins ce qu'on pourra en sauver. Depuis
deux ans, la circulation des caravanes est
arrêtée, et nous devrons assurer le transport
de près de 20.000 charges. C'est le travail
de demain.

Les Brigands du Congo

———— ❋ ————

Les renseignements recueillis jusqu'ici ne sont pas encourageants ; les environs sont annoncés comme très pauvres en vivres ; le portage local est représenté comme impossible à organiser ; les Bassoundis, voisins des Bakambas de Kimbédi, sont, paraît-il, irréductibles, et l'opinion générale déclare que le seul moyen d'obtenir la tranquillité sur la route est d'y faire le désert.

Ubi solitudinem faciant, pacem appellant, comme disait Tacite. C'est une solution simple et énergique. Nous avons le moyen de la prendre ; néanmoins, il semble utile, auparavant, d'étudier la situation de plus près. Il se peut que les terribles Bassoundis méritent d'être supprimés, mais si beaucoup sont à retrancher, certains valent peut-être d'être gardés.

Les Bassoundis... Qui sont-ils ? D'où viennent-ils ? Où et comment opèrent-ils ?

A première vue, le Congo est une mosaïque de peuplades différentes. L'ethnographie de toutes ces races diverses qui se poussent mutuellement, se remplacent, se pénètrent, est excessivement compliquée. Si ces peuples ont une histoire, elle nous est inconnue, et nous en sommes réduits à des hypothèses, sans pouvoir prétendre à des certitudes.

Le mouvement continuel qui agite les populations africaines, les entraîne vers l'Océan, c'est-à-dire vers les grandes lignes commerciales et vers la source du sel, n'est nulle part plus sensible qu'au Congo ; migration très marquée des peuples qui occupent les vastes contrées baignées par le Chari et le Tchad et se dirigent du Nord au Sud vers l'Oubangui et le Bas-Congo.

C'est ainsi qu'à l'Ouest, j'ai trouvé à Zilengoma, les Bakotas du Haut-Ogooué parvenus sur le Niari, refoulant les Bakounis, et refoulés eux-mêmes par les Pahouins qui ont derrière eux les N'Dris d'où semble venir la poussée initiale.

A l'Est, également, les Batékés, race d'instinct commercial très développé, sont descendus du Nord pour se masser autour du Stanley-Pool, au confluent des grands courants commerciaux du bassin congolais ; ils ont même abandonné les territoires entre Comba et Brazzaville pour se rapprocher du fleuve.

C'est dans cette trouée que les Bassoundis ont pénétré, descendant eux aussi du Nord, parallèlement aux Batékés. Là, ils ont englobé les Bagangalas, dont les derniers représentants sont établis autour de Comba, ainsi que les Ogangalas des alentours de Biédi. Les Bassoundis se sont ainsi trouvés limités à l'Est par les Batékés et les Ballalis, à l'Ouest par les Bakambas. Se heurtant au Sud aux territoires bacongos, ils ont reflué vers l'Ouest, vers l'Océan, but suprême, et passant derrière l'enclave portugaise de Cabinda, ils se sont étendus jusqu'aux derniers contreforts du Mayombe, au Sud de Loudima.

Le Bassoundi est donc la race la plus dense, la plus importante du Congo, et d'après ce que nous savons, elle est aussi la plus turbulente. Ses méfaits ne se comptent plus. Les nombreux récits que j'ai entendus sur les crimes commis par les Bassoundis, permettent de juger qu'ils opèrent principalement dans deux régions, à l'Ouest de Comba, aux environs de Balimoéké, et à l'Est de Comba, dans le territoire de Foulembao.

Aux environs de Balimoéké, ils sont dirigés par un brigand célèbre : Mabiala Minganga, Mabiala le grand, ayant comme lieutenant son neveu, Mabiala N'Kinké, Mabiala le petit. Ce sont eux qui, en 1892, ont assassiné l'administrateur, M. Laval. Ce meurtre est resté impuni. On a bien tenté de s'emparer de Mabiala Minganga, mais sans y réussir, et cet échec n'a fait qu'accroître le prestige déjà considérable du chef, car celui-ci est de plus « grand féticheur ». A la suite de ce meurtre, Mabiala a disparu, nul ne sait où il se cache, on a seulement la certitude qu'il existe encore et que son influence s'exerce toujours contre nous. Quant à Mabiala N'Kinké, bien qu'on fût certain de sa participation à l'assassinat de M. Laval, on n'a pas pu prouver sa culpabilité ; il continue de commander Balimoéké, un des premiers villages sur la route de Comba, près de la rivière Ouali-Ouali. Des porteurs, des miliciens ont disparu, nul doute que le neveu, sous la direction de l'oncle, ne soit l'auteur de ces disparitions. Malheureusement, cette conviction ne s'étaie sur aucune preuve. A-t-on vraiment cherché à avoir cette preuve ? Dans l'état de faiblesse de la colonie, toute répression est impossible. Il y a quelques jours, deux porteurs malades déclarèrent au lieutenant Mangin ne pouvoir plus suivre sa colonne et demandèrent à rentrer chez eux. Mangin leur donna des vivres et quelques cortades d'étoffe, puisqu'ils se refusaient à l'accompagner jusqu'au poste de Comba. On a retrouvé leurs cadavres sur les bords de la Ouali-Ouali. Mabiala N'Kinké a déclaré à M. de Kerraoul, administrateur de Brazzaville, en tournée de ce côté, que ces Loangos avaient été tués par les tirailleurs. Il a fallu un rapport officiel de Mangin pour rétablir la vérité. Peut-être eût-on préféré ne pas la connaître ?

Est-il vraiment impossible de découvrir la retraite de Mabiala Minganga, de châtier l'oncle et le neveu ? C'est ce dont je m'occuperai ici, pendant que Mangin s'éclairera sur les brigands des environs de Foulembao.

Dans cette région, les crimes sont prouvés, les auteurs connus. Il se joue là, depuis des années, une comédie tragique entre trois comparses, Mayoké, Missitou et Mabala, chefs de Foulembao, Lilemboa et Makabendilou. Ces trois Bassoundis ont formé une véritable association dont le but est le détroussage méthodique, on peut même dire raisonné, des caravanes et des Européens de passage.

A quelques kilomètres dans l'Est de Makabendilou, s'élève une colline abrupte, que gravit le sentier de Brazzaville et qui porte le nom de « montagne des chiens ». A ses pieds, le petit hameau de Lilemboa sert de halte habituelle aux convois qui y reprennent leur souffle avant de commencer l'ascension. Sous un prétexte futile, mais préparé, une discussion ne tarde pas à s'élever entre indigènes et porteurs, généralement à propos d'un achat de vivres. La discussion dégénère bientôt en querelle, et la querelle en rixe. Aussitôt, apparaissent, venant protéger le faible village de Lilemboa, tous les guerriers du grand Mayoké, chef de Foulembao. Ils se trouvaient, par le plus grand des hasards, à proximité, dans les bois du voisinage. Le deuxième acte commence. Les porteurs et les Européens sont mis en joue, on les maltraite, on leur tire la barbe, on leur passe le tranchant des couteaux sur le cou ; les malheureux croient leur dernière heure venue. A ce moment, *deus ex machina*, Mabala surgit. D'un beau geste, le noble vieillard se place devant les victimes, les couvre de son corps, détourne les fusils bassoundis. Devant lui, les farouches guerriers s'inclinent.

Un tel service vaut bien une récompense. Mabala le fait délicatement comprendre. Le moyen de ne pas être reconnaissant envers ce bon vieux quand on a encore devant soi la bande hurlante, quand on

sent encore sur sa peau le froid de l'acier ?
On s'exécute, on remet à Mabala le prix de
son intervention.

Est-il nécessaire d'ajouter que ce prix
est aussitôt partagé entre les trois intelli-
gents associés qui réalisent ainsi des bénéfices fort appréciables ?

Parfois, les porteurs loangos y laissent
leur tête. Alors la route se ferme.

C'est en cet endroit, que furent arrêtés,
l'administrateur Ponel, l'adjudant de Prat,
plusieurs agents allant de Brazzaville à la
côte. C'est là, qu'éclata un incident en
1895, au passage d'un membre de la mission Gentil.

C'est encore avec un des trois associés
que le gouverneur Dolisie eut, cette année
même, maille à partir et que peu après en
Juin, plusieurs miliciens et nombre de porteurs loangos disparurent.

Tout cela se sait, mais le Congo est désarmé. Pouvons-nous en être étonnés ? N'a-
vons-nous pas trouvé, il y a deux ans, la
même situation à la Côte d'Ivoire, où les
Européens étaient massacrés à quelques kilomètres de Grand-Bassam qui fut même assiégé par les indigènes ?

Le Congo et la Côte d'Ivoire sont deux
victimes de cette illusion qui s'appelle la
pénétration pacifique.

La Pénétration pacifique

Si je traite d'illusion la pénétration pacifique, ce n'est pas que de parti pris, j'attaque le régime civil. Cette conception de
s'emparer des âmes sans avoir recours à la
force, est bien faite pour séduire un peuple
ouvert à toutes les idées généreuses. Vouloir apporter le bonheur à des populations
sauvages, leur faire entrevoir un idéal et
se refuser à voiler de sang cet idéal, c'est
un beau rêve, malheureusement irréalisable.

Pour s'en convaincre, il suffit de voir
comment naît une colonie de pénétration
pacifique, de rechercher les moyens dont
elle dispose pour continuer son œuvre, et
d'opposer ces moyens aux difficultés contre
lesquelles elle est obligée de lutter.

Je ne parle pas spécialement du Congo,
soumis dans les premiers temps, par la
seule influence de M. de Brazza. Le Congo,
dans la suite, s'est dérobé à l'autorité des
agents de la colonie, parce que ceux-ci

n'avaient pas au même degré le don de séduction de leur chef, et se trouvaient privés des moyens nécessaires à tout homme
pour mettre le pays en état de supporter
les charges écrasantes qui pesaient sur lui.
Je parle du cas général, de la façon habituelle dont est née telle ou telle colonie,
sans en viser aucune particulièrement.

Un explorateur s'engage dans un pays
inconnu ; il passe, il sème sur sa route les
perles à pleines mains, il distribue les étoffes à brassées ; en échange il ne réclame
rien, à peine quelques porteurs ou de quoi
vivre ; et les populations enthousiasmées par
ses libéralités signent tous les traités qu'il
désire, ne demandent qu'à voir venir chez
elles le plus grand nombre de ces géné-
reux philanthropes.

Mais voilà que derrière l'explorateur
arrivent les administrateurs chargés de répandre les bienfaits de cette civilisation qui
s'est manifestée sous d'agréables appa-
rences. Avec eux, les bienfaits cessent de
revêtir la forme de largesses, ils prennent
l'aspect de mesures éminemment vexatoires,
bien que souverainement justes. Les indigènes ne comprennent pas !

Un blanc les a comblés de cadeaux, les
a étourdis de promesses ; un autre lui succède qui ne leur donne rien, mais en revanche leur interdit de piller, de voler, de
faire des captifs, et bien plus, leur réclame
un impôt !

Celui-là entendait vraiment la civilisation, celui-ci n'est qu'un pirate, un ennemi.

Ils ne veulent pas se soumettre à des
exigences qui leur paraissent pleines d'il-
logisme ; et du refus d'obéissance à la révolte, il n'y a qu'un pas.

Pour faire respecter sa volonté, l'administrateur est forcé de réclamer des gendarmes, on les lui fournit sous le nom de
miliciens, avec parcimonie à la vérité ;
quatre ou cinq, parfois moins, rarement davantage. Peu à peu, d'ailleurs, on est forcé d'en augmenter le nombre, et la colonie
pacifique se trouve bientôt pourvue d'une
forte compagnie dont les hommes sont
payés exactement deux fois ce que coûtent
des tirailleurs réguliers. Rendent-ils les
mêmes services ? Ils créent simplement une
difficulté de plus. Les miliciens sont de la
race des tirailleurs ; guerriers, ils ont la do-
mination dans le sang, et recrutés généralement parmi les fortes têtes dont ne veulent pas les régiments, ils sont tout disposés
à régner en maîtres sur le pays dont ils ont

la garde, et à ne pas obéir à des chefs qui ne sont pas des officiers.

A chacun son rôle. Un administrateur n'est pas un soldat. Il est naturel qu'il n'ait pas sur ses hommes l'autorité nécessaire pour les empêcher de commettre des exactions ou de se soulever contre lui.

Que penserait-on d'une conception allouant à chaque département de la France, pour assurer l'ordre intérieur et la sécurité extérieure, quatre gendarmes commandés par un maire, ou même par un préfet?

Que dirait-on si ces quatre gendarmes étaient, par surcroît, recrutés parmi les hommes les plus indisciplinés? Et si, de plus, la population du département était spécialement encline à la révolte?

Telle est pourtant l'organisation d'une colonie soumise dès le début au régime civil. Le tableau n'est pas humoristique, il est fait d'après nature.

Et je dois encore ajouter une ombre à ce tableau, celle des concessions.

L'exploitation immédiate des ressources d'un pays neuf par une société puissante a des avantages; elles est presque une nécessité pour la pénétration pacifique. Les postes, en effet, sont installés le long de la route parcourue par le premier explorateur, et ils ont trop de peine à se maintenir en place, pour songer à étendre leur action en dehors de ce sentier. C'est même la caractéristique de ces colonies : elles sont « linéaires ». Le petit commerce n'oserait pas se risquer hors de cette ligne, il n'a pas les moyens de prendre des miliciens à sa solde. Au contraire, le concessionnaire a des capitaux, il est capable de payer la protection dont il a besoin, et il lance dans la brousse, encore inconnue, un essaim d'agents escortés de quelques miliciens.

Ainsi se trouve complétée et constituée la colonie : un axe jalonné de postes autour desquels va rayonner le commerce. Malheureusement, ce rayonnement multiplie les points de contact avec les indigènes, c'est-à-dire les chances de conflit, et ces chances sont accrues par la présence des miliciens, encore moins disposés à obéir au commerçant qu'à l'administrateur. Enfin, le pays voit d'un mauvais œil l'établissement d'un monopole.

Un brave chef à qui je demandais la raison de son animosité contre les concessions, me répondit par la fable suivante :

« J'avais trois femmes; toutes rivalisaient d'amabilité; j'étais heureux. Une d'elles mourut; j'étais déjà moins bien soi-gné, mais je n'avais pas à me plaindre, elles étaient encore deux, obligées de lutter pour obtenir mes faveurs. Un jour, il ne m'en resta qu'une... elle me rendit la vie impossible, elle ne s'occupait plus de moi, sûre que mes faveurs n'iraient pas à une autre, puisque je n'avais plus le choix. Vois-tu, ajouta-t-il mélancoliquement, c'est la même chose avec les commerçants. »

Telles sont les difficultés au milieu desquelles un administrateur se débat. On le place dans une situation inextricable, dont il ne sort souvent qu'en y laissant sa vie.

Cette issue est presque fatale, car les événements suivent un cours logique. Les indigènes se sentent peu de goût pour le travail, c'est-à-dire pour gagner ce qu'ils convoitent, et surexcités par la vue de richesses faciles à s'approprier, puisqu'elles ne sont pas, ou pour ainsi dire pas défendues, ils commencent par voler quelques charges dans un convoi.

L'autorité toujours paternelle ne manifeste d'autre sentiment que l'étonnement d'avoir des enfants si mal élevés.

Les pillards ont bientôt la tentation d'ajouter aux perles et aux étoffes des caravanes les fusils des miliciens d'escorte. Ceux-ci ne voulant pas abandonner bénévolement leurs armes, les agresseurs se voient forcés de supprimer les miliciens.

L'étonnement en haut lieu devient de la douleur. Quelques esprits subversifs, à tendances militaristes, émettent alors l'opinion qu'une répression paraît indiquée.

Une répression? On manque des éléments nécessaires. Les demander serait reconnaître l'inanité de l'occupation pacifique. Et puis on n'attrape pas les mouches avec du vinaigre! la sagesse des nations le dit, et la fable prouve que la douceur est préférable à la force. Les noirs sont de grands enfants; on ne fusille pas des enfants.

Les esprits subversifs observent encore que si on ne fusille pas des enfants, on les fouette. Le fouet est hygiénique, il décongestionne. et le pays semble légèrement congestionné.

Bref, on prend une grande résolution, car à tout prix, il faut rouvrir la route : on bombardera les coupables... mais avec des projectiles susceptibles de les ramener, sans risquer de se les aliéner. On les bombardera de ballots d'étoffes et de caisses de perles.

Les effets sont immédiats. Instantanément le pays retrouve le calme, les roùtes fermées se rouvrent ; ainsi apparaît un grand principe d'ordre social : en. donnant aux voleurs ce qu'ils désirent, on supprime le vol.

Bientôt, un second massacre se produit. Un deuxième bombardement est opéré, semblable au précédent. Et de bombardement en bombardement, l'audace des administrés s'accroît de jour en jour ; en même temps, leur intelligence s'ouvre, à mesure que pénètrent chez eux les produits de la civilisation ; si bien qu'un matin, ils se sentent capables de mettre sur pied une règle de trois : un Européen vaut bien dix miliciens ; or, si pour un milicien assassiné nous avons tant, nous recevrons dix fois plus pour un blanc massacré.

Quelques heures plus tard, le chef du poste voisin a vécu.

Combien ont péri ainsi, obscurément, sans que leur sacrifice fût connu ; on étouffe le retentissement d'actes glorieux, souvent héroïques, pour sauver la face de l'occupation pacifique.

Les peuples primitifs ne respectent que la force. La bonté, quand elle ne s'appuie pas sur les armes, n'est à leurs yeux que de la faiblesse. Faut-il s'étonner de ce sentiment chez les peuples primitifs admirateurs de la force ? N'en est-il pas de même chez les peuples civilisés ? La pénétration pacifique n'est qu'une forme de la diplomatie, et cette dernière, chez nous, ne vaut que si elle a derrière elle des baïonnettes et des cuirassés.

Apporter la civilisation, supprimer l'es-clavage, inaugurer une ère de liberté, et réaliser cela sans heurts, sans verser de sang... Quel beau rêve !

Ce n'est qu'un rêve ! Nous ne cherchons pas en Afrique à améliorer, mais à transformer radicalement ce qui existe. Nous voulons que le pays passe d'un état à un autre état complètement différent, en un mot, pour appeler les choses par leur nom, nous voulons faire une révolution. Une révolution n'est jamais pacifique ; ceux qui la font sont moins des médecins que des chirurgiens.

Dans toutes les colonies de pénétration pacifique, le résultat a été le même. Toujours il a fallu en venir à l'occupation militaire, nulle part la révolution ne s'est accomplie sans effusion de sang.

A le verser, tout de suite, on en eût moins répandu, et ces pays eussent pris plus vite leur essor vers leur destinée.

Les colonies ne sont pas faites pour y entretenir des armées ; c'est vrai. Mais les armées y sont nécessaires au début et tant que le nouvel état substitué à l'ancien n'a pas effacé toute trace de ce dernier. Elles le sont encore parce qu'une terre n'appartient réellement à un peuple que s'il l'a arrosée de son sang, s'il la conquise par le sacrifice des siens. Qui oserait proposer de céder à une nation voisine un territoire sur lequel ceux des nôtres, tombés glorieusement, montent la garde du fond de leur tombe ?

Les vivants défendent nos possessions d'Afrique contre l'Afrique ; nos morts les défendent contre l'Europe.

Mabiala N'Kinké

———— ❋ ————

Dans la nuit transparente et froide, je viens de prendre le quart, mesure de prudence, au cas où Mabiala N'Kinké essaierait de nous attaquer pour rentrer en possession des prisonniers que je lui ai faits ce matin. Au nombre de ces derniers se trouvent une de ses femmes et un de ses enfants.

Parti, le 9 Septembre au matin, de Kimbédi avec M. Jacquot, que je comptais envoyer en recrutement de porteurs dans la région bacongo, j'avais emmené M. Fredon et ses vingt-cinq miliciens, me proposant d'installer un poste à Balimoéké. Il me semblait nécessaire de surveiller de près Mabiala N'Kinké. L'assassinat des deux porteurs du convoi de Mangin eût bien mérité une répression, mais si j'étais certain de la culpabilité de Mabiala, je n'en avais pas la preuve.

A quatre heures et demie, en arrivant à Balimoéké, je remarquai le silence du village. A peine m'étais-je arrêté, qu'un Bassoundi, la mine arrogante, vint m'intimer l'ordre d'aller camper ailleurs.

— Ici, lui répondis-je, c'est moi qui commande. Va dire à ton chef que j'ai à lui parler, il devrait déjà s'être présenté à moi.

Une minute après, l'indigène revenait avec cette réponse :

— Mabiala ne se dérange pas pour un blanc.

Je me retournai vers M. Fredon :

— Que deux hommes aillent s'emparer du chef.

Les deux miliciens n'étaient pas sortis du rang, qu'un brouhaha immense s'élevait, accompagné d'un bruit de course ; en quelques secondes, il ne restait pas une âme dans le village.

Cette fuite était évidemment préparée. Il était tard, je voulais laisser à Mabiala le temps de la réflexion, je lui envoyai un indigène sur lequel les miliciens avaient mis la main, et j'ordonnai de camper.

Ce matin, à six heures, Mabiala ne donnant pas signe de vie, je partis à sa recherche, tombai à l'improviste sur un petit village caché au milieu de la brousse, et fis treize prisonniers dont une femme et un enfant de Mabiala. Ayant des otages, je n'avais plus qu'à attendre ; j'installai le bivouac au sommet d'un mamelon coupé par le sentier de Brazzaville.

Sur ce mamelon, il est facile de se garder, mais pour plus de sûreté, j'ai décidé que M. Jacquot, M. Fredon et moi, prendrions le quart. Je n'ai pas grande confiance dans la façon dont ces miliciens ont été dressés ; je sais bien qu'il y a de la bataille dans l'air, sans que nous ayons encore tiré un coup de fusil, et cette idée ne peut manquer d'exciter un Sénégalais ; mais le seul défaut du soldat noir est d'être incapable de veiller. Dans son village, il passera une partie de la nuit à ba-

5

les ordres. Je me souviens de la nuit où, étant de ronde, pendant la colonne de 1892 contre Samory, je tentai d'aborder une sentinelle. En vain, je lui donnais le mot : « Passe au large » répondait-elle invariablement. Et comme j'insistais, le levier du fusil c r a q u a, m'avertissant que j'allais être gratifié d'une balle. J'eus heureusement l'idée de lui crier : « Caporal akili », c'est-à-dire : appelle le caporal ; et grâce à celui-ci, je pus faire rectifier la consigne ; du moins j'en eus l'espoir. On raconte qu'au Dahomey, le général Dodds essayant de sortir du carré pour se rendre aux feuillées extérieures, fut arrêté de même ; il s'obstinait à vouloir passer, et comme général, et comme simple mortel soumis aux lois de la nature. Sans hésiter, la sentinelle lui donna l'avertissement que j'avais reçu, il fallut l'intervention de l'officier de ce trop bon tirailleur pour que le général fût délivré de toutes ses angoisses.

Mais à côté de ces exemples, combien d'autres prouvent la faiblesse du noir contre le sommeil ! Que de douloureuses catastrophes causées par ce manque de vigilance !

varder, tout en rumant ; au bivouac, dès que les rumeurs ont cessé, il s'endort. Les sentinelles ont grand'peine à n'en pas faire autant ; l'obscurité pèse sur leurs paupières, le silence les alanguit ; lorsque la nuit est fraîche, le froid les engourdit ; rien ne peut vaincre cette somnolence.

Pour un blanc en faction, la nuit est le moment où ses nerfs sont à la plus rude épreuve ; dans l'ombre, il prête à un arbuste l'apparence d'un être humain, le frissonnement de l'herbe sous le vent devient pour lui un chuchotement, son oreille aux aguets perçoit des bruits imaginaires ; toute la fantasmagorie nocturne l'environne, le tient éveillé. Le noir n'a pas cette sensibilité nerveuse, il demeure sans émotion là où on l'a placé, et le souci d'exécuter sa consigne n'arrive pas à dominer la torpeur qui le saisit. Par exemple, quand les tirailleurs ne sommeillent pas, ils sont de terribles gardiens ! terribles même pour les amis, car ils ne comprennent pas toujours

Nous avons essayé quelquefois de recourir au fameux cri : Sentinelles, prenez garde à vous ! simplifié en deux mots : sentinelles, veillez ! On entendait bien résonner l'appel : « Sentinelle ouillez ! » mais il était prononcé d'une voix de rêve, d'une voix perdue dans un songe.

En prenant le quart, je suis sûr que nous serons gardés.

La lune paraît, jamais la nuit n'a été encore aussi froide. Je me réchauffe en faisant le tour des postes disposés au fond du ravin qui sépare notre mamelon des collines voisines. Une lueur transparente baigne la brousse ; au milieu de l'adoucissement de toutes les lignes fondues dans ce clair obscur, les arêtes de nos tentes se découpent rigides, les toiles tendues par l'humidité leur donnent l'apparence de petites pyramides. Sur l'une d'elles, un groupe sombre d'êtres, accroupis ou couchés, forme une tache noire, ce sont les prisonniers ; à côté d'eux se détache la silhouette d'un milicien ; ils doivent être gelés, et me feraient pitié si je ne me souvenais de leurs exploits : c'est près d'ici que M. Laval a été assassiné, c'est au bord de la rivière dont j'aperçois la vallée que les deux Loangos ont été massacrés, et combien d'autres ?...

**

Le jour se lève, de légères brumes flottent dans les fonds ; elles sont bientôt pompées par le soleil, les vallonnements se précisent, le sentier de Loango se dessine et trace une ligne grise sur la pente de la colline qui, dans l'Ouest, nous fait face. Le long du chemin, se dressent des poteaux télégraphiques, indice d'un effort tenté par le Congo, mais dans lequel il n'a pas persévéré. Ils sont là ces poteaux, fichés en terre depuis deux ans, et nul fil n'y a été attaché ; ils sont là, jalonnant la route, espoirs d'une civilisation future, représentants fidèles d'une pénétration aussi lente que pacifique. Trop lente assurément, ces poteaux l'attestent, puisque au bout de vingt-quatre mois, ils sont encore veufs de leur fil ; trop pacifique, ils en sont la preuve, car les isolateurs dont on les a pourvus ont tous été brisés intentionnellement par les indigènes sans qu'on ait songé à le leur reprocher. Il est vrai que le mal n'était que dans cette manifestation de révolte ; nulle communication n'a été interrompue de ce fait entre la côte et Brazzaville !

A l'Est, de la poussière s'élève. Est-ce Mabiala ? Pourtant nous le supposions dans l'Ouest. Des chéchias apparaissent, c'est un convoi conduit par le général Leymarie, et envoyé par Mangin pour prendre des charges à Kimbédi. Mangin m'annonce soixante-trois porteurs... les trente-neuf miliciens qui les escortent n'ont pu en conserver que vingt-six ! les autres se sont sauvés, peu désireux de traverser les Etats de Mabiala Minganga et de Mabiala N'Kinké. Un poste s'impose dans cette région, probablement aussi une répression. Si je suis amené à sévir, les trente-neuf miliciens qui viennent d'arriver ne seront pas inutiles.

Huit heures. Une sentinelle signale dans l'Ouest que : « Y en a n'hommes beaucoup ». Cette fois, c'est Mabiala ! Un grouillement couvre la pente de la colline ;

au centre, sur le sentier de Loango, le chef s'avance.

Je fais donner par l'interprète l'ordre à cette troupe de s'arrêter. Mes soixante-quatre miliciens sont alignés derrière moi. Les Bassoundis hésitent, palabrent, et finalement m'envoient un parlementaire. Celui-ci n'ose pas approcher, il reste au pied de son mamelon et me déclare de la part de Mabiala que si je ne rends pas les prisonniers, le chef me fera la guerre. Je lui réponds que les prisonniers seront remis en liberté quand Mabiala sera venu lui-même me parler.

Il retourne sur ses pas et revient une deuxième fois porteur du même ultimatum. En même temps, je remarque un mouvement parmi les Bassoundis, ils ont l'intention de me cerner. Tout en palabrant, j'ai donné les ordres aux miliciens ; ils sont cachés derrière les broussailles qui bordent le petit plateau où j'ai passé la nuit ; ils ont mis la baïonnette au canon et ont défense de tirer sans mon ordre. Je me fais désigner Mabiala par l'interprète : c'est celui qui est au milieu du sentier ; il en est sûr, c'est « ce sauvage-là » qui a envoyé le parlementaire. Si nous nous battons, il faut l'abattre le premier. Je prends la carabine de Moussa et je réponds :

— Mabiala veut la guerre ? Il va l'avoir tout de suite. Qu'il vienne ou...

Des coups de fusil me répondent.

J'appuie ma carabine sur un rocher; pour une fois, les poteaux télégraphiques vont être utiles ; il y en a huit entre Mabiala et moi ; le chef est donc à 400 mètres. Je tire, et je commande : feu, à la baïonnette !

Mabiala N'Kinké est tombé ; en présence de ce désastre et devant les baïonnettes, les Bassoundis fuient dans tous les sens ; dix-neuf restent sur le terrain ; j'arrête les miliciens.

La leçon est suffisante ; le chef mort, ses hommes ne renouvelleront pas l'attaque. M. Fredon que je vais laisser avec ses miliciens recevra, je l'espère, la soumission des révoltés, toutefois celle-ci ne sera complète, et les caravanes n'auront de sécurité que le jour où Mabiala Minganga sera en notre pouvoir. Où est-il ? Le poste s'emploiera à le découvrir.

A Makabendilou

Mon arrivée à Makabendilou ne s'est pas faite sans incident. Après les événements de Balimoéké, j'avais gagné Comba et, sans m'y arrêter, je m'étais remis en route pour rejoindre le lieutenant Simon et le docteur Emily à Makabendilou.

L'administrateur de Comba, M. Larzat. m'avait averti que sur mon chemin je ren-

J'AVAIS REÇU LA SOUMISSION DU CHEF DES MAKABENDILOU.

contrerais un ruisseau dont je ferais bien de me méfier, ce ruisseau sortant des mines de cuivre de Mindouli.

Comment oubliai-je cette recommandation ? Ce fut justement l'endroit que je choisis pour m'arrêter et déjeuner. Le site n'avait pourtant rien d'enchanteur ; pas un arbre, pas même une touffe d'herbe, rien que des pierres chauffées par le soleil ; mais il était l'heure de faire la halte. Je ne remarquai pas la teinte bleue des cailloux qui aurait dû suffire à me mettre sur mes gardes, Moussa ne s'en inquiéta pas et m'apporta de cette eau à boire.

Je ne tardai pas à maudire mon impru-

dence. Le soir je constatais les effets du sulfate de cuivre. J'étais trop récemment guéri de la dysenterie que j'avais eue entre Dakar et Libreville, pour que ce petit empoisonnement n'eût pas de sérieuses conséquences ; dans la nuit j'avais une rechute de dysenterie.

Le lendemain, à six heures du matin, je partis, me traînant littéralement sur le sentier. A quatre heures de l'après-midi, j'étais à bout de forces, épuisé, tordu par la douleur. Je dus faire abandonner deux charges par les porteurs, qui me déposèrent à quelques kilomètres dans un village de Makabendilou. Je n'avais fait que 29 kilomètres en dix heures.

Je fis encore un effort, le jour suivant, pour entrer sur mes pieds dans le poste, mais Emily fut fâcheusement impressionné en me voyant.

Encore une fois il fallut me soumettre aux prescriptions de la faculté et faire preuve envers Emily de la même docilité qu'envers le médecin du bord, cinq mois plus tôt. Aujourd'hui, je suis sur pied. Avant huit jours je serai capable de me remettre en route.

Pendant ces quinze jours, d'ailleurs, le temps n'a pas été perdu. J'ai donné l'ordre à M. Leymarie d'installer un poste entre Comba et Makabendilou, à Misafo ; l'administrateur de Brazzaville, M. de Kerraoul, a détaché un de ses agents, M. Goujon, à Soundji, entre M'Bamou et Brazzaville, de sorte qu'aujourd'hui de Kimbédi à Brazzaville, six postes au lieu de deux occupent la route.

Un double résultat a été atteint.

Les premières caravanes que Marchand a expédiées de Loango ont repris quelque confiance, se voyant protégées contre les Bassoundis de Balimoéké et ceux de Foulembao ; et les Bakambas de Kimbédi, comme les Bagangalas de Comba et les Ballalis de M'Bamou, ont déjà fourni des porteurs. Le fractionnement du portage, décrété par Marchand est pour ainsi dire réalisé et plus facilement que nous n'aurions osé l'espérer. Enfin, nous avons fait créer des marchés à marchant nuit et jour ; il y va de la vie du capitaine Marchand ».

Terrifié, je lis cette suscription sur l'enveloppe d'une lettre que me tend un tirailleur. Il est huit heures du soir, nous sommes

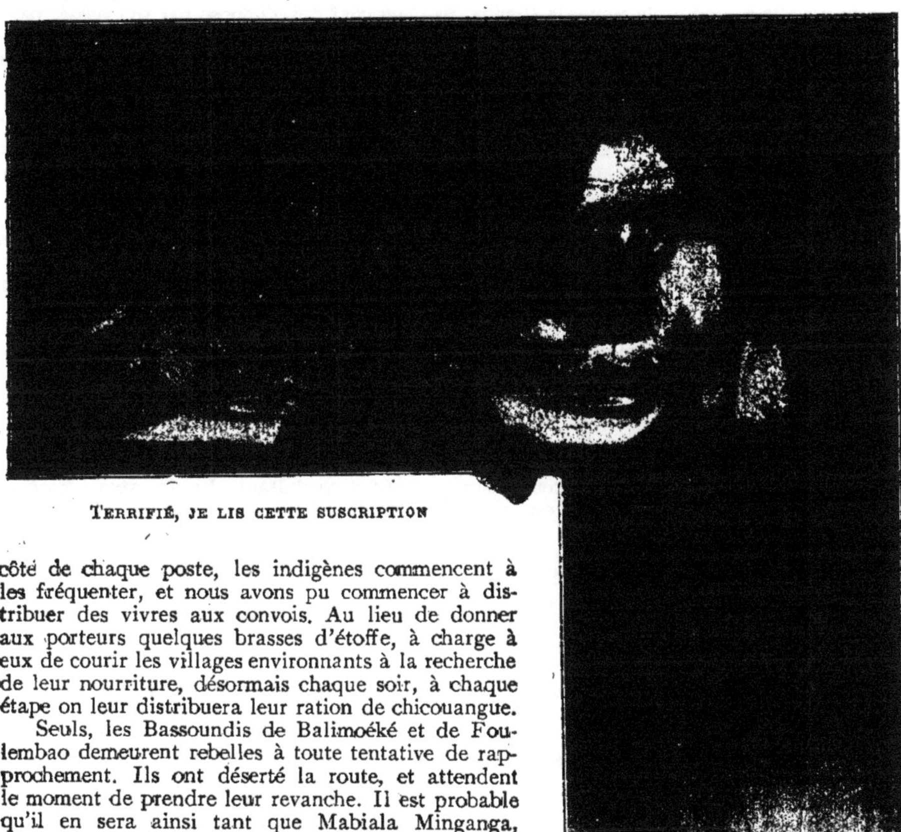

TERRIFIÉ, JE LIS CETTE SUSCRIPTION

côté de chaque poste, les indigènes commencent à les fréquenter, et nous avons pu commencer à distribuer des vivres aux convois. Au lieu de donner aux porteurs quelques brasses d'étoffe, à charge à eux de courir les villages environnants à la recherche de leur nourriture, désormais chaque soir, à chaque étape on leur distribuera leur ration de chicouangue.

Seuls, les Bassoundis de Balimoéké et de Foulembao demeurent rebelles à toute tentative de rapprochement. Ils ont déserté la route, et attendent le moment de prendre leur revanche. Il est probable qu'il en sera ainsi tant que Mabiala Minganga, Mayoké et Misitou seront vivants.

Un seul des chefs bassoundis est venu à résipiscence, celui de Makabendilou, le vieux Mabala, fatigué sans doute de courir la brousse.

Avant-hier, 1er Octobre, j'ai reçu sa soumission. Après avoir accepté le fusil dont il faisait la remise, je l'ai laissé partir en paix. Il est désormais incapable de nuire, vieux, cassé, ayant perdu tout prestige et toute autorité.

Marchand ne tardera pas à arriver, il sera heureux des résultats que nous avons déjà obtenus.

*
* *

« Faire parvenir cette lettre par courrier assis autour de la table où le lieutenant Simon, le docteur Emily et moi nous venons de dîner. La lettre est brève, mais effrayante : M Renaud, chef du poste de Loudima demande d'urgence le docteur Emily ; le capitaine Marchand est au plus mal, il le considère comme perdu.

Les larmes me viennent aux yeux, Simon et Emily sont atterrés ; mais je me révolte contre la vision suggérée par ce papier qui tremble dans mes doigts ! En tout cas, il n'y a pas une minute à perdre. Emily va partir immédiatement.

Par bonheur, une caravane loango a fait étape ce soir à Makabendilou ; j'appelle le contremaître : que ses hommes se tiennent prêts à prendre la route de Comba, ils tipoyeront (1) le docteur Emily sans arrêt, ils seront relayés à Comba, peut-être avant, le paiement sera proportionné au travail et à la vitesse.

En même temps, un courrier rapide porte à tous les postes, entre Loudima et Makabendilou, l'ordre d'arrêter partout les caravanes et de les disposer le long de la route, en relais les plus rapprochés possible.

Pendant qu'Emily se prépare, je fais apporter une branche de palmier, de la corde, j'éventre un ballot de toile, et je confectionne un tipoye.

A deux heures du matin, Emily disparaît dans la nuit.

Ah ! si en Afrique, on accepte facilement pour soi l'idée de la mort, on la repousse avec horreur, quand il s'agit d'un ami. De tous les liens, qui, en Europe, nous rattachent à l'existence, un seul subsiste en Afrique, l'ami ; le perdre est d'autant plus cruel.

Alors qu'en France, cette perte, si grande soit-elle, se trouve atténuée par la présence de parents, d'autres amis, par le tourbillon même de la vie ; ici, elle laisse derrière elle le vide le plus complet, et les occupations qui pourraient nous distraire de notre douleur ne servent, au contraire, qu'à nous rappeler celui qui y était le plus intimement mêlé.

Et Marchand n'est pas seulement

l'ami, il est le chef de la Mission ! Que va devenir notre Mission privée de sa tête ? On a beau répéter : *uno avulso, non deficit alter ;* dans une expédition comme celle-ci où nous sommes du même grade, il faut un chef qui s'impose par son passé, par sa personnalité.

Non, ce n'est pas possible ! N'a-t-on pas annoncé la mort de Marchand à la Côte d'Ivoire, au début de son exploration ? N'a-t-on pas prédit, il y a cinq mois, à toutes les escales, que je n'irais pas jusqu'à Loango ? Il y a quinze jours, dans quel état suis-je parvenu ici, mettant douze heures pour faire vingt-neuf kilomètres ! Je m'en suis tiré, il en sera de même pour Marchand. Mais tous ces raisonnements n'empêchent pas la mort de planer, de tout assombrir. Il y a quelques instants, à table, nous nous réjouissions de voir le pays sensiblement amélioré, nous venions d'accueillir joyeusement cette caravane loango, au complet, qui marchait d'un pas assuré, nous prouvant les progrès accomplis... pouvions-nous penser que quelques heures plus tard, elle rebrousserait chemin, conduisant Emily vers Marchand mourant ?

Je me répète qu'un pareil malheur n'arrivera pas. Dans quelques jours, je serai assez solide pour partir, et aller au-devant de lui. Je me remémore tous ceux qu'on a crus perdus et qui subitement ont ressuscité... Mais combien aussi ne sont pas revenus ?

Par la porte de ma case, je regarde la nuit, elle enveloppe tout. Sur la pente douce qui descend vers le fond du vallon, les arbres ne sont que des ombres. Dans la forêt à laquelle est adossé le poste, une panthère halète d'un souffle rauque, des nuages recouvrent le ciel, un orage se prépare, la saison des pluies va commencer. Pourvu que les tornades ne retardent pas la marche d'Emily !

Dans combien de jours aurons-nous des nouvelles ?

---

(1) Le tipoye est le nom loango du hamac. D'où le verbe tipoyer et l'adjectif tipoyeur. Des tipoyeurs de profession marchent toujours au trot, un trot glissant, sans saccade, et atteignent ainsi une vitesse assez grande. Deux hommes portent à la fois, ils sont généralement 8 par tipoye ; 4 équipes de deux qui se relaient sans s'arrêter.

Sur la route de Kimbédi

Marchand est sauvé ; la nature a réagi, avant qu'Emily ait eu le temps de le rejoindre. C'est Marchand lui-même qui m'a appris sa guérison par une lettre reçue le 8 Octobre. Landeroin, arrivant le 10 Octobre à Makabendilou, nous a confirmé la bonne nouvelle, et nous a même appris que Marchand avait dû quitter Loudima quelques jours après lui. Le 12 Octobre, je me suis mis en route pour le rejoindre à Kimbédi.

Je viens de traverser le ruisseau de Mindouli. Cette fois, je ne l'ai pas oublié. Je me ressens encore un peu du désagrément qu'il m'a causé, cependant l'étape d'hier n'a pas été mauvaise ; il est vrai que celle d'aujourd'hui me semble plus dure. J'ai perdu une partie de mon entraînement pendant ces quatre semaines de repos forcé.

Sur la pente que je gravis péniblement, apparaît un tipoye. Quel est le sybarite qui s'offre le luxe de voyager aussi confortablement, et ne craint pas d'employer pour sa personne des porteurs qui seraient plus utilement chargés de caisses et de ballots ? Je me propose d'admonester sérieusement le chef de poste qui a ainsi contrevenu à mes instructions.

Le tipoye approche. C'est un vrai tipoye avec toit protecteur ; ce voyageur ne se refuse rien ! mais un cri en sort, une forme humaine en jaillit et roule dans mes bras : c'est Castellani.

— Ah ! mon petit capitaine ! je vous retrouve ; je suis sauvé !

— Vous étiez donc perdu... autrement que dans les délices de ce hamac ?

— Chut... Vous ne le direz pas. J'ai attendri M. Gros à Kimbédi ; j'étais tellement attendri moi-même ! Ah ! le voyage de Zilengoma à Kimbédi sur une caisse... Vous n'avez pas idée de l'état dans lequel il m'a mis, et de la crise de furonculose qu'il a déterminée ! Je vous raconterai cela. Si nous déjeunions ?

— Où vous voudrez, mais pas au bord de ce ruisseau !

J'explique à Castellani les propriétés du sulfate de cuivre, la cause de l'aversion que j'éprouve pour ces eaux qui roulent sur des cailloux bleuâtres.

Nous allons jusqu'au village voisin.

— Où est Moussa ? me demande Castellani.

— Il est en arrière, ne comptez pas sur lui pour vous servir ; il ne se presse plus ; la rechute de dysenterie que je viens d'avoir, lui crée des loisirs. J'ai juré de ne plus manger de viande jusqu'à ce que je sois complètement rétabli. C'est d'ailleurs très pratique, Moussa n'a plus besoin de batterie de cuisine ; il pose sur le feu une boîte vide de conserves, qu'il porte en sautoir, et y fait cuire ma ration de riz dans un peu d'eau salée. Que ça ne vous empêche pas de manger votre poulet et de me raconter pourquoi vous vous croyiez perdu. La difficulté que vous semblez éprouver à vous asseoir excuse le tipoye ; mais une éruption de clous ne fait courir aucun danger à votre vie.

Il me raconte qu'il s'est cru perdu à Zilengoma, parce que le convoi de boats qu'il devait prendre était en retard. Une fois à Kimbédi, il s'est imaginé qu'on voulait l'empêcher de partir pour Brazzaville, M. Gros ne se hâtant pas de mettre un tipoye à sa disposition. Il est convaincu que tout le monde conspire pour l'arrêter, sauf moi, paraît-il. Et maintenant il se dispose à filer en avant, toujours en avant ; il forme même le projet de ne pas séjourner à Brazzaville ; il compte prendre le premier bateau en partance pour Bangui, où il trouvera un sujet de panorama, et les études une fois faites, il dira à l'Afrique un éternel adieu.

Son récit terminé, je le plaisante, mais je suis un peu inquiet de son état d'esprit. J'essaie de le raisonner.

D'abord, les bateaux en partance pour Bangui sont rares ! Actuellement le Congo ne possède pas un seul vapeur en état de marcher. C'est même un gros point noir à notre horizon, Largeau est à Brazzaville pour examiner cette question. Ensuite, il faudra bien qu'il nous attende pour partir, nous sommes responsables de sa vie et Bangui est rien moins que sûr, les Bondjos ont fait leur preuve comme anthropophages.

Il éclate de rire.

— Les anthropophages ! Ah ! oui ; il y a aussi les boas qui mangent les poules ?

Il est incorrigible ; il est cependant obligé de convenir que la fièvre existe.

En le quittant, je comprends que je me heurte à un véritable entêtement. Faire le panorama et revoir Courbevoie le plus tôt possible, voilà les deux objectifs qu'il s'agit pour lui de réaliser, et vers lesquels il s'avance au petit trot de ses tipoyeurs.

***

Après un court séjour à Comba où j'ai retrouvé M. Jacquot, retour du pays bacongo, je me suis mis en route avec lui pour Kimbédi où Marchand sera demain, 19 Octobre.

A Balimoéké, tout va bien, les Bassoundis commencent à faire leur soumission, à regagner leurs villages, et M. Fredon

espère arriver à connaître enfin la retraite de Mabiala Minganga.

N'étant pas trop fatigué, je me décide à aller camper un peu plus loin ; ce sera autant de gagné sur l'étape de demain.

A l'abri d'un fromager, je dresse ma tente sur un sol parsemé de flocons soyeux que le vent fait tomber des branches. Ce patriarche touffu nous couvre de sa protection ; son tronc entouré de contreforts, rayonnant à l'image des feuilles d'un radiateur, crée autour de lui une série d'alvéoles, de véritables stalles ; mes porteurs s'y établissent par groupes, nous nous sentons chez nous.

Au matin, je me réveille, m'étire, et demeure un instant plongé dans la béatitude d'un demi-sommeil ; je hume l'arome du café que Moussa prépare ; je respire les exhalaisons de la brousse rafraîchie par la rosée, auxquelles se mélange l'odeur des feux entretenus toute la nuit par mes hommes. Je me sens dispos, heureux. Je pose mes pieds à terre et cherche mes bottines. Où sont-elles ? Moussa les a prises sans doute pour les graisser.

Je l'appelle. Il proteste contre l'intention que je lui prête. Je le crois sans difficulté. Mais enfin où sont mes bottines ? Elles ne se sont pas envolées !

Moussa allonge son doigt vers un petit tas de sable que je n'avais pas remarqué ; sa bouche se fend dans un sourire joyeux et caustique :

— Bottines y a partir dans le ventre des termites.

Il a raison ! Ce petit tas de terre est le moule exact de mes chaussures. Suivant leur habitude, les termites les ont recouvertes d'un mortier devenu aussi dur que de la brique ; et sous cet enduit, ils ont dévoré le cuir.

Je suis encore plus furieux contre moi que contre les termites. Je me suis laissé prendre par eux comme un néophyte ! Trop pressé de me coucher hier au soir, j'ai oublié de poser mes bottines sur ma cantine en tôle, où elles auraient été préservées. Ces fourmis blanches ne mangent pas à l'air libre. Si ce qu'elles veulent dévorer est placé sur une caisse de bois, elles font sur le bois un conduit en terre durcie par le liquide qu'elles secrètent, atteignent ainsi l'objet qu'elles convoitent et entreprennent sur lui leur travail de revêtement. Ce travail achevé, elles se mettent à manger. Mes cantines de tôle m'auraient mis à l'abri de cette aven-

CE PETIT TAS DE TERRE EST LE
MOULE EXACT DE MES CHAUSSURES.

ture, car les termites n'ont pas encore trouvé le moyen de faire adhérer leur mortier au fer. Ils ne fabriquent pas de ciment armé. Heureusement, ne sachant quand je reviendrai à Makabendilou, j'ai emporté tout mon bagage, tout mon approvisionnement pour trois ans, mes deux cantines en tôle et mon tonnelet étanche. Ce fameux tonnelet qui, à Paris, inquiétait tant Castellani, et qu'il croyait destiné à transporter sa provision d'eau dans le désert.

C'est de ce tonnelet, où est enfermée la réserve, que je tire en soupirant une paire de bottines. Il m'en reste encore trois paires; chacune étant capable de faire environ 1.500 kilomètres, j'ai des chances d'aller jusqu'au bout du voyage sans risquer d'être nu-pieds; mais il ne faudrait pas que j'aie souvent des distractions comme celle d'hier soir.

D'habitude, je fuis les termitières. Nous sommes même fréquemment en conflit à ce sujet, Moussa et moi. Lui, les recherche, sa garde-robe n'a rien à craindre, et elles lui semblent avoir été créées par la nature pour lui permettre d'y creuser un four, et d'y cuire mon pain.

Du pain! Evidemment, je mange du pain. Du moins j'en mangeais avant mon empoisonnement. Pourquoi s'obstiner à transporter du biscuit? Cinq cents grammes de farine ne pèsent pas plus lourd que cinq cents grammes de ces galettes aussi dures que la pierre. Tous les cuisiniers noirs sont des boulangers experts. Aussitôt arrivés à l'étape, ils pétrissent, ajoutent à leur pâte un peu de celle de la veille, qu'ils ont conservée, creusent un trou dans une termitière, ou dans la terre, chauffent et enfournent.

Pendant longtemps encore, Moussa sera dispensé de ce travail; bientôt il ne saura plus faire cuire que le riz à l'eau. Je dois dire qu'il y excelle.

⁂

En entrant à Kimbédi la première figure que j'aperçois est celle de Marchand. Il vient d'arriver, et ne paraît nullement se ressentir de l'état qui a provoqué l'appel désespéré du chef de poste de Loudima. Le danger passé, il a aussitôt repris son équilibre. Il rit de mon inquiétude, et je me venge en riant de celle qu'il a eue pour moi pendant la traversée, quand, à chaque escale,

on lui annonçait qu'il apprendrait ma mort à l'escale suivante. Deux augures ne se regardent pas sans rire, deux ressuscités non plus.

Germain est là, Emily aussi, nous nous questionnons, nous nous félicitons, mais Marchand a hâte de connaître exactement la situation. Je lui expose le bilan : à l'actif, l'organisation des postes, la suppression de Mabiala N'Kinké, la soumission de Mabala, les résultats obtenus pour le portage un peu partout, particulièrement à M'Bamou par Mangin, le consentement des Loangos que je viens de décider à faire un deuxième voyage de Comba à Brazzaville. Au passif, dans cette région, nous avons à obtenir la soumission des Bassoundis, qu'il ne faut pas espérer avant la capture de Mabiala Minganga. Dans la région de M'Bamou, nous avons à nous emparer de Mayoké et de Missitou qui se cachent également.

Jusqu'ici, Marchand avait pu se rendre compte que les convois circulaient entre Loango et Kimbédi, il ne connaissait pas encore les résultats acquis dans la région bassoundi. Il savait que trois mille charges étaient parties de Loango, il craignait de les trouver accumulées à Kimbédi. Il est agréablement surpris en visitant avec M. Gros les magasins du poste. Des trois mille charges expédiées, tant par la route de terre que par le Kouiliou, il n'en reste presque plus.

Devant ce succès inespéré, Marchand prend la détermination de reconstituer en partie la flotille du Haut-Oubangui. Tous les morceaux du *Jacques-d'Uzès*, naguère épars sur la route ont été rassemblés à Kimbédi; ils vont partir immédiatement. Deux chalands : le *Crampell* et le *Lauzières*, sont à Loango; ordre est donné de les expédier. Il ne manquera à la flottille que le *Léon-de-Poumayrac*, coulé dans la barre du Kouiliou, et deux chalands dont les tôles ont été rongées par la rouille au fond d'un magasin. Le cinquième chaland vient d'être remonté à Loudima par le lieutenant de vaisseau Morin, et arrivera prochainement ici.

Pour bien terminer cette journée, M. Gros a préparé un festin. L'homme n'est pas égoïste, et lorsque son esprit se réjouit, il veut que toute sa personne participe à sa joie. C'est pourquoi il n'y a pas de véritable fête sans banquet, l'estomac doit prendre sa part de bonheur. A voir les préparatifs faits par M. Gros, l'air affairé de son cuisinier, je juge que les estomacs n'auront pas à se

plaindre ! Je ne parle pas du mien hélas !...
Mais M. Gros y a pensé, il pense à tous et
à tout ; il m'annonce une surprise en se frottant les mains.

— Une surprise ! Gros, ne me faites
pas languir. Songez à mon ordinaire, et
qu'à table je suis un nouveau Tantale ! Je
hume des parfums dont seul jouit mon odo-
rat ; j'en deviens gourmand !

jours gai, plaisante avec son entrain habituel ; le poulet se faisant attendre, Emily
chante le dernier couplet de la chanson de
la Mission, celui de Makabendilou ; il en
ajoute un à chaque étape. Au bord de la rivière, les grenouilles réveillées coassent ; entendant des rires, elles s'y mêlent à leur
façon. Moi, je me recueille, je n'ai de regards que pour le boy, dont je guette chaque retour de la cuisine. J'attends.

Enfin, dans le cercle de lumière projeté
par les bougies, le gâteau de riz apparaît,
superbe, moulé à souhait, énorme. Je le
vois encore.

Toute la table pousse un hurra. Une
unanime pitié m'envoie le gâteau. A moi,

LE GATEAU DE RIZ APPARAIT.

— Mon capitaine, vous aurez un gâteau de riz !

Un gâteau de riz ! Gros a trouvé une
boîte de lait ! O pouvoir de l'imagination
sur les sens ! Il me semble tout à coup
qu'une odeur de vanille parfume mon palais, je sens dans ma bouche fondre ce riz
onctueux comme une crème ; l'eau me vient
aux lèvres, d'impatience, aux yeux, de reconnaissance et d'attendrissement.

Potage, hors-d'œuvre, rôti, foie gras,
défilent devant moi ; je reste impassible.
Tout à l'heure, j'aurai mon tour ! Les photophores disséminés éclairent des visages
heureux ; entre deux plats, Germain, tou-

l'honneur de l'attaquer ! Je plonge la cuiller
qui s'enfonce moelleusement ; à peine sur
mon assiette le morceau est entamé... Je
pousse un cri ! Horreur ! le gâteau de riz est
à l'oignon ! Et ce n'est pas un petit oignon
qui s'y est égaré ; il est truffé, pourri d'oignons !

Gros est atterré. Il tuerait son cuisinier.
Moi, je le ferais mourir à petit feu. Le coupable est appelé ; il demeure contrit, sans
comprendre notre fureur. Il a mis des oignons parce qu'il les aime, parce qu'il ne
conçoit pas un plat sans oignon, fût-ce un
gâteau, fût-ce une crème.

Et résigné, je suis obligé de dire à
Moussa de faire mon habituel riz à l'eau.

Evidemment, comparée à la joie d'avoir
retrouvé Marchand en bonne santé, cette
déception est petite ; elle est cependant très
grande je suis contraint de l'avouer, dussé-je
passer pour être trop porté sur ma bouche !

⁂

Un courrier envoyé de Balimoéké par M. Fredon apporte une grave nouvelle : les miliciens sont en train de se révolter. M. Fredon a pourtant un commandement ferme et doux, il a dirigé très sagement et très habilement plusieurs petites-opérations contre les Bassoundis ; avant-hier, lorsque j'ai traversé son poste, tout était calme. Y aurait-il derrière cette mutinerie une action des agents belges qui cherchent partout au Congo à faire déserter les miliciens et à les embaucher dans les équipes qui construisent le chemin de fer entre Matadi et Léopoldville ? Les Belges, en effet, se servent presque uniquement de Sénégalais ; ils ont essayé d'abord de tirer parti des noirs du pays ; ceux-ci, plutôt que de travailler, se sauvaient chez les Portugais, dans l'enclave de Cabinda ; ils employèrent ensuite des Chinois ; cinq cents moururent en trois mois ; les nègres de la Jamaïque, utilisés à Panama, n'offrirent pas la moindre résistance au Congo ; quelques indigènes de la Côte d'Afrique consentirent à s'engager, mais ils n'étaient que de médiocres ouvriers. Les Sénégalais, au contraire, sont des terrassiers de premier ordre, ayant un jet de pelle de 16 mètres, un record, paraît-il. Seulement, le recrutement au Sénégal n'étant pas favorisé par l'administration française, l'Etat Indépendant a une certaine peine à se procurer le nombre de travailleurs nécessaires, et ses agents tentent d'attirer nos miliciens. Ces derniers sont séduits par la solde magnifique qu'on fait briller à leurs yeux : 80 francs, 100 francs, jusqu'à 300 francs par mois et la nourriture par-dessus le marché. Ils oublient qu'ils ne seront pas rapatriés ; ils ne voient pas non plus que cette solde splendide est presque un leurre. On m'a raconté qu'à côté du bureau où se règlent les salaires, l'Etat Indépendant a organisé de petits bazars offrant à un nègre tout ce qui peut le séduire ; et le brave Sénégalais, à peine en possession de son argent, se précipite dans le magasin, d'où il ressort sans un sou, mais heureux du pagne, du chapeau, voire même de la petite trompette qu'il vient d'acquérir, et bénissant la libéralité des Belges. Est-ce vrai ? En tout cas, cette opération nullement dolosive, n'est que commerciale ; l'Etat Indépendant est uniquement commerçant.

Aussi, les miliciens assurés d'un avenir brillant, désertent en grand nombre, montrant plus d'arrogance que jamais envers les agents du Congo français. Que risquent-ils ? Le Conseil d'Etat ne reconnaît pas comme engagements militaires, ceux qu'ils ont souscrits ; ce sont de simples contrats de travail. Ils sont passibles d'une condamnation à 16 francs d'amende pour rupture de ce contrat, et c'est tout. Encore faut-il un juge de paix pour infliger cette peine !

Que peut Fredon, malgré toute son énergie ? Il est désarmé. Heureusement, nous sommes là ; Marchand est escorté par vingt tirailleurs de la Mission avec le sergent Dat, et trente tirailleurs du Haut-Oubangui, commandés par le sergent Mottuel ; il donne l'ordre immédiatement au sergent Mottuel de partir pour Balimoéké avec quinze tirailleurs. Demain matin, nous arriverons nous-mêmes.

⁂

Tout est rentré dans l'ordre. La présence des tirailleurs a suffi pour ramener les miliciens au sentiment du devoir. Ils méritent cependant une punition. Marchand va leur appliquer la plus dure pour un Sénégalais. Fredon vient de lui en donner le moyen en nous apprenant qu'il a réussi à trouver un guide consentant à nous conduire à la retraite de Mabiala Minganga.

Les miliciens sont réunis. Ils ne sont pas tirailleurs, leur dit Marchand ; cependant, comme le pays a été déclaré en état de siège par le commissaire général, M. de Brazza, les meneurs de la révolte pourraient passer en cour martiale et être fusillés. Il leur fait grâce de la vie, mais puisque les miliciens ne se sont pas conduits comme des soldats, ils ne sont pas dignes de se battre. Cette nuit, ils devaient partir avec le capitaine Baratier pour une expédition où il y aura des coups de fusil ; il ne partiront pas ; les tirailleurs prendront leur place.

Les rangs sont rompus ; les miliciens la tête basse, regagnent leurs cases, honteux, sous le regard des tirailleurs dont les yeux ont brillé à l'annonce du combat.

Marchand, en effet, s'est décidé à en finir avec Mabiala Minganga, à venger enfin la mort de M. Laval, à supprimer la cause de troubles qui subsistent dans cette région. La tranquillité règne dans les environs immédiats du poste ; mais l'action de Mabiala continue à s'exercer sourdement sur le reste du pays, et même ici ; l'agitation ainsi créée peut, au moindre prétexte, se transformer en révolte. Si Mabiala n'était que chef, il serait moins dangereux ; il est en même temps grand féticheur ; c'est lui qui est en communication avec les esprits, et tant qu'il

vengeance à exercer contre Mabiala. C'est un traître. Un soldat répugne toujours à se servir d'un traître mais nous n'avons

LES MILICIENS, LA TÊTE BASSE, REGAGNENT
LEURS CASES.

vivra il terrifiera les populations. Celles-ci le croient invulnérable, gardé par ses fétiches ; si je peux m'emparer de lui, le retentissement de notre victoire sera immense.

Le guide est amené.

— Un ballot d'étoffe si tu es fidèle, lui dit Marchand ; la mort si tu nous trompes.

Le malheureux tremble ; il est effrayé de ce qu'il va faire. Il faut qu'il ait un bien grand désir de richesse ou une terrible

pas le choix des moyens avec l'adversaire d'aujourd'hui, dont la disparition peut seule assurer le calme de la colonie. Il a assassiné M. Laval dans un guet-apens ; il a lâchement massacré, ou fait massacrer miliciens et porteurs ; et demain, il agirait de même à notre égard. Qui nous dit que ce guide n'est pas son instrument ?

Dans quelques heures je le saurai. Il est minuit, les vingt tirailleurs que j'emmène sont prêts, M. Jacquot m'accompagne. En route.

Mabiala Minganga

———✳———

La nuit est profonde, des nuages recouvrent le ciel. Je précède Jacquot, les tirailleurs suivent.

Il n'y a pas de service de sûreté à établir dans une obscurité pareille. Seul le guide est devant moi ; nous sommes entièrement à sa merci. Je marche sur ses talons et je le distingue à peine. S'il veut s'échapper je n'ai aucun moyen de l'en empêcher. Un saut de côté ; et il disparaîtrait dans l'ombre. Lui attacher les bras ? Il ne pourrait plus avancer dans le chaos de rochers que nous traversons. A Dieu vat ! comme disent les marins.

Dans quelle direction allons-nous ? Je l'ignore. Nous avons quitté le sentier de Brazzaville pour piquer dans le Nord ; depuis, impossible de me rendre compte de notre orientation. Je suis comme un homme aux yeux bandés qu'on aurait fait tourner sur lui-même. Où est le Nord ? Pas une étoile pour me le dire.

Nous ne cessons d'escalader des collines, de descendre dans des ravins ; à chaque pas nous trébuchons. Comment le guide s'y reconnaît-il ? Suivons-nous seulement un sentier ? Mes pieds tâtent le terrain à gauche et à droite et ne rencontrent que des pierres. Pas un arbuste, pas une broussaille ne nous a frôlés au passage. Dans quel pays sommes-nous ? Quelle région désolée traversons-nous ? Je n'ai aucune notion de l'heure. Je ne veux pas flamber une allumette et le cadran de ma montre est invisible. Je crois que nous marchons depuis près de trois heures. Nous serions donc à 12 kilomètres du poste ; à cette distance, des coups de feu ne peuvent s'y entendre ; si nous allons vers une embuscade, nous ne tarderons pas à tomber dedans.

Le guide s'arrête. Nous sommes au sommet d'une hauteur faite de rochers ; il me touche le bras, m'indique le bas de la colline et murmure : « Mabiala »

C'est ici. Mais quelles mesures prendre ? Je ne vois rien. L'interprète est près de moi ; à voix basse, je lui dis de demander s'il y a un village au fond de ce ravin. Le guide répond non et montre le rocher. Mabiala est dans une caverne, en bon brigand qu'il est. Il faut reconnaître l'entrée de cette caverne, la disposition des environs immédiats. Je vais descendre. Je préviens Jacquot : un coup de sifflet bref et faible ; les tirailleurs me rejoindront sans bruit ; un coup de sifflet prolongé, ils dévaleront aussi vite que possible.

Me voilà au pied de la colline, elle est

peu élevée, les tirailleurs seront vite près de moi ; c'est presque sur un seul bloc rocheux que j'ai marché, il est facile de ne pas faire de bruit. Je voudrais essayer de saisir Mabiala endormi. A cette heure, les noirs ont le sommeil profond.

Où est l'entrée de la caverne ? Je me glisse avec le guide ; à quelques pas, il me retient ; son doigt désigne le sol. Tout près de moi, le rocher semble finir brusquement à quelques centimètres de la terre qu'il surplombe. Je me baisse. Cette ligne d'ombre sous le rocher est-elle l'entrée ? Oui, affirme le guide. On ne peut y pénétrer qu'à quatre pattes. Nous aurons du mal à prendre Mabiala sans combat.

Je m'écarte et siffle doucement. Les tirailleurs observent fidèlement la consigne de tenir leur baïonnette, on ne les entend pas descendre. Dès qu'ils m'ont rejoint, je les dispose en demi-cercle en avant de la caverne ; il y a un peu de brousse sèche, j'en arrache pour préparer une torche. Je m'avance avec deux hommes. Je me couche à plat ventre et je regarde dans le trou : pas une lueur de tisons ; j'écoute : pas le moindre bruit. Il n'y a personne là dedans. Il faut s'en assurer. Avec les deux tirailleurs nous nous coulons à l'intérieur. Aussi brusquement que possible j'allume ma poignée d'herbes. La grotte est vide, inhabitée depuis longtemps.

Je sors et menace le guide ; il m'a trompé.

Mabiala a deux maisons, répond-il ; celle-ci et une autre. Il est dans l'autre ; allons-y.

Ma petite colonne repart à travers les rochers, par la même obscurité.

Au bout d'une heure le terrain se modifie, nous marchons sur de la terre, la brousse nous frôle.

Maintenant, nous longeons le bord d'un ravin boisé ; nous avançons plus facilement et plus vite. Ce ravin m'a l'air d'un fameux coupe-gorge, les pentes doivent être presque à pic, car, autant que je suis capable d'en juger, nous avons des cimes d'arbres à notre droite. Si la deuxième caverne de Mabiala est au milieu de ces bois, comment arriverons-nous à la cerner par une nuit pareille ?

Elle est bien là en effet. Le guide me montre une amorce de sentier qui paraît s'enfoncer dans la terre et les branches : ce sentier aboutit à la maison du chef. La maison ! Je sais ce que représente ce terme !

— Y a-t-il d'autres passages ?

— Un seul ; en face, de l'autre côté, là où est la maison de Mabiala.

Je donne l'ordre à Jacquot de prendre le premier chemin avec quinze hommes.

En bas, il s'arrêtera et m'attendra.

Je continue avec cinq tirailleurs. Cinq cents mètres plus loin, nous franchissons le ravin et revenons vers la caverne que nous avons dépassée.

La nuit est plus claire, les nuages se sont dissipés, je peux voir l'heure ; il est quatre heures et demie. Nous descendons une pente douce. Le guide me ralentit, avance pas à pas ; il se baisse et touche une large dalle plate dont le bord surplombe de deux à trois mètres le fond du ravin. L'entrée est sous cette roche.

A ce moment, la baïonnette d'un tirailleur heurte un caillou. Des pas résonnent dans la caverne ; puis une voix lance un appel. C'est Mabiala. Il s'est réveillé et s'inquiète. Nous nous sommes couchés à plat ventre. Nul bruit ne lui répondant, le chef se rassure probablement. Tout rentre dans le silence.

Je lui laisse le temps de se rendormir, puis j'achève la descente. Où est Jacquot ? Il se glisse jusqu'à moi : les sentinelles sont placées, toute issue est fermée.

Je rampe vers l'entrée de la caverne avec le caporal Sori-Bondjo et un tirailleur. Je suis devant un large trou surplombé par la dalle où je me trouvais tout à l'heure.

Rien ne bouge. J'avance le corps dans l'intérieur. Sori-Bondjo est à ma gauche, son camarade à ma droite, leurs épaules touchent les miennes.

— Lui, y a foutu le camp, murmure Sori-Bondjo.

Au même instant, un éclair jaillit, un vent de feu passe sur ma figure, les deux tirailleurs tombent à mes côtés.

Au hasard, je décharge mon revolver dans le trou, pendant que Jacquot enlève les blessés ; deux autres tirailleurs ont bondi près de moi, ils veulent entrer. Je les arrête ; la lueur de mes coups de revolver m'a permis de reconnaître que nous n'avons devant nous qu'une première chambre, assez petite, où il n'y a personne, et qui communique avec d'autres chambres souterraines par un étroit couloir d'où Mabiala a tiré. Le guide m'a dit que Mabiala est seul, mais un homme seul simplement armé d'un couteau tuerait les uns après les autres ceux qui essaieraient de se glisser dans ce couloir.

Je n'ai pu m'emparer du grand féticheur

pendant son sommeil ; maintenant c'est un siège à faire. Se voyant cerné, il se rendra peut-être.

Je recommande aux hommes disposés en sentinelles de ne pas se montrer, de ne pas faire le moindre bruit ; Mabiala ne sait ni qui l'attaque, ni combien nous sommes, il nous croira peut-être partis et essaiera de fuir. Qu'on le laisse sortir, et qu'on se jette sur lui.

Les blessés ont été portés au-dessus de la grotte, à l'abri ; ce sont des tirailleurs, je n'ai pas besoin de leur demander le silence, ils ne pousseront pas un gémissement.

Le jour paraît, il pénètre dans le ravin ; l'entrée de la caverne se dessine au milieu des hautes herbes comme une tache d'ombre. Mabiala n'a pas donné signe de vie, n'a pas tenté de s'échapper... aurait-il été atteint par un de mes coups de revolver ?

Je fais le tour des sentinelles masquées par les arbres, le cercle d'investissement est complet. Je reviens vers les blessés, je passe à environ vingt mètres de la grotte : un coup de feu en jaillit, le tirailleur qui marche derrière moi tombe.

Maintenant, je distingue au fond de la première chambre le trou noir du tunnel qui conduit dans le fond de la caverne ; c'est de là que Mabiala tire, sans qu'on puisse l'apercevoir ; en avant, sont alignés des fétiches en bois. Si nous ne nous emparons pas de cet homme, pour tout le pays il devra la vie à ses fétiches !

Je poste deux hommes, aussi bien défilés que possible, en face de ce trou, avec ordre de tirer au jugé au premier coup de feu du grand féticheur.

Pendant que j'examine les blessés, une détonation retentit ; une des sentinelles s'est montrée, Mabiala l'a atteinte aussitôt. J'ai déjà quatre hommes de moins. Comment pénétrer dans cet antre, éventrer cette caverne ?

A tout hasard, j'ai emporté hier soir deux kilos de dynamite bien que tout le cordeau Bickford fût usé ; je pense à m'en servir, mais comment ?

Aurais-je du cordeau que je n'arriverais pas à lancer les cartouches exactement dans ce tunnel étroit. Peut-être pourrai-je crever la dalle qui forme le plafond et qui est à nu. Je ne crois pas que ce soit possible, le rocher doit être trop épais ; pourtant je n'ai pas autre chose à essayer. Mais si je veux obtenir un résultat, il faut que je fasse un bourrage sérieux sur la dynamite ; celle-ci par conséquent disparaîtra sous les rochers amoncelés et je n'aurai pas la ressource de

la faire détoner par le choc, en tirant dessus...

J'appelle cependant Moussa à qui j'ai confié l'explosif. Il me le donne et me tend également une boîte de poudre qu'il y a ajoutée de sa propre initiative. Voilà le moyen de faire éclater les cartouches, je n'ai qu'à fabriquer un saucisson de poudre aboutissant au détonateur. C'est facile, Moussa a toujours sur lui du fil et des aiguilles.

Je découpe mon mouchoir en lanières, et me mets à l'ouvrage. En même temps, je commande à M. Jacquot de gagner avec le guide et un tirailleur la route se dirigeant sur Comba. Marchand y passera dans la matinée, Jacquot lui rendra compte des événements ; je peux avoir encore d'autres blessés, j'ai besoin de renfort.

Avant de préparer l'explosion, je tiens à avertir du danger le grand féticheur et surtout ses compagnons au cas où il ne serait pas seul. L'interprète crie que si d'autres hommes sont enfermés avec Mabiala, ils n'ont qu'à sortir, ils seront libres. Les blancs ont résolu de s'emparer du chef ; leur tonnerre, tout à l'heure, tombera sur les rochers.

A intervalles réguliers, l'interprète recommence son appel. Mabiala n'y répond que par un nouveau coup de feu. Un cinquième blessé est apporté près des autres.

Les tirailleurs en fureur veulent entrer dans la caverne. Je suis obligé d'accourir pour empêcher cette folie. Pas un n'en reviendrait, ils n'y entreraient même pas ! Le premier tombé boucherait le couloir. D'ailleurs, mon saucisson de poudre est prêt.

Je prends, dans les quatorze hommes qui me restent, cinq tirailleurs pour rouler des rochers jusque sur la dalle, voûte de la caverne, afin de bourrer la dynamite. Que les sentinelles fassent attention ! elles ne sont plus que neuf.

Pendant que les morceaux de roc roulent et s'accumulent, un genou à terre aidé d'un tirailleur dans la même position à côté de moi, je ficelle le saucisson et les deux kilos de dynamite. Un éclair jaillit en face de nous, le tirailleur s'écroule l'épaule hachée. Mabiala était inquiet, sans doute, du bruit qu'il entendait au-dessus de sa tête, il n'était plus surveillé que par un petit nombre de sentinelles, distraites peut-être par mon travail, il a pu, sans être vu, se glisser jusqu'à l'arbre qui se dresse au bout de la grotte, et se hisser derrière lui. Me voyant occupé, une masse métallique dans

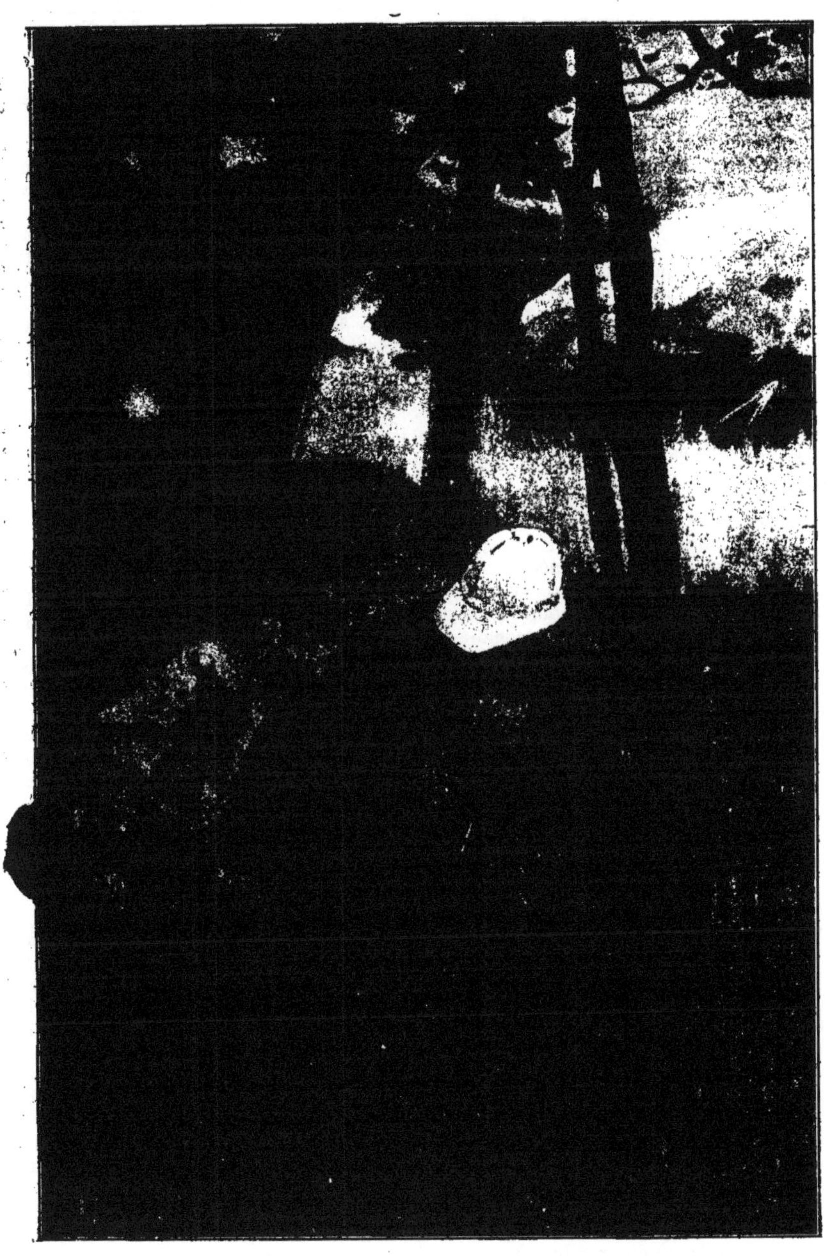

6

les mains, probablement ce tonnerre dont je l'ai menacé, il m'a envoyé un coup de fusil à 10 mètres.

Il tire à chevrotines ; cette nuit son premier coup de feu à bout portant a écarté et blessé les deux hommes à mes côtés, cette fois, à 10 mètres, les chevrotines ont fait balle ! Comment une seule d'entre elles ne s'est-elle pas écartée et n'a-t-elle pas frappé la dynamite, me lançant dans les airs ?

Le tirailleur qui m'aidait a une horrible blessure, il n'a plus qu'un trou à la place de la clavicule. Ses camarades, les 13 qui me restent, trépignent de fureur. Je leur montre l'arbre qui a servi au grand féticheur : si vous aviez fait votre devoir au lieu de me regarder, Mabiala ne serait pas sorti ; vous l'auriez tué ou pris. Maintenant surveillez le trou et ne bougez plus ; collez-vous aux arbres ; il va pleuvoir des rochers.

Tout est prêt, les tirailleurs se sont éloignés, les blessés sont à l'abri. Le saucisson que j'ai confectionné a environ 1 m. 50, mais sa combustion sera instantanée ; pour la retarder, je fais une traînée avec la poudre inemployée. La traînée est courte ! La mine explosera à quelques mètres de moi. Encore une fois : à Dieu vat !

J'allume et me sauve. Une détonation formidable ébranle l'air et la terre ; je m'aplatis. Les quartiers de roc, les uns entiers, les autres pulvérisés, montent à près de 100 mètres ; puis le déluge de pierres commence autour de moi, dans un fracas d'arbres hachés, de brousse écrasée, de terre enfoncée. Je me relève et j'examine le rocher. Le résultat n'est pas sensible. La dalle n'a pas bougé. Mais subitement un doute me prend. Mabiala est-il encore là ? S'il a pu tirer sur moi, tout à l'heure, sans être vu, il a pu aussi bien s'échapper dans le moment de stupeur causé par ce coup de feu et la blessure du tirailleur.

Voilà que les herbes crépitent, elles se sont enflammées. Le vent souffle, il ne faut pas songer à les éteindre ; je donne l'ordre de les couper rapidement en avant des blessés. Le ravin est à contre-vent ; l'incendie ne le gagnera que lentement, les sentinelles ne craignent rien pour l'instant.

Je me pose de nouveau la question : Mabiala est-il encore là ? Je me découvre pour essayer de voir si le couloir est obstrué ; des éboulements se sont peut-être produits à l'intérieur sous l'action de la secousse imprimée au sol par l'explosion. Je ne remarque rien.

Cette fois cependant nul coup de feu ne jaillit.

J'appelle l'interprète, je lui dis de répéter ce qu'il a déjà crié, qu'un nouveau tonnerre achèvera de tout démolir si Mabiala ne se rend pas. Que ses compagnons se hâtent de sortir.

J'attends. Mes objurgations restent sans réponse. Que faire ? Si Mabiala m'a échappé, c'est un échec qui nous coûtera cher, mais s'il est encore là et si je me retire devant lui, sa victoire atteindra des proportions fabuleuses. Il n'est pas seulement Mabiala Minganga, Mabiala le grand, il est le grand féticheur, celui qui parle avec les esprits, sa puissance deviendra une puissance surnaturelle ; tous les fétiches qu'il aura alignés devant sa caverne auront suffi pour mettre les blancs en fuite !

J'examine le ravin, la position des sentinelles qui se trouvent du côté où Mabiala aurait pu fuir ; il est possible en effet qu'elles ne l'aient pas vu se sauver.

Le feu est descendu de la hauteur, il va gagner le ravin. Je donne l'ordre aux tirailleurs de couper les herbes autour d'eux. Pour le faire plusieurs sont forcés de se montrer, et pas un coup de fusil n'est tiré à leur adresse. Que signifie ce silence ?... Mabiala est-il écrasé par un éboulement ? Je regarde le feu s'avancer sur la grotte ; tout à l'heure les herbes devant l'entrée s'enflammeront ; dans la première chambre, il y a une litière de paille qui servait de couchette au grand féticheur et à ses hommes ; lorsque celle-ci prendra feu, la fumée forcera bien Mabiala à sortir. S'il ne sort pas ?... Quelques brassées d'herbes ajoutées à cette paille et la mort de M. Laval serait vengée, le pays serait préservé de l'insurrection qui suivrait fatalement un échec. Peut-être Mabiala attendrait-il pour soulever le peuple bassoundi que les tirailleurs de la Mission soient partis ; mais derrière nous il y aurait un massacre. La véritable humanité est-elle de sacrifier la vie des Européens, des miliciens du Congo, à la répulsion que j'éprouve à me servir de cette arme que l'incendie m'apporte ? L'humanité a plus de droits d'un côté que de l'autre, et de plus, ces droits sont conformes aux intérêts de la France !

Je dis aux tirailleurs : « Ramassez toute la paille coupée ».

Maintenant, je fais crier, sans arrêt par l'interprète le danger qui menace la grotte. Que tous sortent. Tout à l'heure, il sera trop tard. Sauf Mabiala, tous auront la vie sauve.

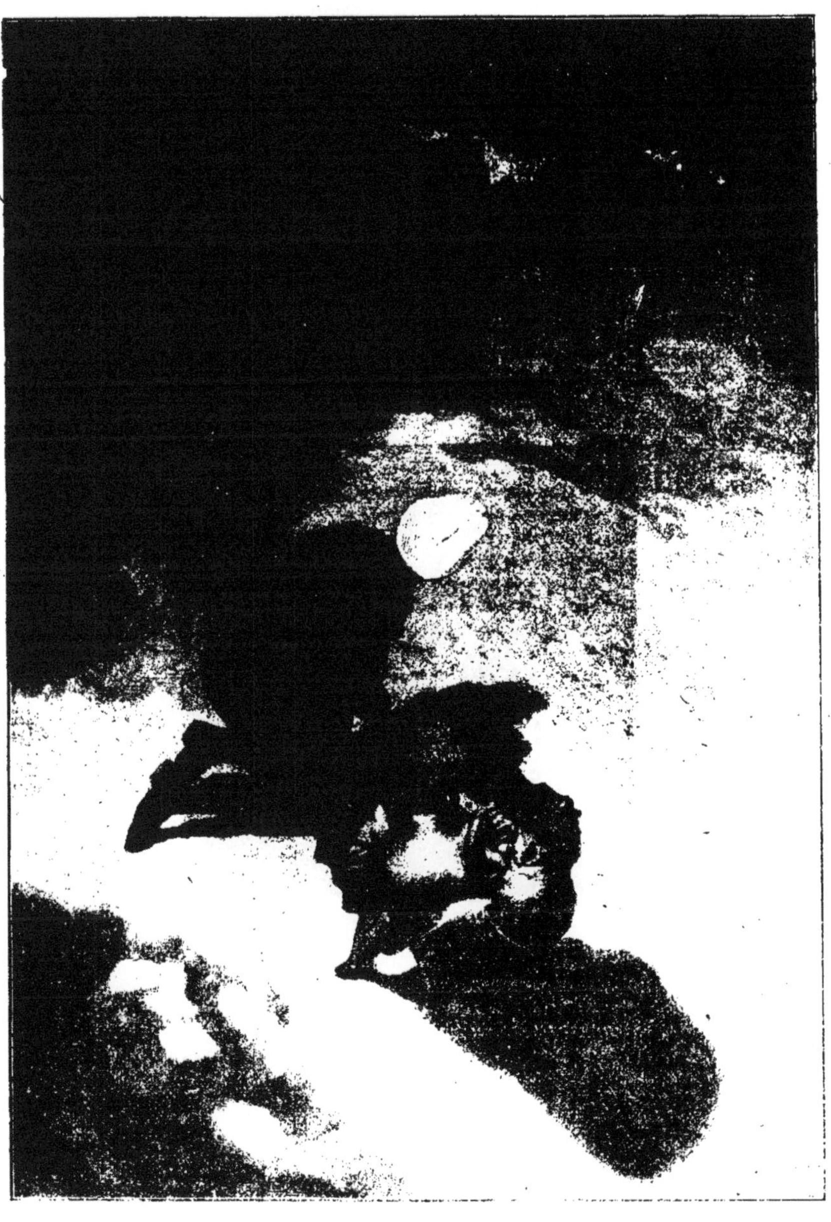

IL M'A ENVOYÉ UN COUP
DE FUSIL A 10 MÈTRES

Il est midi. Depuis six heures je lance ces appels.

Le feu lèche le rebord des rochers ; autour de la caverne le ravin s'enflamme.

Des pas pressés résonnent dans la brousse au-dessus de nous. Marchand arrive avec les tirailleurs au pas gymnastique ; il descend vers nous. Avant même d'avoir rencontré M. Jacquot, de la route qu'il suivait, il a entendu et vu l'explosion. Effrayé, il a piqué droit sur le panache de fumée.

En quelques mots, je le mets au courant et lui montre les tirailleurs prêts à alimenter le feu qui vient de gagner la première chambre.

Il reste un instant silencieux. Toutes les réflexions qui ont passé dans mon esprit traversent le sien... « Allez », dit-il.

Je fais un geste ; les herbes tombent dans le foyer.

Deux heures plus tard, un tirailleur se glissait dans le tunnel, et dès le premier pas se heurtait à un cadavre.

Mabiala avait dû essayer de sortir, mais trop tard ; il était tombé asphyxié au seuil du couloir.

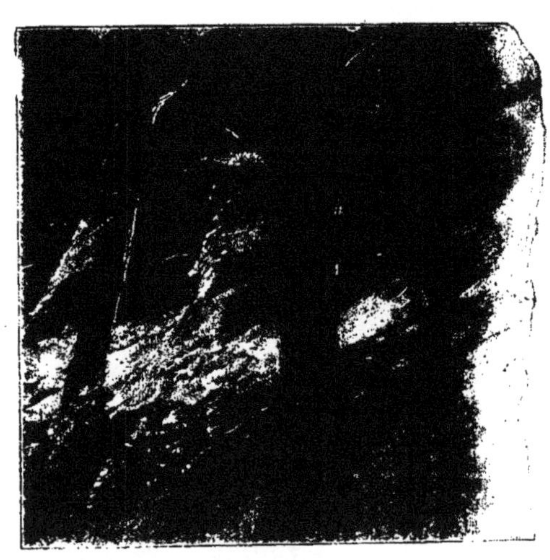

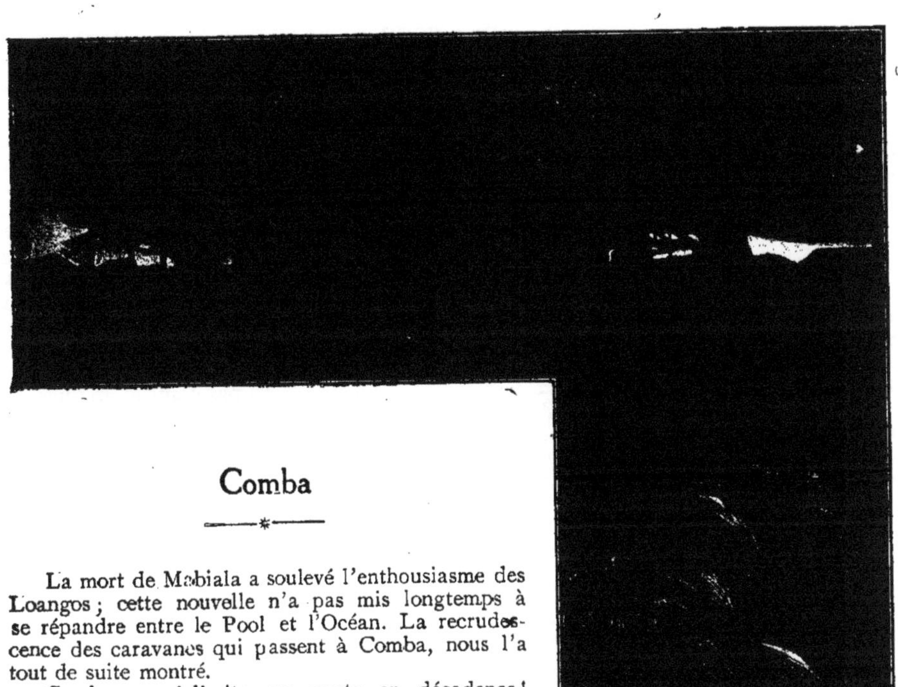

Comba

La mort de Mabiala a soulevé l'enthousiasme des Loangos ; cette nouvelle n'a pas mis longtemps à se répandre entre le Pool et l'Océan. La recrudescence des caravanes qui passent à Comba, nous l'a tout de suite montré.

Comba : un joli site, un poste en décadence !

Une petite rivière : la Comba, blottie dans la verdure, court en chantant ou en grondant, selon que les pluies en ont fait un ruisseau ou un torrent. Deux grandes gerbes de bambous marquent, au bord du gué, le commencement du chemin qui monte vers le poste. Mais sur ce cours d'eau de 25 mètres de large, nul n'a eu l'idée de jeter la moindre passerelle, afin d'éviter au voyageur, au moment où il touche au port, un bain plus ou moins complet, suivant le temps ou la saison. On est philosophe au Congo. On a déjà pris tant de bains le long de la route ! Pourquoi chercher à en supprimer un ? A quoi bon faire un pont qui risquerait d'être enlevé par la première tornade ?

Autour du sentier, la brousse règne en maîtresse. D'un côté, elle laisse apercevoir des restes d'arbres fruitiers ; bananiers, avocatiers, mandariniers, goyaviers se reconnaissent çà et là, étouffés par les herbes, ils ne produisent plus. De l'autre côté, se dissimulent les ruines d'un four à chaux ; celui qui le construisit, le même qui planta les arbres, voyait évidemment trop grand et trop loin ; il rêvait d'un petit éden, d'un pavillon tout blanc au milieu d'une gamme de verdure : les tons clairs des bananiers devaient se projeter sur les feuillages brillants des mandariniers, qui se découperaient sur les feuil-

les veloutées des goyaviers ; au-dessus, planerait la frondaison plus sombre des avocatiers. C'était un rêve ! Le sentier lui-même fut bordé de bambous semblables à ceux du gué. Ils ont été coupés. Pourquoi ? Peut-être pour la raison qui fit raser à Loango deux superbes lauriers-roses, seuls arbres de la localité, parce que, disait-on, ils donnaient la fièvre !

De cette tentative de poste modèle, ne restent que des vestiges. Il n'y a que les manguiers, plantés dans la cour du poste qui aient résisté. Ils sont couverts de beaux fruits à la peau rouge et jaune.

Quant au poste, il est réduit à sa plus simple expression : une case pour les Européens, un abri pour les miliciens, et deux magasins.

La case est en terre, et comporte une demi-douzaine de cellules ouvrant sur une véranda formée par le prolongement du toit de paille.

L'abri des miliciens est construit avec les mêmes matériaux ; mais moins luxueux, il n'a pas de véranda.

Les magasins sont les bâtiments les plus vastes. En cela, l'administration s'est montrée prévoyante. Elle se doutait, qu'en arrivant à Comba, les porteurs, trop heureux d'avoir échappé aux deux Mabiala, renonceraient à s'exposer à la rencontre de Mayoké et de Missitou. Il ne faut pas tenter Dieu ! Ainsi en a-t-il été. Avec résignation, le chef de poste a fait entrer les charges abandonnées dans la catégorie « transit », désespérant de les voir jamais transiter.

Je ne fais pas le procès des agents du Congo ! J'ai pu constater que tous ne demandent qu'à s'employer ; ce sont les moyens qui leur manquent. Ils ne disposent pas de la force indispensable pour commander aux indigènes, pour exiger d'eux, même contre paiement, le travail susceptible d'améliorer les routes, les habitations ; leur impuissance, seule, les condamne, contre leur gré, à toujours subir. à ne jamais agir.

***

Les caravanes passent maintenant en si grand nombre que le moment est venu d'entreprendre l'évacuation du magasin de transit.

Avant que Marchand ait quitté Comba pour aller à Brazzaville, régler la question des transports sur le Congo, je lui avais demandé de constituer une commission chargée de dresser l'inventaire des marchandises et de condamner ce qui était inutilisable. Je viens de terminer ce travail avec M. Larzat, chef du poste, et l'adjudant Bernard, de la Mission.

Il y avait de tout dans ces magasins : des colis que la mission Gentil attend avec angoisse ; des charges de ravitaillement pour l'Oubangui, pour la Sangha. J'y ai trouvé la machinerie du *d'Uzès*, tout étonnée de revoir le jour ; les cylindres, les collecteurs, les bouilleurs, des pièces de 150 et 200 kilos, qui devaient se croire, par leur poids, solidement fixées au sol ; dans un coin, gisaient les tranches d'une pirogue en aluminium qui commençait à s'effriter au contact de la terre ; sur des planches, s'alignaient plusieurs centaines de pots de moutarde, un nombre de bouteilles de vinaigre pouvant suffire au ravitaillement de tout le Congo, pendant des années. Il est vrai que le chef du poste de Comba en manquait ! Il n'avait pas le droit de toucher au transit, et M. Larzat a mangé plus d'une fois de la chicouangue, alors qu'à côté de lui des caisses de farine, des provisions de légumes comprimés pourrissaient. Ce qui n'était plus

utilisable a été jeté ; le reste va retrouver sa destination primitive.

Chaque jour, c'est un défilé ininterrompu de porteurs dans les deux sens, envoyés de Kimbédi par M. Gros, de Makabendilou par Germain et Simon, de M'Bamou par Mangin. Les Ballalis de M'Bamou, surtout, ne se lassent pas de porter depuis que la présence des tirailleurs les a soustraits au joug des Bassoundis, les a délivrés de la terreur inspirée par Mayoké et Missitou. Ces deux brigands ont reculé et sont passés sur la rive gauche du Djoué, chez les Batékés ; mais il n'est pas douteux, qu'une fois la Mission partie, ils redescendront sur la route des caravanes où ils feront payer cher aux Ballalis leurs relations amicales avec les blancs ; ils prendront également une revanche éclatante sur les Loangos et les ballots qu'ils transporteront. Il est nécessaire d'agir, pour assurer de ce côté, et pour longtemps, la sécurité de la route. Aussi, à son passage à M'Bamou, Marchand a-t-il donné l'ordre de marcher contre les deux chefs : Mangin disposera de ses tirailleurs avec l'adjudant de Prat, de ceux du Haut-Oubangui avec le sergent Mottuel, en tout 90 hommes ; il pourra rappeler Simon de Makabendilou où la présence de Germain suffira.

***

Vendredi, 6 Novembre, jour mémorable, où notre mission commença de collaborer à une œuvre vraiment philanthropique, où j'éprouvai un des plus joyeux étonnements de ma vie.

Il pleuvait. C'est peu de dire qu'il pleuvait ; l'eau tombait comme elle ne tombe que dans les pays tropicaux, en cataractes. L'obscurité de ma case m'avait forcé d'abandonner les instructions et les modèles de registres que je préparais pour tous les postes, afin de pouvoir établir, avant de quitter le Congo, une comptabilité régulière. Assis sous la véranda, je regardais la pluie rayer l'air de lames de cristal, quand, derrière ce voile, j'aperçus quelque chose de bizarre qui se mouvait sur le sentier conduisant de la rivière au poste.

On eût dit un sac en marche ; un sac surmonté d'une étrange coiffure... Au sommet de la côte, en prenant pied sur le plateau, le sac se redressa, un coup de vent le plaqua sur des formes humaines... Je me frottai les yeux, je n'en croyais pas ma vue, j'avais devant moi une silhouette de femme ! Une femme vêtue à l'européenne ! Et cette coiffure était un chapeau ! Un chapeau de paille fleuri !

A quelques mètres de ma case, la tête apparut ; ce n'était qu'une négresse ! Mais une négresse dans cet attirail ? D'où sortait-elle ? Où allait-elle ?

Une lumière illumina subitement mon ahurissement. J'avais devant moi la princesse Marie-Thérèse Tchibinda.

J'avais oublié absolument que son arrivée nous était annoncée depuis deux mois par dépêche ministérielle. Marchand m'avait fait part de cette surprenante nouvelle. Le ministre des colonies nous envoyait « une femme politique », fille du sultan du Dar-Banda, qui désirait être replacée sur le trône, d'où une razzia l'avait enlevée jadis. Nous nous étions même demandé si nous n'étions pas l'objet d'une mystification ; le Dar-Banda avait été conquis par le sultan Rafaï, et le trône en question s'était écroulé depuis longtemps.

Je constatais l'authenticité de la dépêche, en même temps que l'existence de la femme politique !

Pauvre princesse ! Elle avait dû passer à gué la Comba grossie par la tornade ; sa jupe d'indienne, des épaules aux pieds, collait sur son corps, le chapeau garni de fleurs ruisselait, n'avait plus forme de chapeau, les roses pendaient tout autour lamentablement ; ce n'était plus une femme, c'était une cascade !

Elle me faisait pitié malgré cet accoutrement comique, et je m'avançai vers elle :

— Princesse, soyez la bienvenue. Vous voilà dans un triste état !

Le visage humide, mais épanoui d'un sourire, elle me répondit avec un fort accent méridional :

— Oh ! ça n'a aucune importance. Je ne suis pas de ces femmes qui font du fla-fla.

Ah ! non ; elle ne fait pas de fla-fla ! Voilà une princesse bonne enfant ! J'allais apprendre peu après que j'eusse pu dire bonne d'enfants. Pour l'instant, je l'invite à se sécher, à se changer même, si elle en a les moyens.

Si elle en a les moyens !

— Ma malle arrive, affirme-t-elle fièrement.

En effet ! Cette fois, mon ahurissement

est complet. C'est une chapelière ! Une malle chapelière sur les routes du Congo ! Comment a-t-elle pu traverser la montagne et la forêt du Mayombe ? Il paraît que chaque matin il y a eu lutte entre les porteurs, à qui ne prendrait pas cet encombrant colis. Je le comprends. On aurait dû au moins, à Paris, donner quelques renseignements à cette malheureuse.

Derrière la malle, marche M. Crevost, agent du Congo, qui se rend à Brazzaville, et est chargé d'escorter la femme politique de la Mission du Nil. Cette corvée le met d'assez méchante humeur ; il trouve sa fonction ridicule et n'a pour sa compagne de route aucun des égards dus à une reine, même déchue. Peut-être que si la pauvre était moins laide, il serait moins dur avec elle?

Pendant que la princesse se déshabille, je déclare à M. Crevost qu'elle est pour moi l'envoyée du ministre; je vais donc l'inviter à dîner. J'ai surtout une forte envie de connaître l'histoire de cette malheureuse. Comment cette idée de revendiquer une couronne a-t-elle pu lui venir? Il y a certainement longtemps qu'elle est en France, à en juger par la façon dont elle parle.

- La voilà changée, de costume, pas de visage. Sa robe parsemée de petits bouquets ne l'embellit pas. Quand elle était trempée et que ses vêtements transparents plaquaient sur son corps, elle semblait être dans la tenue où on est accoutumé de voir une négresse; mais une toison crépue, un nez épaté, des lèvres proéminentes, ne gagnent pas au costume européen.

Mon invitation est accueillie avec une reconnaissance dont j'ai peine à arrêter le débordement. A table, la princesse ne demande qu'à parler. A mesure que se déroule son histoire, j'admire l'œuvre philanthropique à laquelle nous sommes conviés à nous associer.

Agée de trois ou quatre ans, Marie-Thérèse Tchibinda fut enlevée dans une razzia opérée au Dar-Banda, sur lequel, assure-t-elle, régnait son père. Transportée dans le Soudan Egyptien, vendue plus tard en Erythrée, elle échoua à Massaouah, où un officier italien la recueillit et la prit à son service. Avec cet officier, elle vint en Italie, et y passa la plus grande partie de son existence, jusqu'au jour où des événements, mal définis, la conduisirent en France. Ce qu'elle y fit tout d'abord, demeure dans le vague. Avec une tête couronnée, il faut être discret; je n'insistai pas. Où et comment, en combien de temps apprit-elle le français? L'histoire ne le saura jamais. Sa vie redevint publique quand elle entra comme bonne d'enfants chez un journaliste, rédacteur à l'*Eclair*, affirme-t-elle. C'est ce rédacteur avisé, qui probablement désireux de se débarrasser de cette négresse, tout en lui procurant une place avantageuse, lui mit en tête l'idée de remonter sur le trône de ses pères. Il dut être très éloquent; Marie-Thérèse Tchibinda, séduite par l'appât des grandeurs, s'enthousiasma de ce projet. Le malin publiciste ne fut pas moins éloquent avec le ministre des colonies; il lui exposa,

ainsi que le prouve la dépêche reçue par nous, que cette femme nous serait de la plus haute utilité; il n'hésita pas à affirmer que nous traverserions le Dar-Banda et que le fait d'y ramener une souveraine nous y créerait tout de suite une situation hors de pair. Le ministre ne pouvait se refuser à un devoir d'humanité qui se doublait d'un acte politique. C'est ainsi que devant la volonté bien arrêtée de Marie-Thérèse Tchibinda de revoir le berceau de ses ancêtres, le gouvernement résolut de l'expédier à la Mission.

Nul ne s'est inquiété de savoir comment, ayant été enlevée à trois ans, Marie-Thérèse pouvait se rappeler qu'elle appartenait à la grande famille des Tchibinda! On a oublié que le Dar-Banda n'existait plus. On n'a pas réfléchi que nous ne traverserions nullement le pays qui fut le Dar-Banda. On n'a pas songé que la malheureuse, élevée en Italie, parmi le monde civilisé, ne se doutait pas de ce que représentait l'Afrique, de ce qu'était la vie des siens, si jamais elle les retrouvait; on ne s'est pas dit qu'on allait la jeter dans un pays dont elle ignorait tout, dont elle ne savait pas la langue, et que lui faire reprendre les mœurs des anthropophages n'était peut-être pas le dernier mot de la philanthropie!

Je lui demande si elle se souvient du nom de son village? Elle me répond qu'il est au bord d'une rivière. C'est faible comme renseignement! Quant à l'origine de son nom, elle est très étonnée de cette question. Elle s'est toujours appelée comme ça. Oui, toujours; c'est-à-dire depuis qu'elle a des souvenirs, et les plus lointains remontent au temps de sa captivité. Tchibinda est vraisemblablement un nom que lui ont donné ses ravisseurs. Elle ne connaît, en fait de brousse, que le Corso et le boulevard! Elle s'imaginait voir ici des villes, des chemins de fer et des tramways...

Que ferons-nous de cette femme? Pour le moment, elle n'a qu'à poursuivre sa route jusqu'à Brazzaville, elle y attendra notre départ.

Le lendemain matin, elle se remit en marche, coiffée de ses roses, suivie de sa chapelière. Elle affirmait, essayant d'embrasser mes doigts, qu'elle était triste de me quitter car elle m'aimait bien déjà!

Je l'assurai qu'elle serait reçue à Makabendilou par le capitaine Germain et le lieutenant Simon qui avaient des qualités très supérieures aux miehnes. Elle sentit immédiatement qu'elle les aimerait bien aussi.

Pauvre princesse, elle ressemble à un chien perdu, prêt à lécher la main compatissante qui lui donne une soupe. Quelle niche lui trouverons-nous?

***

Pour me reposer du chargement des caravanes, et de l'organisation de la comptabilité, je suis venu rendre visite à M. Fredon, à Bodimoéké.

Depuis le commencement des tornades, les convois sont fréquemment retardés par les crues de la Ouali-Ouali, et sont obligés d'attendre la baisse des eaux pour passer, aussi ai-je décidé, devant la difficulté de construire un pont, de faire creuser une pirogue.

Je me suis souvenu que j'avais précisément sur les bords de la rivière une vieille connaissance, placée là à point nommé, le fromager, au pied duquel les termites dévorèrent mes chaussures. Il était tout désigné pour être transformé en pirogue. Plusieurs des miliciens de Fredon « connaissant bien manière », j'ai envoyé l'ordre d'abattre le colosse.

Aujourd'hui, je viens le voir tomber.

Les petites haches indigènes ont presque terminé le travail; ce mot de hache est bien pompeux pour désigner le morceau de fer de quatre à cinq centimètres de large, au plus, emmanché au bout d'un bâton, avec lequel les miliciens frappent à petits coups répétés. Il semble présomptueux, à première vue, de faire attaquer par six hommes, avec d'aussi faibles instruments, un arbre de cinq mètres de diamètre tel que ce fromager, si tendre que soit son bois. Sur le Bandama, à la Côte d'Ivoire, les noirs n'ont pas d'autre outil pour abattre les acajous, un des bois les plus durs, les creuser, leur donner la forme voulue. Couper un fromager n'est qu'un jeu. Il n'y a pas huit jours que celui-ci a été entamé, tout à l'heure, il sera à terre.

En ce moment, il dresse son énorme fût dont les contreforts vont en s'épanouissant jusqu'au sol où ils s'étalent semblables à la traîne d'une robe; on le dirait revêtu d'une jupe d'écorce à larges plis. Il a grand air, il est prêt de tomber, et il défie le ciel.

Les dernières fibres qui le retiennent vont être coupées; un frémissement agite son corps et se propage jusqu'à sa tête qui se secoue orgueilleusement; de sa chevelure, s'envolent quelques étoiles soyeuses échappées des capsules ouvertes de ses fruits.

Les coups de hache se précipitent, le géant fait entendre un gémissement; il oscille; un craquement le déchire, et c'est un fracas d'avalanche, il écrase les arbres, il aplatit la brousse. Je l'entends s'écrouler, mais je ne le vois plus; il a disparu dans la pluie de ses flocons, je suis perdu dans une tourmente de neige.

Maintenant, le sol, les buissons, sont poudrés de blanc, les étoiles soyeuses brillent au soleil comme des aiguilles de givre; c'est l'hiver sous un ciel resplendissant, un paysage de Russie transporté sous l'équateur. Au milieu de cette neige, le colosse est couché, il repose sous le linceul qu'il s'est tissé et que les miliciens lui enlèvent déjà. Les uns ébranchent, les autres équarrissent; dans vingt jours, l'arbre sera presque creusé et ses membres épars serviront de rouleaux pour l'amener jusqu'à la rivière et le mettre à flot.

***

Nous ne sommes pas superstitieux. Heureusement! car nous allons être treize Européens à la Mission. Nous étions douze : huit officiers et quatre sous-officiers; l'enseigne de vaisseau, Dyé, va se joindre à nous incessamment. Marchand, par un courrier, m'a annoncé cette nouvelle, à Balimoéké; il me donne l'ordre de faire voyager Dyé par les voies les plus rapides, car il veut lui confier le commandement d'une petite vedette, *Le Faidherbe*, le seul vapeur que possède la France sur le Congo. Le *Faidherbe* doit être employé sur l'Oubangui, afin d'accélérer les transports qui s'y font uniquement par pirogue; il faut qu'il arrive assez tôt à Bangui pour passer le seuil rocheux; c'est une question de jours, les eaux baissent et sont près d'être à l'étiage.

Je suis revenu à Comba préparer le transport de Dyé. J'ai décrété qu'il irait en soixante heures de Kimbédi à Brazzaville. J'ai soulevé des protestations : deux cents kilomètres en soixante heures! Impossible. Nous le verrons bien. Les dis-

positions sont prises, les relais des tipoyeurs sont préparés ; et comme Marchand tient à aller à grande allure de Brazzaville à Kimbédi, les relais qui auront
servi pour Dyé dans un sens, seront utilisés
par lui dans l'autre sens.

La marche des courriers, que **nous**
avons organisée, a déjà stupéfié le Congo.

nécessaire, et par là de suppléer à l'insuf-
fisance des troupes.

*

Les porteurs passent de plus en plus
nombreux. Les uns déjà chargés à Kimbé-

JE TIRE UNE PIÈCE
DE GUINÉE.

Ils mettent de trente-six à quarante heures
pour faire ce trajet ; autrefois, ils mettaient
six jours. Cette rapidité, d'ailleurs, n'a pas
pour objet d'étonner les populations, elle
est le seul moyen pour le commandement,
dans un pays soumis à la répression, de
connaître l'état d'esprit des différentes régions, de donner des ordres à temps, d'envoyer les tirailleurs où leur présence est

di, s'arrêtent devant ma case, déposent leur
moutète et s'assoient sur leurs talons en
attendant la distribution des vivres, pendant que le contremaître me remet sa
feuille de route à vérifier. D'autres se présentent pour prendre des charges et s'ac-
croupissent derrière les premiers. Suivant
la situation des magasins de Kimbédi et
de Comba, je les chargerai ici ou les en-

verrai à M. Gros. Une nouvelle caravane débouche du sentier ; elle arrive de Brazzaville, ce sont des Loangos ; il est facile de le deviner, car ils portent du caoutchouc, des défenses d'éléphant, qu'une maison de commerce expédie à la côte. Ils s'ajoutent à leurs frères de portage, et comme eux, s'asseyent sur leurs talons. S'ils reviennent pour la première fois de Brazzaville, ivoire et caoutchouc entreront en dépôt dans le magasin, ils recommenceront un voyage au Pool et à leur retour reprendront les marchandises du commerce. Je signe la feuille de route des premiers arrivés, on leur distribue ensuite la ration de chicouangue ; j'envoie au magasin les porteurs à charger, et je passe aux Loangos. Ils ont déjà accompli leur voyage supplémentaire à Brazzaville, il faut les payer.

J'ai bien établi un tarif, mais celui-ci est basé sur la valeur de la guinée bleue, l'étoffe la moins chère, qui n'est pas la plus solide naturellement. Si les noirs font parfaitement la différence entre les qualités, ils voudraient ne pas en faire entre les prix. Mes Loangos ont droit à neuf brasses de guinée pour le trajet de Comba à Brazzaville, c'est-à-dire à 16 m. 20, puisque la brasse ou la cortade représente 1 m. 80.

Je tire une pièce de guinée. Protestation du premier à régler. Il préfère autre chose.

— Que veux-tu ?

Le misérable ! Il a immédiatement allongé le bras vers le fond du magasin.

Du calicot rouge ! Il s'y connaît ! Neuf brasses de guinée à 0 fr. 30 le mètre, en France, valent ici 8 fr. 10, tandis que neuf brasses de calicot rouge valent 17 francs.

— Si tu tiens à cette étoffe, je ne t'en donnerai à peine quatre brasses et demie.

D'ailleurs, régulièrement, nous ne devons pas payer avec du calicot rouge, nous en avons très peu. Je lui vante le mérite de mon coton écru à 8 fr. 90 les neuf brasses :

— De celui-ci, tu auras presque la même quantité que de la guinée, et comme tu es un brave homme, pour toi, je ne ferai pas de différence.

Il n'aime pas la couleur écrue !

Je tire mon calicot blanc à 7 fr. 30.

— Prends ça, je t'en donnerai 10 brasses au lieu de 9.

Il se décide. Je commence à mesurer l'étoffe entre mes bras étendus. Encore une fois, mon client proteste. Il se plaint que j'aie les bras trop petits !

Je n'arrive pas à lui faire comprendre que ma brasse est calculée, qu'elle mesure 1 m. 60 au lieu de 1 m. 80, que je lui en compterai 10 et 20 centimètres en plus. Il montre le sergent Bernard qui est de retour du magasin ; il veut que Bernard mesure.

Je crois bien, Bernard a près de deux mètres et sa brasse également !

Les autres porteurs rient devant mon refus et se moquent de leur camarade qui philosophiquement esquisse un geste signifiant : ça réussit quelquefois.

Enfin celui-ci est payé. Aux suivants. Heureusement, ils ont été attentifs, ont réfléchi, et leur choix est fait assez rapidement.

Il serait plus simple de leur dire : vous aurez ceci, pas de discussion ; mais il faut tâcher de les contenter et de récompenser leur bonne volonté. D'ailleurs, nous ne perdons pas à les régler nous-mêmes. Le gouvernement du Congo paie aux commerçants de Loango, qui ont le monopole du recrutement, 60 francs par porteur, c'est-à-dire 60 francs pour 500 kilomètres, ou 0 fr. 12 par kilomètre. Ici, je paie 8 fr. 10 pour 140 kilomètres, un peu plus de 0 fr. 05 par kilomètre. Il est vrai que nous nourrissons les convois sur toute la route, douze jours aller et retour ; mais j'achète trois chicouanges pour une brasse à 0 fr. 90, et trois chicouanges représentent douze rations. Le kilomètre au total revient donc à six centimes, environ.

Le paiement des caravanes effectué à Makabendilou et à M'Bamou revient plus cher, puisque les ballots d'étoffe y sont majorés du prix de transport ; mais à Kimbédi et à Loudima, la brasse est au contraire meilleur marché qu'ici. Il y a compensation. Quant aux porteurs, ils n'y perdent pas, les commerçants ne leur remettraient pas les 60 francs, mais la valeur représentée en cortades, sur laquelle ils doivent encore se nourrir, ou du moins essayer !

Les caravanes parties ou libérées, dans un sens ou dans l'autre, je vérifie les inscriptions sur les registres. A notre départ, il faudra pouvoir préciser les dépenses des différents services. Les caravanes, en effet, transportent des charges tantôt pour le Haut-Oubangui, tantôt pour notre Mission, tantôt pour le Congo, pour le Chari ou pour la Sangha. Je les paie avec des tissus appartenant soit à la Mission, soit aux autres colonies ; il faut inscrire tout.

Pour chaque service est ouvert un registre et chaque registre comporte 15 ou 20 colonnes, l'origine des caravanes, leur numéro, leur point de départ et leur chargement, leur destination, le nombre de porteurs, les rations, les diverses sortes de tissus, la provenance de ces derniers... c'est un vrai casse-tête.

Je frémis en pensant à la récapitulation des comptes de tous les postes, à la balance à établir ! J'aime mieux ne pas y penser.

**

Dans une petite ville, le marché est toujours une grande distraction, *a fortiori* dans un poste du Congo. Jamais je ne manque de faire une visite à celui de Comba. Chaque semaine le nombre des vendeurs augmente. Un marché qui réussit rapporte plus qu'un combat victorieux, car il est l'instrument de pacification par excellence. Le fusil n'est qu'un prélude, et sert surtout à libérer les populations du joug des chefs qui les terrorisent ; il sert aussi à donner à la parole le poids qui, sans lui, manquerait à la plus entraînante éloquence. Le pouvoir de cette dernière est singulièrement réduit en Afrique, d'abord, par les transformations qu'elle subit en passant par la bouche d'un interprète ; ensuite, parce que dans tous les pays du monde, les mots ne sont jamais que des mots. Je sais bien qu'en Europe, on ajoute aux mots des promesses ; si celles-ci ne sont généralement qu'un mirage, du moins, elles mettent devant les yeux une vision d'actes ; on promet une route, un tramway, un dégrèvement. Ici, les blancs ne pourraient que grever ; quant à l'amélioration des voies de communication, leurs administrés n'en sentent pas encore la nécessité. Il faudra, pour qu'ils y deviennent sensibles, que le commerce se soit développé. Or, préparer des voies au commerce, c'est faciliter les relations des blancs avec les noirs, et des noirs entre eux. Pour cela, il n'est qu'un instrument : le marché.

Ce n'est pas une découverte. Le principe est connu depuis longtemps. L'attraction du marché vient du désir d'échanger un produit contre un autre, contre des perles, de l'étoffe, un peu de sel ; cette attraction résulte aussi du plaisir qu'ont les hommes à se réunir, à se communiquer les nouvelles. Evidemment, les nouvelles sont rares, dans le sens que nous, civilisés, attachons à ce mot, mais pour des noirs, le moindre incident a un intérêt : un arbre tombé sur le sentier, une case dont on refait la toiture. Eh ! mon Dieu ; les commérages qu'on entend dans un marché en France sont-ils beaucoup plus palpitants ? Le besoin de bavarder est en raison inverse de la puissance de penser. Or les nègres pensent très peu.

Et puis, il y a l'attrait de voir le blanc ! attrait d'autant plus fort que ce blanc semble plus terrible. Les plus audacieux se risquent, les autres suivent ; et ainsi, petit à petit, le marché détruit les appréhensions, ramène la confiance. D'eux-mêmes, un jour, les indigènes prennent le blanc comme arbitre de leurs différends et proclament ainsi son autorité.

Les premiers jours, j'ai bien senti cette crainte ; à mon approche le bourdonnement des conversations cessait, le nom de Mabiala courait tout bas ; à présent, hommes et femmes sont enchantés de me voir ; ils espèrent que je me laisserai toucher par leurs arguments et paierai plus cher que le sergent Bernard.

Et c'est aujourd'hui un vrai marché que celui de Comba. Je circule au milieu de la cohue, du tapage de la vente. Bernard, qui opère pour le compte du poste, est le gros acheteur, mais les miliciens s'approvisionnent aussi pour leur propre compte ; avec leur solde, ou avec les gratifications qu'ils ont obtenues dans le service de courrier, ils s'offrent quelques douceurs, et profitent de l'occasion pour adresser des sourires aux jeunes Vénus noires.

Les chicouangues sont la base du marché ; ficelées dans leur enveloppe de feuilles, empilées par deux les unes sur les autres, elles forment de petites pyramides sur lesquelles le soleil met des tons mordorés ; par endroit, une feuille crevée laisse apparaître le manioc transparent que la lumière opalise. Des paniers, remplis d'ananas, jettent des lueurs d'or fauve ; à côté, c'est le jaune éclatant d'un régime de bananes, aux fruits sans une tache, rendu plus lumineux par le voisinage d'un tas brun de manioc doux, non vénéneux, qu'on peut manger sans préparation. Au fond d'une petite corbeille, je vois des n'safos, les grosses olives violettes délicieuses à croquer avec du sel, produites par un arbre de la grosseur d'un noyer. Quelques feuillages, propres à confectionner des sauces, donnent une note de verdure ; des calebasses renfermant des épis de maïs, bossuent le sol ; des poules effarouchées sortent leur cou maigre des mou-

LE MARCHÉ DE COMBA.

têtes où elles sont enfermées, et leur cri suraigu domine le brouhaha des voix.

Bernard, ses larges épaules un peu voû-
tées, son binocle sur le nez, une petite cuiller à la main, circule impassible, suivi d'un
tirailleur porteur d'une calebasse de perles.
De temps en temps, il se penche, discute,
acquiert un lot de chicouangues, et plonge
sa cuiller dans la calebasse pour régler son
achat, car la cuiller à café est la mesure
légale adoptée pour les perles. Si le vendeur préfère des étoffes, le sergent lui donne rendez-vous au magasin. Moussa, la che-
mise flottant sur le pantalon, traîne ses san-
dales nonchalamment, palpe un poulet, qui
ne m'est pas destiné, hélas! rafle le manioc doux ; cette fois, c'est pour moi. Il examine des œufs, et m'appelle pour cette opération délicate; je les mire dans le soleil et
les accepte ou les refuse.

Parfois une querelle s'élève entre deux
vendeuses, les voix glapissent, les invecti-
ves se croisent ; je ne les comprends pas,
mais je les devine. Je suis vraiment au car-
reau des halles.

*
* *

Pas de nouvelles de Dyé ; non plus que
du courrier de France qui est en retard.
Gros signale de Kimbédi, que les charges
vont lui manquer, si le convoi fluvial attendu par lui n'arrive pas à temps.

L'élan donné est tel que je ne cesse d'envoyer à Kimbédi des convois à vide. D'ici,
toutes les pièces du *d'Uzès* sont déjà parties, la baleinière en aluminium les a sui-
vies ; nous fêterons sûrement le 1er Janvier
dans une île du Congo ; et c'est avec joie
que je contemple ce défilé de caravanes.

Je les regarde passer et je les imagine
couvrant de leur traînée noire le sentier de
Loango à Brazzaville, telles une file de
fourmis affairées. Je vois les caisses de toutes formes, les tonnelets de toutes dimen-
sions apparaître hâtifs, oscillants, le long
des crêtes, plonger dans les ravins ; tous les
noms de l'Europe, gravés au flanc des colis. Amsterdam, Hambourg, Manchester,
Gablonz, Liége, Venise, Marseille, Bordeaux, escaladent les falaises, s'enfoncent
dans les bois ; toutes les civilisations prennent d'assaut l'Afrique.

*
* *

Une lettre de Marchand ; il me dit qu'ar-

rivé à Brazzaville il y a dix jours, il a trouvé
tous les Européens en effervescence. Cette
effervescence, paraît-il, m'était imputable.
En voici la raison.

Au moment où le mouvement de portage
commençait seulement à se dessiner, Marchand avait décidé que le commerce et la
mission catholique n'auraient droit qu'à
une certaine proportion de porteurs. C'était
juste ; si nous n'avions pas été là, aucune
charge ne serait passée. L'arrêt d'une caravane, ordonné récemment par moi, a dé-
chaîné la tempête : le commerce et la mission catholique ont jeté des cris, ont menacé
Marchand de réclamer au ministre par la
voie des consuls : nous affamions Brazzaville ! Il y avait vraiment de quoi rire. Depuis des mois, pas un convoi ne pouvait
circuler ; M. de Brazza s'en rendait si bien
compte qu'il avait proclamé l'état de siège
et nous avait donné le commandement de
la région. Et c'était nous qui affamions
Brazzaville !

Brazzaville est affamée, je n'en doute
pas, car elle l'est pour deux raisons : d'a-
bord par la situation que nous avons trouvée
au Congo, ensuite par ses voisins les Batékés.

C'est une opinion accréditée et courante
que les Batékés sont utiles, même indispensables, à Brazzaville, tant pour son commerce que pour assurer sa vie matérielle.
L'alliance des Batékés, et la création du
roi Makoko, ont été nécessaires à M. de
Brazza, au moment de la marche de Stanley vers le Pool. C'est avec une habileté
supérieure que le commissaire général du
gouvernement a su en user. Politiquement
les Batékés ont donc rendu autrefois de
grands services, mais économiquement, ils
sont aujourd'hui la ruine de Brazzaville.

Ils ne sont ni cultivateurs, ni porteurs.
Ils sont uniquement commerçants, et ce
commerçants ne nous rapportent rien. Ils accaparent les stocks d'ivoire descendant de
l'intérieur, et les écoulent par fraude sur le
territoire de l'Etat Indépendant, sans payer
les droits qui chargent le commerce européen. Leur concurrence est aussi redoutable
que déloyale.

Ne cultivant pas, ils achètent leurs vivres aux producteurs balalis, et les bénéfices
de leurs opérations commerciales leur permettent de payer très cher. Ils accaparent et
font monter les prix à un taux fantastique.

Ainsi, à l'arrivée de Marchand, d'une
part, Brazzaville était dépourvue d'étoffes
puisque depuis longtemps la route était fer-

mée aux caravanes ; d'autre part, le peu qui lui en restait ne suffisait pas à la rapacité des Batékés.

Cette situation ayant naturellement aigri les esprits, à la nouvelle que j'avais déchargé une caravane du commerce, la ville a poussé un hurlement.

Mais la véritable cause des réclamations des commerçants et de l'administrateur, s'est bientôt révélée à Marchand.

La Mission n'a sous son autorité que le territoire compris entre Loudima et Brazzaville ; toute la région du Sud, celle de Manyanga, nous échappe ; celle-ci, l'administrateur de Brazzaville, M. de Kerraoul, a déclaré la tenir dans sa main. C'est par la voie de Manyanga que passent les charges déposées par le chemin de fer belge à Toumba, son point terminus actuel. Or, M. de Brazza, convaincu, dès notre arrivée, que l'arrêt du portage se prolongerait longtemps encore, avait fait une démarche dans le but d'utiliser le chemin de fer de l'Etat Indépendant. Avec l'agrément du conseil d'administration de la voie ferrée, la maison hollandaise avait consenti à se charger du transport de 3.000 charges, à raison de 52 francs chacune, avec prime de 10 ou de 15 francs, suivant la date à laquelle les colis seraient rendus à Brazzaville ; le dernier délai fixé pour ce transport était le 15 Octobre.

Le jour de l'arrivée de Marchand à Brazzaville, le 8 Novembre, trois semaines après l'expiration du délai accordé, pas une des 3.000 charges n'était même signalée ; et si les deux tiers appartenaient à la Mission et au Haut-Oubangui, les autres revenaient au service local. C'étaient bien ces charges-là qui manquaient à Brazzaville, plutôt que celles arrêtées par moi ! Mais il était dur d'en faire l'aveu.

La responsabilité de M. de Kerraoul était en jeu ; il avait pris l'engagement officiel d'assurer lui-même ces transports, affirmant que notre présence du côté de Manyanga serait une calamité. A l'heure actuelle, il se trouve bien ennuyé.

Quant à la maison hollandaise, sa responsabilité était engagée, en même temps que l'amour-propre de son représentant, M. Greshoff, était mis à rude épreuve, lui qu'on appelle dans le pays « le Foumou N'Tangou », le roi soleil !

Toutes ces déceptions étaient la vraie raison de l'effervescence de Brazzaville. On attaquait Marchand de peur qu'il n'attaquât lui-même. C'était de la bonne tactique ; malheureusement, Marchand vit immédiatement la manœuvre.

M. Greshoff prit tout de suite le parti d'avouer son impuissance. M. de Kerraoul essaya de se refuser à l'évidence. Ses regards anxieux continuaient à se fixer sur la route du Sud... Seule, l'herbe verdoyait et la route poudroyait ; pas un porteur ne se montrait. Un jour pourtant, un homme apparut. L'administrateur se précipita ; c'était sûrement un convoi. Hélas ! c'était un courrier porteur des plus tristes nouvelles : les indigènes étaient soulevés, et la route était bien et dûment fermée !

Assez de fois, Marchand avait fait prévoir à M. de Kerraoul cette éventualité ! Sa seule vengeance a été d'exiger que l'administrateur se joignît à M. Greshoff pour réclamer l'intervention militaire sur la route de Manyanga. A la suite de cette demande, Marchand a lancé de Brazzaville, hier matin, 19 Novembre, l'ordre de mouvement suivant :

« M. Fredon laissant 8 hommes et 1 caporal à Balimoéké se portera avec 21 miliciens à Makabendilou. Le capitaine Germain ira prendre le commandement de M'Bamou, d'où il appuiera le mouvement sur Manyanga au Sud, et surveillera le territoire Batéké au Nord. D'ailleurs, de ce côté, rien à craindre ; Mayoké et Missitou, les deux brigands qui s'étaient réfugiés chez les Batékés viennent d'être livrés à Mangin par les populations, et ils ont été exécutés.

« Mangin, avec la demi-compagnie soudanaise et les 30 tirailleurs du sergent Mottuel, marchera de M'Bamou sur Kimpanzou, avec l'ordre d'occuper la basse Foulakari et la route Kimpanzou-Manyanga.

« Le sergent Venail avec une section soudanaise partira de Brazzaville pour rejoindre Mangin à Kinpanzou. »

Marchand m'annonce enfin son départ de Brazzaville pour Kimbédi le 23. Il compte toujours faire les 200 kilomètres en soixante heures, grâce aux relais que j'ai préparés pour lui et pour Dyé.

Ce matin, j'ai appris que Dyé approchait ; ils se croiseront en route.

A Kimbedi

Pour la première, et vraisemblablement pour la dernière fois, j'ai usé d'un tipoye. Marchand qui n'avait fait que traverser Comba, poursuivant son record, m'avait précédé à Kimbédi et avait envoyé au-devant de moi son équipe de Loangos, pour m'adoucir les derniers kilomètres.

On est fort bien dans ce hamac, lorsque les tipoyeurs sont des professionnels. Ils s'en vont d'une allure toujours égale, d'un petit trot glissant qui vous berce juste assez pour vous plonger dans une demi-somnolence ; on ne sent même pas les porteurs se relayer, la tige de palmier, à laquelle on est suspendu, passe de la tête de l'un sur la tête de l'autre sans secousse, sans arrêt dans la marche. On est certainement moins cahoté que dans un chemin de fer, surtout si le wagon est mal attelé. Passer soixante heures en tipoye, comme vient de le faire Marchand, est cependant fatigant, mais soixante heures de train, omnibus ou rapide, ne sont pas plus reposantes. Dyé, que Marchand a croisé, et qui gagnait Brazzaville à la même allure, était paraît-il assez moulu. Pour ses débuts en Afrique, il avait le droit d'être étonné. Quand, à son arrivée à Comba, je lui ai annoncé qu'il filait sans s'arrêter jusqu'à Brazzaville, il a semblé légèrement effaré. Abandonner ses bagages qui ne pouvaient le suivre à pareille allure, l'inquiétait un peu. Je l'ai pourtant autorisé à emporter une éponge et une serviette ! Encore lui ai-je déclaré qu'il y avait là une manifestation exagérée de civilisation.

L'ordre de Marchand était de le faire voyager par les moyens les plus rapides, je m'y suis conformé. Mais on peut dire que pour une école, c'en est une.

Me voilà donc à Kimbédi pour la troisième fois. J'y ai trouvé Marchand plongé dans la comptabilité, les registres des caravanes, la situation des magasins ; j'y ai trouvé aussi mon ami Gros qui m'a accueilli avec un sourire amical.

Je suis toujours heureux de le revoir, il possède une douce philosophie que reflète son visage, et il attire la sympathie. Je me plais à le regarder fumer sa pipe posément, tandis qu'autour de lui s'agitent des porteurs rechignant devant une charge trop lourde, ou discutant sur le prix du voyage. Moi, je les bouscule ; au besoin, je prends la charge et la leur flanque sur la tête. Lui, ôte tranquillement sa pipe de sa bouche, leur répond avec ce calme et cette bonne humeur dont il ne se départit jamais et ils s'en vont influencés par cette égalité de caractère.

Le sort ne l'a pas beaucoup favorisé. Il attend tranquillement l'avenir, sans amertume contre le présent. Son attitude ne varie pas, il continue d'agir ; il ne se plaint de personne, ne désespère de rien, et ce n'est pas qu'il cherche à se bercer d'illusions ; il a simplement un sentiment très exact et très haut de son devoir.

Nous allons faire route ensemble, car dès mon arrivée, Marchand m'a appris qu'il m'envoyait avec Gros en tournée de ravitaillement. Si l'abondance règne à Comba et à M'Bamou, il n'en est pas de même ici. Kimbédi est affamée. Gros m'avait déjà signalé cette situation qui, aujourd'hui, est devenue critique. Le pays n'est pas très peuplé, du moins aux environs du poste, et les habitants d'un naturel plus sauvage que ceux de Comba, vendent moins ; enfin, Gros n'ayant plus une seule charge appartenant au service local, manque de tissu pour solder ses achats. A la rigueur, Kimbédi pourrait prélever des étoffes sur les ballots du Haut Oubangui ou de la Mission, ce que j'ai fait à Comba, ce que M'Bamou a été autorisé à faire ; mais Marchand a trouvé que j'avais été imprudent en permettant ces virements, il craint que le règlement des comptes ne soit trop compliqué, et que le remboursement par le Congo ne soit aléatoire.

La famine est réelle. Il faut pourtant nourrir les miliciens. Par bonheur, Gros vient d'avoir connaissance qu'un village aux environs de Bouenza, Kissimba, recèle dans ses cases des tonnelets de lard salé et d'autres charges abandonnées par les porteurs au temps des paniques. Du lard salé ! Peut-être aussi des tissus ? Nous sommes sauvés. Demain, nous partirons en pirogue à Bouenza ; je laisserai Gros se diriger vers le lard et je continuerai à descendre le Kouiliou pour aller au-devant d'un convoi fluvial et presser sa marche. Ce convoi doit apporter les étoffes qui nous manquent. Il est en retard, ce qui n'est pas étonnant ; les bateaux en ce moment doivent avoir de la peine à remonter le courant. La rivière coule à pleins bords, et les tornades ne cessent pas.

Mais jusqu'à notre retour comment vivra-t-on ? Il n'y a plus de manioc. Heureusement, il y a de la farine. Marchand a donné l'ordre de faire du pain ; ainsi se trouvera réalisée une parole historique : « s'ils n'ont pas de pain, qu'ils mangent de la brioche ».

.**.

Une pluie diluvienne nous a assaillis au moment où nous débarquions, et nous a retenus tout l'après-midi à Bouenza. Ce matin seulement, nous avons repris notre marche, Gros vers Kissimba, à la conquête du lard, moi à Loudima, à la conquête des bateaux.

Au moment de partir, Gros, qui a pour moi des attentions de père, s'est inquiété de mes bagages. Il lui semblait qu'une fois les siens débarqués, il n'était plus rien resté dans la pirogue. Je l'ai rassuré, j'ai dû exhiber tout ce que j'emportais, il ne se paie pas de mots ! Je lui ai présenté un gilet de laine à mailles.

— Et ensuite ?

— C'est tout !

Il m'a jeté un regard navré, et a voulu passer à l'examen de ma popote.

Cette fois, j'ai sorti triomphalement une boîte vide de conserves, ma marmite, et un sac où j'avais mis cinq kilos de riz. J'ai eu beau faire le calcul et vouloir prouver à Gros que, à raison de trois cents grammes par jour, mes cinq kilos m'alignaient en vivres pour plus de seize jours, il s'est éloigné levant les bras au ciel, comme s'il refusait de se rendre à l'évidence des chiffres.

.**.

Je n'avais vraiment pas besoin de provisions plus abondantes. Mon voyage n'a duré que quatre jours.

A six heures de Bouenza, j'ai rencontré tout le convoi fluvial, les bateaux de la Société d'Etudes, ainsi que le chaland en aluminium remonté à Loudima par le commandant Morin et qui sera démonté à Kimbédi, puis transporté à Brazzaville.

J'ai accompagné le convoi jusqu'au confluent de la Bouenza, espérant trouver au village quelques maniocs ; je supposais que la proximité de la mission catholique devait inciter les indigènes à la culture.

Non seulement mon espoir n'a pas été déçu, mais il a été dépassé ; j'ai chargé sur ma pirogue cent cinquante et une chicouangues ; six cents quatre rations !

Fier de ce résultat, j'ai laissé les boats poursuivre leur route et j'ai gagné Kimbédi à pied. Il pleuvait, je ne pouvais être plus mouillé sur le sentier que dans la pirogue, et je serais un jour plus tôt au poste.

Au moment où j'arrivai au bord de la Louvizy, la nuit tombait ; j'appelai pour que le village me fît passer le ruisseau gonflé par la tornade. Ce fut en vain, je dus me résoudre à me mettre à l'eau. J'étais mouillé, ce bain n'avait pas grande importance, mais je trouvais que les sujets de Gros manquaient de prévenances.

Il fut d'ailleurs plus indigné que moi de ce procédé et déclara que le chef paierait un cochon d'amende.

Mon bain servira au moins à procurer un festin au poste. La fortune appelle la fortune ! Je rapporte 604 rations de manioc, Gros a récupéré ses barils de lard, ma baignade ajoute un cochon à toutes ces provisions !

Sur le pas de ma porte que je me hâte de franchir pour me changer et me sécher, Célestin m'attend ; il tient, après son chef, à m'offrir ses condoléances.

Célestin est le secrétaire de Gros. Il est noir mais a reçu une éducation parfaite. Elève des pères, il a eu un instant l'intention d'entrer dans les ordres. Il a commencé ses études théologiques, puis reconnaissant qu'il n'avait pas la vocation, il s'est mis au service de l'administration. Il a conservé de cet essai de vie religieuse une manière recueillie de se présenter et de s'exprimer. Il a le parler suave, il est tout onction ; en écrivant, il fredonne les vêpres. De temps en temps il vient solliciter de Gros la permission de faire un tour dans les villages environnants, mais il la demande à sa façon, les yeux baissés, les mains jointes :

— Me permettez-vous d'aller sauver quelques âmes ?

Gros, discret, ne l'interroge pas sur le sujet de son homélie, et le laisse aller.

En ce moment, Célestin déplore l'égarement de ses frères de couleur qui ont oublié vis-à-vis de moi, ce qu'ils doivent à tout homme au nom de la charité chrétienne.

J'éclate de rire à ce discours :

— Mais Célestin, ils ne sont pas chrétiens !

Il lève les yeux vers les étoiles :

— Hélas !

Célestin fait ma joie. Il porte son nom à ravir. Il ne pouvait en avoir un autre. Lui et 12 sont certainement les deux curiosités du poste.

12 est le cuisinier de Gros, un annamite doublé d'un cordon bleu ; c'est lui qui confectionne les gâteaux de riz à l'oignon ! J'ai de la peine à le lui pardonner. Quel est son nom ? Il n'en a pas, il est un numéro... comme les forçats ; car il appartient au pénitencier de Libreville où les forçats annamites sont déportés. Certains, ceux dont la conduite mérite un adoucissement de peine, sont ainsi détachés dans les postes où, avec l'intelligence de leur race, ils se mettent très vite à tous les travaux ; le jardinage, toutefois, demeure leur occupation favorite et leur triomphe, ils y rendent de réels services.

12 a un visage de vieil ivoire, au nez aplati, aux pommettes saillantes, avec deux yeux bridés dont on ne devine pas le regard. Il trotte menu, ne fait pas de bruit, a l'air doux et soumis, mais si on consulte le registre d'écrou, on apprend qu'il a assassiné un Européen. 12 n'est qu'un malandrin !

Il semble aujourd'hui bien inoffensif. Il est vrai qu'il a eu le temps de faire un retour sur lui-même ! Ne comprenant ni le français, ni la langue du pays, il est muré dans son silence, plus qu'un trappiste, car il ne chante même pas. Il connaît le nom des légumes, de quelques animaux, suffisamment pour exécuter les ordres qui lui sont donnés en tant que cuisinier ou jardinier. Il est surtout précieux dans les moments de disette, il se débrouille, se faufile dans les villages, découvre des ressources là où il n'y en a pas.

Gros le protège, mais ce n'est pas seulement pour les services qu'il en reçoit, il se sent, je crois, pris de pitié devant ce pauvre diable, en songeant au sort qui lui est réservé. La race jaune ne vit pas en Afrique, un à un les déportés disparaissent rapidement ; celui-là fera comme les autres.

Le mutisme de 12 désespère Célestin qui s'en veut d'ignorer l'annamite et de ne pouvoir sauver cette âme.

*
* *

Je suis allé avec Gros, rendre visite au chef de Kimbédi, Foumou N'Souadi, et lui infliger son cochon d'amende.

A l'entrée du village, une énorme fosse était creusée, au milieu de laquelle se dressait un mannequin fantastique, un gigantesque épouvantail à moineaux. Ce mannequin de plusieurs mètres de haut, représentait un homme, il émergeait du trou à partir des genoux. La tête était grossièrement figurée par une boule badigeonnée en blanc, coupée de traits de charbon simulant des yeux, un nez, une bouche ; le corps était enveloppé d'étoffes bariolées, de couvertures à raies multicolores, un vrai vêtement d'arlequin ; sur la poitrine étaient plaquées deux assiettes maintenues par des ficelles. Les bras tendus horizontalement, mais trop courts en proportion du buste, complétaient l'effet produit par ce torse démesuré qui semblait reposer sur les genoux. Ce mannequin prenait l'aspect d'un géant nabot.

— Qu'est ceci ? demandai-je. Est-ce un fétiche, le dieu protecteur de vos administrés ? Cet appareil est-il destiné à éloigner les oiseaux ou à terrifier les blancs ?

— Rien de tout cela, me répondit Gros. Saluez la dépouille mortelle de l'ancien chef du village, le père de Foumou N'Souadi.

Je crus que ce vénérable vieillard était couché au fond de la fosse et que ce mannequin était une espèce de statue ayant la prétention de figurer ses traits, de les immortaliser pendant le temps que cet assemblage de paille et de chiffons résisterait aux tornades.

Gros protesta :

— Nullement. C'est le corps même de N'Souadi qui est à l'intérieur de ce magot de carnaval, il en est l'ossature.

— Ces Bakambas, opinai-je, sont de grands philosophes. Ils veulent sûrement nous pénétrer de cette idée : la vie n'est qu'une mascarade, le luxe dont s'entourent les hommes ne recouvre qu'un squelette, la gloire et les honneurs masquent la mort !

— Réflexions bien profondes pour des êtres aussi simples, fit Gros en riant, je doute qu'ils connaissent Bossuet.

— Oui, mais ils ont Célestin ! Pauvre Foumou N'Souadi. Je vous assure qu'il a l'air de déclamer du Musset :

« Mais quel bien fait le bruit, et qu'importe la gloire ?

« Est-on plus ou moins mort quand on est embaumé ? »

— Il est certain, reprit Gros, qu'il est embaumé, ou à peu près. Lorsqu'il a eu rendu le dernier soupir, on l'a placé sur une claie et on a allumé du feu sous lui pour le dessécher.

— C'est une façon de concilier l'enterrement et la crémation.

Je commençais à ne plus trouver ce mannequin si burlesque. Après tout, nous, civilisés, que faisons-nous lorsque nous voulons honorer particulièrement un mort? Nous l'embaumons et nous l'exposons, pour qu'une dernière fois des traits, dignes d'être conservés dans le souvenir, puissent être contemplés. Les Bakambas ignorent nos procédés de conservation, et leur chef, après avoir été mis sur le gril, n'étant plus présentable, ils l'ont affublé de cet accoutrement bizarre. Il n'y a là qu'une forme du culte des morts.

— Et combien de temps, demandai-je, N'Souadi restera-t-il exposé à l'admiration de ses sujets et aux intempéries.

— Douze lunes. Ensuite, il recevra sa sépulture définitive. On le couchera au fond de ce trou, on rejettera la terre sur lui et l'emplacement sera marqué par un signe quelconque, un verre, une assiette cassée, un parapluie.

Comme mausolée, c'est modeste, mais au moins la mort d'un chef, ici, n'est pas l'occasion des ignobles scènes qui se passent dans trop de régions en Afrique. Je me souviens du récit que m'a fait Marchand de l'enterrement auquel il a assisté pendant sa traversée de la Côte d'Ivoire au Soudan. Encore aujourd'hui, il ne peut y penser sans un haut-le-cœur de dégoût, un frémissement d'horreur; aussitôt la scène se représente à lui : d'abord les préliminaires du sacrifice; les lugubres gémissements des pleureuses qui dominent les clameurs des hommes, les battements ininterrompus du tambour qui scande les danses désarticulées des indigènes. Au milieu, des bûches flambent et jettent sur cette frénésie des lueurs d'enfer. Puis un sorcier bondit, le corps barbouillé de peinture, orné de peaux de bêtes, de fétiches qui pendent et cliquettent; ses pieds battent le sol, l'entourent d'un nuage de poussière, et subitement, il s'arrête, c'est le silence : une femme vient d'être amenée au bord du trou qui marque le centre de cette orgie démoniaque.

Le sorcier lui parle et lui montre le mort:

« Toi, tu seras chargée d'entretenir son feu, tu prendras de petites bûches, tu les choisiras bien sèches... »

A chaque recommandation, la femme incline la tête... Tout à coup elle pousse un hurlement horrible. Le sorcier lui a plongé son couteau dans le ventre et d'un tour de main en a enlevé le foie qui, avec le corps pante-

lant, est précipité dans la fosse. La horde sauvage hurle de joie, mais déjà une autre femme est là :

« Toi, tu iras chercher son eau, tu la puiseras à une source claire, tu auras soin qu'elle soit fraîche... »

— Oui, oui, halète la malheureuse...

Un nouveau hurlement et le deuxième corps tombe dans la fosse, pendant que le sorcier, dont la frénésie devient de la folie, mord dans le foie palpitant qu'il vient d'arracher, se barbouille la face de sang.

Profitant du délire qui secoue la foule, Marchand réussit à s'échapper, les mains sur les oreilles, fuyant ce cauchemar; il s'enferme dans sa case, mais les cris qui déchirent l'air parviennent jusqu'à lui. Après les femmes du défunt, ce sont les esclaves qui sont sacrifiés, et plus les corps s'amoncellent dans le trou, plus les vociférations des forcenés montent et emplissent la nuit.

Ces mœurs épouvantables sont celles du Haut-Congo, de l'Oubangui, ou du moins l'étaient avant l'arrivée des blancs. Ici, le culte du défunt n'exige pas la mort des vivants. Foumou N'Souadi dans le fond de son absurde mannequin me semble maintenant un honnête et respectable vieillard.

*
* *

Le convoi fluvial est arrivé. En ce moment, le Niari résonne de coups de marteau, du grincement des clés qui dévissent les boulons; aussitôt le chaland démonté, les caravanes l'emporteront. Lorsque celui dont Marchand a donné l'ordre d'expédier les tranches restées à Loango traversera Kimbédi, en route pour Brazzaville, nous pourrons dire que la flottille du Haut-Oubangui est reconstituée.

Ironie du sort! Nous sommes en train de nous réjouir de ce résultat. Un courrier arrive de la côte : Marchand l'ouvre; la première lettre dont il prend connaissance lui annonce la suppression de la flottille du Haut-Oubangui!

On ne peut nier que le ministère n'ait agi sagement, puisque depuis deux ans, il avait le droit de regarder ces bateaux comme perdus et qu'il pouvait justement être fatigué de considérer comme embarqués les marins rivés aux bords du Congo sans un bateau. D'ailleurs, tout ce que nous avons sauvé naviguera très bien sans un tel luxe de personnel. Il suffit de maintenir Morin avec un mécanicien.

Autre courrier ; celui-ci d'Emily : Germain a été atteint d'une bilieuse hématurique. Il va mieux, mais à Manyanga, Simon se trouve dans le même état. Il y est seul et n'a aucune expérience de cette maladie ; c'est la première fois qu'il vient en Afrique. Emily est inquiet, il partira pour Manyanga dès qu'il pourra quitter Germain.

**

Les nouvelles se suivent et ne se ressemblent pas. Celles d'hier nous attristaient, celles d'aujourd'hui nous égaient. Castellani apporte dans notre existence sa note légèrement comique d'enfant terrible. Le commandant Morin écrit, de Brazzaville, à Marchand, que notre peintre a fait des siennes !

Poursuivi par son idée fixe de monter le plus tôt possible à Bangui, Castellani avait demandé à Marchand de devancer la Mission, lorsque Dyé partirait sur le *Faidherbe*. Marchand, connaissant le peu de sécurité dont on jouit à Bangui, et se refusant à offrir un artiste à la table des Bondjos, avait prié Castellani de mettre un frein à son impatience. Il partirait avec la Mission.

Castellani a l'imagination ardente. Dans cette mesure de prudence, il ne vit qu'une mesure coercitive, une atteinte à sa liberté ; Brazzaville ne fut plus, à ses yeux, qu'une prison. Morin ayant été chargé par Marchand de veiller sur lui, il considéra le premier comme un geôlier, le second comme un tyran.

L'idée de prison amène forcément celle d'évasion. Castellani n'eut plus d'autre pensée. Le *Faidherbe* devait partir le 10 Décembre ; il partirait avec lui, malgré la défense de Marchand, malgré la surveillance de son gardien.

Se cacher à bord du *Faidherbe* paraît un problème insoluble. Le *Faidherbe* est une vedette, un petit vapeur construit pour faire le service des courriers et nullement pour transporter des bagages. Il marche très vite, il file seize nœuds, mais il n'a que seize mètres de long, c'est-à-dire que la chaudière et la machine occupent plus de la moitié du bateau ! Il y a bien une petite cale à l'arrière, seulement, Dyé l'ayant remplie de colis, un rat n'aurait pu s'y glisser.

Castellani ne se découragea pas ; il s'agissait de recouvrer sa liberté, et aussi de nous jouer un bon tour. Après avoir fait une étude approfondie du *Faidherbe*, il constata que le seul espace libre était constitué de chaque côté de la chaudière, par l'intervalle existant entre celle-ci et la coque du bateau ; cet intervalle n'avait guère que cinquante centimètres ! Et il servait de logement à l'injecteur à bâbord, à la pompe d'alimentation, autrement dit au petit cheval, à tribord. De plus, les chauffeurs y avaient entassé, pour combler les vides, un excédent de bois de chauffage. Castellani entrevit la possibilité de se substituer à quelques-unes de ces bûches ; il décida pour le côté de l'injecteur, soudoya un des chauffeurs, se coucha dans le fond, et, recouvert par quelques morceaux de bois, pas trop lourds, sur lesquels une natte fut jetée négligemment, il attendit le départ.

Les feux sont allumés, la pression monte. Dyé passe une dernière inspection du vapeur, ne remarque rien d'anormal. Un coup de sifflet : le *Faidherbe* se met en marche.

En même temps que la pression monte, la chaleur augmente. La chaudière est à circulation, c'est-à-dire que ce n'est pas avec la chaudière, mais avec le foyer, que Castellani se trouve en contact. Il n'est séparé de la fournaise que par une plaque d'acier. Nouveau saint Laurent, il n'a même pas la consolation de se retourner ! De tout temps, l'amour de la liberté a engendré des martyrs !

Il y a deux heures que dure le supplice ! Le *Faidherbe* est suffisamment éloigné de Brazzaville. Castellani peut se montrer. Les bûches se soulèvent, le peintre, à demi rôti, se dresse devant Dyé.

Le commandant du *Faidherbe* n'en croit pas ses yeux ! Castellani est là !

Les ordres de Marchand sont formels : interdiction absolue de prendre notre peintre à bord. Il faut revenir en arrière !

Mais Castellani, d'un beau geste, indique le Nord :

— Commandant, vous avez aussi l'ordre formel de franchir sans aucun retard le seuil de Zinga, les rapides de Bangui. Un jour perdu, et vous ne trouverez plus assez d'eau pour passer !

C'est vrai, hélas ! Que faire ? Angoissante énigme.

La nuit approche. Il est l'heure de couper du bois. De toutes façons, cette dernière opération est nécessaire, qu'on marche en avant ou qu'on retourne à Brazzaville. La nuit porte conseil. Dyé donne l'ordre de mouiller.

Castellani exulte. Il a gagné la partie! Il est libre!

Il a compté sans son gardien! A Brazzaville, à peine le *Faidherbe* parti, Morin, inquiet de ne pas voir Castellani, agité d'un vague pressentiment, s'est mis à sa recherche, l'a demandé à tous les échos. Il a parcouru le poste, s'est adressé aux maisons de commerce. Personne n'a vu Castellani! Il a aussitôt deviné la vérité. Comment rattraper le fugitif? Il n'y a pas un vapeur à Brazzaville!

Si Castellani était entêté à recouvrer sa liberté, Morin ne l'était pas moins à exécuter sa consigne. Sans hésiter, il fait armer une pirogue et se lance à toutes pagaies sur les traces du *Faidherbe* qui devait être obligé de s'arrêter la nuit pour s'approvisionner de bois.

Sur les bords du Congo, pendant que le vapeur repose, ses feux éteints, que les coupeurs de bois manient la hache et la scie, Castellani, triomphant voit dans un songe toute une vision de panoramas.

Tout à coup, une voix bien connue l'arrache à ses rêves :

— M. Castellani est-il ici?

C'est la voix de Morin; la pirogue vient d'accoster le *Faidherbe*.

— Vous ne m'emmènerez pas! déclare Castellani.

Je vais vous faire enlever de force! riposte Morin.

La résistance n'est pas possible. Notre malheureux peintre doit descendre dans la pirogue, et furieux rentrer à Brazzaville.

Marchand a ri, il a apprécié tout le sel de cette aventure, mais il n'est pas content.

**

Marchand vient de partir pour M'Bamou. Il s'est décidé dès qu'il a eu pris connaissance d'un courrier envoyé par Mangin : les hostilités sont assez sérieusement engagées sur la Foulakari avec un chef du nom de Tensi qui a traîtreusement attaqué un convoi de ravitaillement escorté par le sergent Mottuel. Ce dernier a été blessé, a eu cinq hommes hors de combat et a pu à grand'peine se dégager, rentrer à

Kimpanzou où Tensi l'a aussitôt assiégé.

Il faut à tout prix éviter la panique des porteurs qui ont déjà commencé à déposer leurs charges au bord de la Foulakari; la route de Kimpanzou doit demeurer libre. Les indigènes ont besoin de ce côté-là d'une sévère leçon.

Marchand a résolu de la leur infliger lui-même. Il se porte à M'Bamou d'où il gagnera le pays insurgé. Il veut y concentrer des forces assez nombreuses pour frapper l'esprit des indigènes et rendre impossible l'idée d'une résistance. J'espérais l'accompagner, je suis obligé de rester jusqu'à l'évacuation des dernières charges, afin d'arrêter la comptabilité dans tous les postes.

Ce matin, 16 Décembre, à neuf heures, Marchand s'est éloigné dans son tipoye.

**

Gros passe en revue une caravane arrivée de Loango. Les porteurs sont accroupis devant leurs charges; plusieurs de celles-ci consistent en bouteilles de vin ou de tafia ficelées en vrac dans les moutètes. Il a fallu, en effet, renoncer à transporter les liquides emballés dans des caisses. Les Loangos malins lançaient la caisse à terre afin de briser quelques bouteilles et, la relevant aussitôt, ils l'inclinaient de façon à faire égoutter le vin par un des coins, soit dans une calebasse, soit directement dans leurs bouches. Lorsqu'ils avaient bu ainsi à la régalade un certain nombre de fois, les caisses parvenaient vides à Brazzaville. Accident de route, disaient les porteurs d'un air navré. Ils avaient gagné à cet accident de se restaurer et de voyager avec une charge allégée.

En vrac dans les moutètes, les bouteilles sont à l'abri de ces accidents de route. Si les Loangos les cassaient, le vin coulerait à terre, ils n'en profiteraient pas. Mais chaque nouveau moyen inventé pour se préserver contre les voleurs, donne immédiatement naissance à un nouveau procédé de vol. Les Loangos altérés ne sont pas restés à court.

Je vois Gros arrêté devant une moutète; son œil de lynx a aperçu une bouteille vide. Il la prend, tandis que le Loango déclare que le bouchon fuyait. Délicatement il soulève la capsule d'étain, qui, visiblement, a déjà été détachée. Il me montre deux traces de viol sur le bouchon, des traces à peine visibles d'ailleurs, mais c'est par là que le liquide s'est évaporé ! Le Loango a taillé deux petites fiches de bambou et les a insinuées délicatement entre le bouchon et le goulot, permettant tout à la fois à l'air de rentrer et au vin de sortir. La bouteille vidée, les fiches retirées, le liège est revenu sur lui-même bouchant la fissure par son élasticité. La capsule remise en place, on ne se douterait de rien si on n'était pas au courant du procédé.

Le Loango est signalé sur la feuille de route. Il baisse la tête d'un air contrit, ce qui ne l'empêchera pas de recommencer ; il tombera peut-être un autre jour sur un œil moins exercé que celui de Gros.

*
* *

12 est entré dans ma case et m'a salué d'un fléchissement des genoux, en me présentant une papaye.

Où a-t-il déniché cette papaye ? Il y a bien dans le jardin un papayer, mais il a bizarrement poussé, accolé à un palmier, il est étouffé par lui et ne porte pas de fruits. 12 a dû se livrer à une reconnaissance dans un village ; il connaît mon faible pour la papaye, sa chair fondante, son parfum délicat, et veut se faire pardonner les oignons !

Je cherche dans ma cantine un cadeau. Il ne me reste que quelques perles et une pièce de 50 centimes. L'œil de 12 se fixe sur celle-ci :

— Tu en as envie ? La voilà.

Je ne vois pas bien ce qu'il en fera ; les indigènes ne connaissent pas l'argent, mais c'est son affaire. Le gouvernement du Congo a eu l'idée d'essayer de diffuser notre monnaie dans le pays. Gros a reçu à cet effet une caisse de sous neufs et une caisse de pièces de 50 centimes. Les sous neufs ont pris tout de suite, les pièces d'argent n'ont eu aucun succès. Le cuivre était apprécié pour son éclat à titre d'ornement, comme des perles, nullement pour sa valeur monétaire.

L'argent ne peut être mis en circulation, tant que le commerce ne s'est pas répandu ; agir autrement, c'est mettre la charrue avant les bœufs. Encore doit-on faire une restriction. Le commerce ne suffit pas à assurer le cours de l'argent, il faut y ajouter les voies et moyens de communication.

En effet, qu'un commerçant s'établisse à Kimbédi et que Gros paie ses porteurs en argent, ceux qui reçoivent trois brasses pour aller à Comba, demanderont en paiement un prix équivalent pour se les procurer chez le commerçant. Or, si ces trois brasses reviennent à Kimbédi, pour l'Etat comme pour le commerçant, à 2 fr. 55, celui-ci les vendra plus cher afin de trouver son bénéfice. Ce ne sera donc plus 2 fr. 55, mais environ 4 francs qu'il faudra donner par porteur. Ce n'est pas tout ; les marchandises en Afrique n'ont qu'une valeur conventionnelle sans aucun rapport avec leur valeur en Europe. J'achète une poule ; je la paie, quand elle est belle, 3 m. 60 de coton écru, ou 10 cuillers de sel ; si le vendeur veut de l'étoffe, ma poule me coûte 1 fr. 70, s'il accepte du sel, elle ne me coûte que 0 fr. 13, puisque le sel, à Kimbédi, revient à 41 fr. 08 les 30 kilos. En achetant avec de l'argent, je serais forcé de payer toujours plus de 2 francs, c'est-à-dire le prix qui permettra à l'indigène d'acquérir 3 m. 60 d'étoffe chez un commerçant, car tel pourrait être son bon plaisir.

Cet état de choses ne se modifiera que le jour où le chemin de fer répandant les produits, supprimera la rareté des uns par rapport aux autres, et rétablira le cours véritable de leur valeur, en même temps que la civilisation fera comprendre aux nègres que s'il est intéressant de saler les aliments, il est d'un intérêt au moins égal de ne pas se promener dans le plus primitif des costumes.

Au fait, combien ai-je payé ma papaye ? Elle vaut une demi-cuiller de sel, par conséquent moins de 0 fr. 007 ; je n'ai pas volé ce pauvre 12, d'autant plus que cette papaye ne lui a sans doute rien coûté. J'espère qu'elle lui a été donnée, qu'il ne se l'est pas appropriée, mais quand on a tué un homme...

*
* *

Ma case ! Ce n'est pas un titre de chapitre, ça serait plutôt un titre de poème. Car ma case est un poème. Il s'y livre même des combats épiques.

A mon premier séjour à Kimbédi, ma case servait aux rendez-vous de deux amoureux. Je crois, d'ailleurs, que ces deux amoureux se connaissaient depuis longtemps, car ils étaient en train de faire leur nid. Oui, deux pigeons, qui nécessairement s'aimaient d'amour tendre, construisaient leur nid. Ils y travaillaient assidûment, et de temps en temps, je me penchais pour les regarder entrelacer les brins de paille, les fixer dans l'angle formé par le mur et la terre, sous la tête de mon lit. Ils avaient choisi cet endroit ; et le soir, je me couchais avec précaution pour ne pas les réveiller ; le matin, je les entendais parler doucement, se donner des nouvelles de la nuit, faire des projets d'avenir.

Aujourd'hui, les petits sont éclos. Je n'habite plus la même chambre ; je loge dans un des magasins, mais à la suite de je ne sais quel événement, la couvée a été transportée dans ce magasin.

J'aimais bien les amoureux, mais leurs enfants sont insupportables. Ils sont toujours affamés ! ils ne cessent de réclamer leur nourriture. Les parents, eux, ne cessent pas d'aller à la chasse ; ils vont et viennent continuellement ; le père sort quand la mère rentre et réciproquement. Chaque fois, ce sont des piaillements d'impatience et de joie. Je ne peux plus travailler, je ne sais plus au milieu de ce vacarme où en sont mes comptes. En outre, comme ma case ne reçoit de lumière que par la porte, ma table est juste en face de celle-ci ; et les entrées et les sorties du pigeon et de la pigeonne projettent sans arrêt des ombres sur mon papier.

Je n'ai rien dit le premier jour ; le deuxième, j'ai commencé à éprouver quelque énervement ; le troisième, Marchand qui était venu travailler avec moi, s'est écrié :

« Ces pigeons sont assommants ! »

J'ai riposté : « Ils sont odieux ! »

Le quatrième jour, j'ai pris une grande résolution. J'ai appelé Moussa, lui ai enjoint de construire un petit abri en dehors du magasin, et j'y ai installé la couvée, au grand scandale des parents. Ce changement les stupéfiait ! Ils protestaient, probablement au nom de l'hygiène. Je ne me laissai pas toucher, je maintins ma décision et heureux d'avoir conquis la paix, je partis faire un tour sur les bords du Niari, écouter si je n'entendais pas les chants des pagayeurs, car nous attendions avec impatience un convoi de Loudima.

Aucune pirogue n'était en vue. Je rentrai chez moi, me frottant les mains, j'allais enfin travailler tranquille. Que vois-je ?... Dans mon magasin, mes deux pigeons se promenaient, et me regardaient d'un air moqueur. En même temps, des piaillements bien connus éclataient dans le coin habituel. Je rappelai Moussa pour le semoncer sé-

rieusement. Je trouvais la farce de mauvais goût. Moussa se défendit énergiquement.

— C'est pigeons y a faire ça tout seuls.

Cette affirmation me laissait néanmoins dans le doute :

— Reporte-les dans leur case.

Ce deuxième transbordement amena de nouvelles protestations ; quand il fut terminé, je me mis au travail.

Tout à coup, j'entendis un frôlement le long de la porte... mes pigeons traînaient un des petits et le ramenaient au premier nid.

Cette fois, après avoir fait reporter le poussin, j'appelai un milicien :

— Toi, y en a faire faction pour empêcher les pigeons d'entrer.

Ils comprirent qu'il n'y avait plus rien à tenter, mais leur colère devint de la rage. Ils passaient, repassaient devant ma porte, les plumes hérissées, le cou gonflé, les ailes soulevées, et chaque fois s'arrêtaient en face du factionnaire projetant leur tête en lançant un phutt... que l'on comprenait être une suprême invective.

*
* *

Le calme dont je croyais jouir dans ma case n'a pas été de longue durée, un autre ennemi m'a envahi, et celui-ci plus terrible que les pigeons, plus audacieux, plus tenace, contre lequel je suis désarmé. Ce n'est pas un factionnaire, mais une centaine de factionnaires qu'il faudrait pour me préserver, et encore !... Des poules, car il s'agit de poules, bravent toutes les consignes, toutes les lignes de circonvallation, trouvent toujours moyen de s'introduire dans une case. On bouche les trous ? elles en creusent d'autres à côté ! On fait un mur en pierres ? D'un coup d'aile, elles se perchent sur le sommet entre la crête et la paille du toit... elles sont dans la place !

Ah ! la poule ! Il est nécessaire d'avoir vécu avec elle pour la connaître. Zola, dans *Rome*, n'a fait que la pressentir et dénoncer son effronterie, dépeindre la braise de son petit œil rond. Octave Mirbeau l'a étudiée sur la route, il l'a déjà plus approfondie, il a reconnu en elle tout l'absurde, l'exemple parfait du déséquilibre mental, il l'a vue vorace, se nourrissant des pires saletés, il l'a constatée bêtement encombrante, se laissant écraser pour picorer dans un crottin, ou affolée se fracassant contre un poteau télégraphique. Il y a beaucoup de vrai dans ces appréciations, mais il y a des erreurs. Rostand, lui, ne l'a pas sortie de la basse-cour, il ne s'est guère attaché qu'au coq, il l'a flatté, magistralement d'ailleurs.

Pour savoir vraiment ce qu'est la poule, il faut avoir pratiqué non seulement la poule de la route ou de la basse-cour, mais la poule de chambre, la poule intime, il faut avoir été condamné à habiter avec elle.

Une grande erreur d'Octave Mirbeau est de croire que la poule n'a pas de suite dans les idées! Elle n'en a que trop. Quand elle a une idée dans la tête, elle l'a même dans les pattes, dans les ailes; tout son être s'emploie à la réaliser. Généralement, elle n'a qu'un but : contrarier l'homme, jusqu'à l'exaspérer, et pour cela elle a les inventions les plus saugrenues. Ce n'est pas par bêtise qu'elle se place devant l'automobile, au risque de se faire écraser; elle est craintive de sa nature, elle joue sa vie pour le plaisir de pousser le chauffeur à bout. Essayez, le soir, de faire rentrer des poules au poulailler! Elles en meurent d'envie, elles aspirent à leur perchoir, mais puisqu'on veut qu'elles se couchent, elles ne se coucheront pas. Aussitôt, elles se mettent à folâtrer dans l'obscurité naissante, les unes grattent des pattes, baissant la tête, picorant le vide, regardant en dessous l'ennemi, les autres se vautrent dans la poussière, s'y plongent, ravies si le nuage soulevé par elles vous entre dans la gorge; les mères, qui l'allure inquiète semblent perpétuellement compter leurs petits, gloussent d'une voix enrouée pour rallier et entraîner leurs couvées vers la brousse. Il faut appeler des porteurs, des tirailleurs, une armée pour les réduire. On les cerne à pas comptés, les hommes avancent, resserrent le cercle, et tout d'un coup les bras s'allongent raflant des pattes; les poules saisies s'égosillent, se débattent, celles qui ont échappé s'enlèvent d'un suprême effort et essayent de franchir le cercle; quelques-unes culbutent sur les crânes humains, s'accrochent des griffes dans les toisons crêpues, celles qui sont retombées de l'autre côté filent à grandes enjambées, les ailes entr'ouvertes, le cou tendu, le bec ouvert; et le travail d'enveloppement est à recommencer.

Je ne jurerais pas, quand elles mangent d'ignobles pourritures, que ce ne soit pas dans l'espoir de nous empoisonner; cependant, si la malveillance est au fond de presque tous les actes de la poule, sa véritable caractéristique est l'entêtement, un entêtement désordonné, sans motif.

Pourquoi les poules de Kimbédi ont-elles résolu de pondre dans l'espace étroit qui se trouve entre ma cantine et le mur; et non seulement dans cet espace, mais en un point déterminé.

A la vérité, je pourrais supprimer ce vide à l'attirance mystérieuse, il suffirait de pousser ma cantine contre le mur. Elles iraient certainement pondre sur mon lit! Je m'étonne même que cette idée ne leur soit pas venue. Aussi, ai-je jugé prudent de ne pas tenter l'expérience et de leur abandonner l'endroit choisi par elles. J'ai, d'ailleurs, en cette circonstance, une indulgence assez intéressée. Les œufs frais mélangés à mon riz à l'eau améliorent sensiblement mon ordinaire. Je me garde de le révéler aux pondeuses, persuadé que si elles s'en doutaient, elles cesseraient de pondre ou le feraient dans un coin perdu de la brousse. Je les surveille discrètement du coin de l'œil; dès qu'elles sont sorties, j'inscris la date sur les œufs.

Quand une seule éprouve le besoin de déposer son œuf, l'opération s'accomplit tout simplement, mais parfois deux ont simultanément la même envie. La première arrivée ne se déplacerait pour rien au monde, l'autre s'en rend compte, elle n'insiste pas, elle attend. Au bout de quelques minutes, elle commence à donner des signes d'impatience; elle soulève alternativement ses pattes, elle allonge le cou, pousse un petit gloussement inquiet qui semble dire : dépêche-toi, je t'en prie. Bientôt, un second gloussement dénote l'anxiété. Heureusement, la place devient libre, le supplice de la malheureuse prend fin. J'ai voulu remédier à cet état de choses, j'ai installé un second nid dans le prolongement du premier, j'y ai posé des œufs, mais sans succès; ces poules ont dans la tête de pondre au même endroit, rien ne peut modifier leur conception à cet égard; elles préfèrent le supplice de l'attente, on dirait qu'elles soupçonnent un piège sous la paille arrangée par moi.

Hier, elles étaient deux à prétendre à la place déjà occupée; elles avaient pris la file. Ceci promettait d'être intéressant. Je quittai mon travail pour mieux suivre les affres que reflétait le petit œil rond de la dernière. Se déciderait-elle à essayer le nid vide, œuvre de l'homme, de l'ennemi? La première était partie triomphante, la deuxième s'était précipitée pour la remplacer; la dernière, elle, ne pouvait plus y tenir! Elle dansait d'une patte sur l'autre, elle glousssait désespérément. Encore quelques secondes, elle trépigna. Le dénouement approchait, imminent. Le supplice devenait torture. Brusquement, dans un coup de folie, elle s'enleva, sauta sur la crête du mur, le bec perdu dans la paille du toit, la queue

sé tomba mollement au fond de la coiffe.

Fière de son exploit, ma poule se retourna incontinent, la tête penchée dans le vide, et regarda. J'avais prestement subtilisé l'œuf et le chapeau. Je n'ai jamais vu et

ne verrai jamais pareil ahurissement passer dans l'œil d'une poule. Elle inclinait la tête à gauche, à droite... Rien! Elle ne trouvait rien! Cependant, elle était bien sûre... Elle demeurait le bec ouvert sans qu'aucun son ne sortît. Elle s'apprêtait à chanter son double triomphe de pondeuse et d'ennemie de l'homme, et voilà qu'elle doutait de la réalité, d'elle-même... Elle ne chanta pas! Morne, elle descendit, sortit de la case, ne comprenant pas l'hallucination dont elle avait été victime. Devant la broche, elle cherchera encore la solution du problème.

vers l'intérieur de la case, et je vis soudain un point blanc qui surgissait comme au fond d'un tunnel. Elle se trouvait juste au-dessus de mon lit! Plutôt que de se mettre là où je l'invitais à se coucher, pour bien marquer sa volonté de n'en faire qu'à sa tête et affirmer son dédain de mes inventions, elle allait pondre sur mes draps!

Le point blanc grossissait, diminuait par alternatives; à chaque effort, il apparaissait plus visible.... Il était temps d'intervenir. Je saisis mon chapeau, un chapeau boër en feutre, et l'interposai entre la poule et mon lit. Un dernier effort; l'œuf expul-

Si entêtées, si malveillantes que soient les pondeuses, elles sont déjà des personnes d'âge; elles s'appliquent à être désagréables, mais à distance; elles n'ont plus l'audace des jeunes poules dont l'effronterie n'a pas de limite.

Cette petite, au plumage jaune, qui tourne autour de ma table, je la connais; elle ne recule devant rien. Les crochets de mes bottines ont perdu le vernis qui les recouvrait; ils brillent; elle n'hésite pas à venir leur lancer des coups de bec. Naturellement, le bec glisse sur le métal et c'est mon pied qui reçoit le coup.

Que médite-elle en ce moment ? Elle s'avance, lève haut les pattes, jette par petites saccades sa tête en avant, puis, sur un mouvement que je fais, elle recule pour recommencer aussitôt. Je feins de ne pas la voir, elle fléchit sur les jarrets pour pouvoir s'élancer, ouvre ses ailes et saute sur les papiers ! Ah ! non. D'un revers de main, je l'envoie à terre. Elle hurle à ameuter toute la gent volatile, se relève, se secoue, et, reprenant sa marche d'approche, se dispose à renouveler l'attaque. Cette fois, au moment où elle touche le rebord de la table, je lui envoie en plein bec la fumée de ma cigarette. A demi asphyxiée, elle culbute, et le bec ouvert, tourne sur elle-même pendant un instant pour reprendre ses esprits ; mais elle n'abandonne pas son projet, elle s'obstine. Elle est presque aussi entêtée que la grosse couveuse qui est là-bas dans le fond du magasin. Celle-ci, j'ai renoncé à la guérir de son absurdité. Les ailes étalées, immobile, sérieuse, imbue de la fonction qu'elle croit remplir, elle couve une assiette ! Parmi les colis entassés dans ce coin là, était une caisse appartenant à la flottille du Haut-Oubangui. On avait ouvert cette caisse pour en vérifier le contenu, car elle était mentionnée comme renfermant un service de table en porcelaine. De la porcelaine destinée au centre de l'Afrique ! C'était invraisemblable. Tout le monde sait qu'en Afrique, on n'emporte que du métal, généralement de la tôle émaillée. Où les marins situaient-ils donc le Haut-Oubangui ? Quelle idée se faisaient-ils des moyens de transport en ce pays. Le prédécesseur du lieutenant de vaisseau Morin, chargé de faire les commandes, ne pouvait ignorer à ce point les régions où il se rendait ! Bref, on avait ouvert la caisse qui contenait, en effet, un service en porcelaine. Il n'y avait pas urgence à envoyer cette charge fragile ; on n'avait même pas replacé le couvercle, et la dernière assiette d'une des piles émergeait de l'emballage ; luisante, brillante, elle éclairait l'angle obscur où elle était reléguée. C'est ce disque blanc qui avait séduit la couveuse, elle s'était donné mission de la faire éclore. L'autruche de Caran d'Ache couvant le crâne d'un monsieur n'était pas plus ridicule.

Evidemment, cette poule ne me gênait pas. Son occupation m'assurait même une longue paix, mais elle était vraiment trop bête. Il y avait, me dira-t-on, un moyen bien simple de la guérir : enlever l'assiette. Je le fis tout de suite, mais il fallait cacher l'objet soustrait, et les armoires étaient inconnues à Kimbédi, je dus me servir de ma cantine. La poule, affolée de ne plus retrouver son rond blanc, s'employa à gratter de tous les côtés et finit par mettre à jour la deuxième assiette de la pile, sur laquelle elle s'étala avec un gloussement de satisfaction. Je ne pouvais cependant transborder tout le service de la marine dans ma cantine ! Je songeai à refermer la caisse. Le couvercle était introuvable. Alors je fis apporter un baquet d'eau et j'y plongeai mon entêtée à plusieurs reprises, pensant refroidir son ardeur. Trempée, à peine sortie de mes mains, elle courut vers son assiette. Je remplis d'eau son assiette. Elle couva dans l'eau !

J'y renonçai, mais qu'on ne vienne pas me dire, après cela, que les pondeuses ont conscience de leur acte, qu'elles doivent leur air recueilli au sentiment de perpétuer l'espèce ! Elles n'ont pas plus d'idée en s'asseyant sur des œufs que ma petite jaune n'en a en ce moment, car elle revient à la charge. Après tout, elle prend peut-être ma plume pour un perchoir ?

*
* *

Les caravanes continuent de passer, les porteurs affluent, les magasins se vident petit à petit. Il ne restera bientôt plus que la caisse de vaisselle de la marine avec l'assiette que la grosse poule couve toujours avec sérénité.

J'ai fini par m'expliquer, non l'attraction exercée par une assiette sur une poule, mais l'attraction exercée par ma case sur les volatiles. Ils s'y croient sûrement dans un bois, car ma case pousse ; elle réalise le type du jardin suspendu.

La végétation tropicale produit de ces phénomènes. C'est une orgie de vie, un débordement de sève. Un bout de bois mort ressusciterait ! Aussi, les poteaux fourchus, fraîchement coupés sur les bords du Kouiliou, et plantés aux deux extrémités et aux quatre coins de mon magasin, n'ont eu aucune peine à prendre racine ; de petites branches tapissent les angles et le pignon. Ceci est presque naturel ; mais là-haut au faîte du toit, et tout autour de ma case, les traverses posées sur les fourches s'y sont greffées et elles ont bourgeonné ; un feuillage naissant se balance sur ma tête, enguirlande les murs.

C'est uniquement cette greffe qui m'a surpris. J'ai déjà vu les exemples les plus curieux de cette puissance de végétation. Il n'y a qu'à regarder les poteaux télégraphiques qui jalonnent la route de Loango à Brazzaville. J'ai dit, qui jalonnent, je n'ai pas dit qui relient Loango à Brazzaville; car s'ils ont été plantés il y a deux ans, ils n'ont jamais supporté aucune ligne. Toujours est-il que s'ils n'ont pas servi au télégraphe, ils ont donné bien du mal au Congo. Ils repoussaient avec obstination. Il est vrai qu'ils n'avaient rien de mieux à faire, puisque l'effort des différents services s'était borné à les ériger, sans leur accorder le moindre fil. Cependant l'administration, bien que décidée à les laisser attendre le conducteur auquel ils avaient droit, jugea que cet esprit de révolte de la nature méritait une répression. Elle déplanta les poteaux et les retourna, la tête dans la terre, les racines vers le ciel. Cette fois, elle les orna d'isolateurs, peut-être dans le but de les faire patienter. Eh bien! ils s'accommodèrent très vite de cette situation, la sève se contenta de faire demi-tour, et bientôt, sans souci des isolateurs, des feuilles dansèrent au bout des pieds devenus cimes. Quelques-uns, pourtant, furent la proie des termites avant d'avoir eu le temps de s'habituer à leur position anormale. Pour lutter contre la vie et contre la mort, on se propose de remplacer le bois par du fer.

Moi, je m'incline devant cette puissance de végétation qui répare les blessures faites par l'homme à la nature et triomphe de lui par son inépuisable fécondité. Je laisse ma case se transformer en serre, en jardin d'hiver.

*
* *

Je viens de reconstituer la marche d'une caravane et de déterminer les modifications apportées en cours de route à son chargement. Je pose ma plume et roule une cigarette.

Dans le bureau du poste j'entends Célestin qui psalmodie un cantique; en bas dans les arbres qui précèdent le jardin une cigale chante; à l'un de ces arbres est attachée la petite chimpanzé du poste qui cherche à attraper des mouches et pousse, suivant qu'elle échoue ou réussit, un grognement de rage ou de satisfaction.

Je suis en assez bons termes avec Jane, c'est son nom. Je me lève pour lui porter une banane. Elle la voit de loin et court jusqu'au bout de sa chaîne. Au moment de lui donner l'objet de sa convoitise, je retire ma main. Elle tend les bras d'un air désespéré. Je renouvelle la plaisanterie qu'elle commence à trouver mauvaise. Elle se fâche; elle m'injurie. Et comme j'insiste, elle ferme les poings les met sur ses yeux en trépignant; puis, à la façon d'un enfant en rage, elle se roule par terre et égratigne le sol de ses doigts.

Certain moraliste prétend que nous prêtons des pensées et des sentimnts aux animaux, afin de nous imaginer qu'ils nous aiment ou nous craignent, et de nous affirmer ainsi l'avantage que nous avons sur eux. Je suis convaincu que, en ce moment, Jane pense tout autant qu'un enfant et ce n'est pas pour me reconnaître une supériorité sur elle.

Parfois, je l'aperçois songeuse, pour un peu elle prendrait l'attitude du penseur! A quoi rêve-t-elle? Car elle rêve sûrement. Probablement aux grands arbres de la forêt, à sa liberté perdue? Eh! mais ce n'est pas si bête de se rendre compte qu'on est prisonnier. Tant d'hommes le sont qui ne s'en doutent pas! Prisonniers d'un parti, prisonniers du monde, de la mode, ils sont aussi enchaînés que Jane; et ils se croient libres.

*
* *

Aujourd'hui, fait unique dans les annales du Congo, une caravane s'est présentée et n'a pu recevoir de charges; il n'en reste pas une seule en magasin, et nous n'en attendons ni par la route de terre, ni par la voie fluviale. Les transports sont terminés, du moins au Congo; nous les recommencerons dans l'Oubangui; mais sur une moins grande échelle, nous n'aurons plus à faire passer les ravitaillements en retard de toutes les colonies du centre africain; nous n'aurons à nous occuper que de nos 3.000 charges. Il est vrai qu'elles devront traverser successivement les Etats de tous les chefs que nous rencontrerons sur quelques milliers de kilomètres dans l'Oubangui, puis dans la Bahr-el-Ghazal. Sur combien de têtes de nègres chacune de ces charges aura-t-elle porté en arrivant à Fachoda?

Je n'ai plus rien à faire à Kimbédi. Dès que les comptes seront arrêtés, je me mettrai en route pour Comba.

Avant d'attaquer les registres, je me suis donné congé, et ayant arraché Gros à la construction d'une nouvelle case, je l'ai emmené se promener. Marchand m'a chargé de chercher le tracé d'une nouvelle route au sortir de Kimbédi, et de faire ensuite le levé du sentier jusqu'à Brazzaville. J'ai déjà commencé la topographie des environs du poste, je vais la compléter.

Nous sommes allés sur le haut d'une colline au Sud du poste que nous dominons de cent mètres ; ses toits semblent aplatis ; derrière les arbres du jardin, brille le Kouiliou qui coule à pleins bords, à travers le feuillage, les petites rides du courant ont un éclat d'argent. A l'Est et à l'Ouest des mamelons arrondis reposent mollement dans la lumière, ils indiquent la vallée qui se creuse et fuit à travers les ondulations du terrain, marquée à l'horizon par le liséré bleuâtre des bois.

Derrière nous, c'est la vallée de la Louvizy, le pays Bakamba. Deux villages sont au bord du ruisseau, sans doute ceux où Célestin porte la bonne parole. D'autres apparaissent plus loin, leurs chaumes suivent les méandres du cours d'eau.

Ce pays est peuplé, mais il est inconnu. Notre passage dans le Congo a été trop rapide pour que nous ayons pris contact avec d'autres indigènes que ceux habitant le voisinage immédiat des postes. Nous ne pouvons juger que superficiellement de la sincérité des soumissions. La route demeurera probablement libre après notre départ, cependant nous ne posséderons vraiment le Congo que lorsque toutes ces régions auront été traversées et occupées.

Au moment de descendre la colline, nous nous heurtons à un squelette. C'est, paraît-il, un squelette fétiche, placé là il y a longtemps pour interdire aux blancs l'accès de la route du Sud. Je regrette de ne pas l'avoir connu plus tôt ; nous allons le faire enlever.

Rentrés au poste, nous nous sommes mis au travail, il faut que je puisse partir dans deux jours.

Les registres encombrent la table ; Gros d'un côté, moi de l'autre, nous compulsons, vérifions, additionnons, soustrayons ; nos deux photophores ont une lueur vacillante, comme fatiguée d'éclairer un travail aussi fastidieux, elle semble demander qu'on l'éteigne. Du Kouiliou monte la clameur des crapauds, leur mélopée lente résonne sur la rivière ; tout autour de notre case d'autres crapauds répondent, ils ont l'habi-

tude de rentrer la nuit ; ils nous regardent avec étonnement du pas de la porte qu'ils hésitent à franchir. L'un d'eux se risque, les autres suivent. Les crapauds étaient une des plaies d'Egypte, ils sont restés la plaie de l'Afrique, du moins dans la saison des pluies. D'où viennent-ils ? d'où sortent-ils ? On ne le sait pas. Durant toute la saison sèche, on n'en rencontre pas un. La dernière goutte de la première tornade n'est pas encore tombée, que la terre est subitement couverte de crapauds. Il y en a de toutes les tailles, des minuscules et des énormes. Aussi ma faible science en histoire naturelle est complètement en défaut. Le crapaud est le plus bizarre des animaux, il peut vivre, paraît-il, des mois, des années même, enfermé dans un bloc de plâtre ; par conséquent, j'admets que pendant la saison sèche, il disparaisse dans le sol ; mais les tout petits ? Avaient-ils cette taille en entrant sous terre ? Un long sommeil a donc arrêté leur croissance ? Ne nous plaignons pas, nous pourrions avoir des moustiques. J'aime encore mieux la compagnie des poules le jour, et celle des crapauds la nuit.

***

Le règlement des comptes est terminé. J'ai rangé dans ma cantine des papiers auxquels d'autres vont s'ajouter à mon passage dans chaque poste ; je ferai la cueillette des registres le long de ma route.

Il ne me reste plus qu'à dire adieu à Gros. Voilà quatre mois que nous nous connaissons, un mois que nous travaillons dans ce poste de Kimbédi, et nous avons réalisé ce miracle de vivre en bonne intelligence. Il n'est pas toujours facile, en Afrique, de maintenir entre soi l'harmonie. Il semble, à première vue, que l'on doive être heureux d'échapper à l'isolement et de se trouver avec un ami. Il en est bien ainsi durant les premiers jours, mais souvent, dans la solitude, l'esprit de chacun a pris une tournure qui l'a rendu peu sociable, et les rapports s'en ressentent. Cette influence de la solitude est indéniable.

On a dit des poètes, des lyriques, qu'ils ont une tendance à voir en eux le centre de l'univers, que reportant tout à leur propre personne qui leur sert à mesurer toutes choses, ils faussent ainsi les proportions, commettent des erreurs de perspective, et acceptent avec peine une limitation de leur personnalité. L'orgueil en est moins cause que l'isolement dans lequel vit leur pensée ; l'inspiration dresse un mur, ou tout au moins tend un voile entre eux et le reste des hommes, dont la vie journalière n'a plus rien de commun avec la leur. Il y a une certaine analogie entre le lyrique et l'explora-

lence ; mais l'équilibre moral est surtout détruit par les conditions d'une existence dépourvue de toutes les conventions mondaines, dans laquelle les caractères perpétuellement en contact sont à nu, où les froissements ne sont adoucis par rien ni par personne. De là, certains drames qui restent

teur, qui est le type de l'homme vivant seul en Afrique.

L'explorateur par sa situation, son rôle, est bien forcé de tout rapporter à lui-même, il ne peut prendre conseil que de lui, il doit se déterminer, d'après son propre raisonnement, sans pouvoir entendre une opinion divergente ; il n'a plus de points de comparaison, et s'il n'est pas le centre de l'univers, il est, par la force même des choses, le centre de ce petit morceau du monde dans lequel il se meut. Il est, par conséquent, sujet à un débordement, à une exaspération de sa personnalité. On demandait à un explorateur : que pouvez-vous rencontrer de plus terrible sur votre route ? Il répondit, après un instant de réflexion : « Un autre explorateur. » La réponse parut humoristique, elle était vraie.

Il arrive aussi, que sans avoir eu cette habitude de vivre seuls, deux camarades deux amis, ne se supportent plus au bout de peu de temps. On accuse alors le soleil d'avoir engendré chez eux ce qu'on appelle la soudanite. Le soleil peut agir sur nous, de même qu'il agit sur la nature ; son action qui va jusqu'à l'outrance, dans l'aridité comme dans la végétation, est susceptible de produire aussi l'outrance des sentiments, de transformer l'impatience en colère, la vivacité en vio-

une énigme pour ceux qui n'ont jamais mené cette vie.

Sans être des explorateurs, Gros et moi, nous avons déjà un peu vécu dans la solitude ; ici, nous avons subi les influences du soleil, des tornades, de la vie commune, et pourtant nous ne nous sommes jamais dévorés. Je le quitte et laisse un ami derrière moi. Par lui j'ai connu, mieux que je n'avais pu le connaître jusqu'ici, le dévouement de nos administrateurs coloniaux. Quels sont les fonctions, les métiers qu'ils ne remplissent pas ? Ils doivent être diplomates sans l'appoint des baïonnettes ; souvent dénués de tout, il leur faut tout créer, être à la fois maçon, architecte, jardinier ; privés de médecin et de médicaments, ils y suppléent par la force morale, le sentiment du devoir et du sacrifice.

Qui sait, dans quelques jours, lorsque la Mission sera embarquée sur le Congo et que les tirailleurs seront loin, si les indigènes n'essaieront pas de revenir à leurs ancien-

nes habitudes de pillage ? Ils ont eu de sé-
vères leçons, mais notre séjour a été trop
court pour que nous ayons eu le temps
de pénétrer assez profondément dans le
pays. Nous ne pouvons être certains que
nulle part de petits incidents ne se pro-
duiront pas. En ce cas, le diplomate, l'architecte, le jardinier deviendra soldat. Gros
prendra ses miliciens, et s'en ira sans
émotion apparente, fumant sa pipe, vers le
village révolté. Il ne connaît pas l'art de
la guerre, mais il a son bon sens et son sang-
froid.

A travers la fumée des coups de fusils
qui le salueront, il apercevra très loin, dans
une vision, sa femme et sa fille, et son regard s'attendrira une seconde ; il verra aussi
flotter dans l'air un bout de ruban rouge, et
ses yeux brilleront... En tirant une bouffée,
il entrera posément dans le village.

L'aura-t-il jamais ce ruban rouge qu'il
aura eu tant de peine à gagner ! Le lui don-
nera-t-on seulement à la fin de sa carrière,
quand, usé par la vie d'Afrique, il devra
rentrer en France dans la petite ville où il
est attendu, et où il gardera dans le cœur le
souvenir de la brousse, de son charme, de
ses dangers ? Portera-t-il ce souvenir à sa
boutonnière ?

Après avoir reçu la soumission des révoltés, il regagnera son poste, il sourira encore à son rêve ; puis il secouera la cendre
de sa pipe, et descendra vers le Kouilou
surveiller son jardinier.

En route vers Brazzaville

———— ✳ ————

Il ne reste plus de tirailleurs de la Mission qu'à Makabendilou et à M'Bamou, je suis parti seul de Kimbédi, et de Balimoéké et je n'emmènerai personne de Comba,

car le sergent Bernard n'est plus ici, je le prendrai au passage à Misafo, où il a remplacé le général Leymarie, en colonne avec Marchand.

Je croyais partir définitivement après avoir rapidement arrêté les comptes. Avant, je suis obligé d'aller régler un incident aux environs de Misafo.

Au moment de quitter Comba, je reçois une lettre de Marchand, il me raconte sa colonne dans le Sud :

« Un mot sur nos opérations de la Foulakari. D'abord Mangin a été attaqué par des Bassoundis, l'éternel Bassoundi. C'est Tensi, le chef le plus puissant de cette région, qui a essayé, le 10 Décembre, de surprendre un convoi de ravitaillement entre M'Bamou et Kimpanzou. Le sergent Mottuel qui escortait le convoi avec 30 tirailleurs a été ramené par Tensi à Kimpanzou où il est difficilement arrivé ayant cinq hommes hors de combat. Tensi a bloqué le poste. Mangin est accouru au plus vite ; le 12 au matin, il a engagé le combat avec les Bassoundis et les a reconduits jusque dans leur pays à 18 kilomètres plus au Nord, il a eu 7 blessés, les Bassoundis accusent 7 morts et 50 blessés.

« Le 16, comme vous le savez, j'étais parti de Kimbédi à neuf heures du matin. A huit heures du soir, j'étais à Comba d'où je repartais à minuit et demi pour être à sept heures du matin à Misafo, après une route horrible dans l'obscurité et dans l'eau. Le soir même, à onze heures, j'entrais à

M'Bamou où je trouvais l'administrateur de Kerraoul en tournée avec le directeur de l'intérieur : M. Rousset ; le Dr Foutrain était là, venu de Brazzaville pour soigner l'adjudant de Prat atteint d'une bilieuse très grave. Germain, lui, était remis.

« Le 18, par courrier rapide, j'envoyais à Mangin l'ordre d'être le 20, à huit heures du matin, au marché de M'Tila Voula (le

grand marché du Sud). Même ordre à Brazzaville pour un détachement de 15 tirailleurs commandé par Morin.

« Le 19, à midi et demi, départ de M'Bamou avec Leymarie, 50 tirailleurs et miliciens, De Kerraoul, Rousset et Foutrain nous accompagnent.

Le 20, à huit heures précises, après une marche de quarante kilomètres au clair de lune, nous arrivons au marché de M'Tila Voula, ayant traversé le pays de Tensi du Nord au Sud, sans avoir été signalés. A ce moment résonnent les clairons des 55 tirailleurs de Mangin, et de la route de Brazzaville débouchent les 15 tirailleurs de Morin.

« La concentration est faite. Cent trente hommes sont rassemblés au centre du pays insurgé.

« Vingt-quatre heures sont accordées aux chefs pour faire leur soumission. Tous viennent, sauf Tensi. Le 21, à une heure après-midi, le camp est levé ; à cinq heures, les villages du groupe Sud du territoire de Tensi sont occupés et détruits. A dix heures du soir, nous repartons. Après une étape de 30 kilomètres, par des sentiers détournés, les villages du groupe Nord sont surpris à l'aube et détruits ; un seul se soumet, N'Téguélé, il est épargné.

« Le 22, dans la nuit, le mouvement reprend, nous tombons sur le groupe Ouest et capturons un chef important. Le soir du 23, nous faisons halte à Ta-Bimbé, j'y laisse un poste de 60 tirailleurs avec Leymarie. Le Dr Foutrain demeure avec les blessés. Le reste de la colonne rallie Kimpanzou par une marche de nuit. En route, Kerraoul et Rousset nous ont quittés pour rejoindre Brazzaville.

« A Kimpanzou, situation bonne. Les transports n'ont pas été interrompus, les 3.000 charges de Toumba sont près d'être entièrement évacuées. Emily est là, retour de Manyanga, où l'avait appelé l'état grave de Simon actuellement hors de danger.

« Le 24, à quatre heures du soir, nous repartons de Kimpanzou pour entrer à quatre heures et demie du matin, le 25 (quel réveillon !) au poste de Ta-Bimbé. Je voulais repartir tout de suite, mais les tirailleurs étaient dans un état... que vous pouvez imaginer. Je les ai laissés dormir, et nous avons tous fait comme eux, pendant près de vingt-quatre heures.

« Ce matin, 26, je suis parti avec 30 tirailleurs et suis arrivé à M'Bamou à 1 heure et demie. Cette route est tout simplement superbe, constamment sur une arête doucement ondulée, complètement dénudée ; herbe courte et grasse à droite et à gauche ; à pic, des vallées magnifiques en contre-bas de 200 mètres, bariolées de forêts et de villages. C'est splendide. Et les 40 kilomètres sont pareils, merveilleux de pittoresque, merveilleux aussi comme ligne stratégique entre les deux routes du Nord et du Sud.

« Pensez au topo de la route. Voyez l'affaire Mompouïa ; réglez-la si c'est nécessaire. Il faut que le Congo n'ait rien à nous reprocher. En ce cas demandez-moi quelques troupes, vous devez en avoir besoin, il ne reste plus grand monde de votre côté.

« Comment avez-vous passé la nuit de Noël ? Des ordres de préparation à évacuer sur Brazzaville sont donnés partout. Venez vite. »

La nuit de Noël ? Ma foi, je l'ai passée en partie sur la route. Ayant quitté Gros le 24, et le soir, à l'étape, ayant décidé que je réveillonnerais, j'ai continué tout seul sur Comba ; mes porteurs ne pouvaient plus suivre. J'ai d'ailleurs eu quelque peine au passage du col qui précède la descente sur la Comba. Dans ces rochers, par la nuit noire, j'ai marché avec les mains autant qu'avec les pieds. J'ai eu un instant d'inquiétude en croisant une demi-douzaine de Bassoundis. Que faisaient-ils à cette heure sur la route ? Mais ils se sont posés, de leur côté, la même question à mon égard et ils ont été saisis de panique en arrivant à ma hauteur et en me reconnaissant... Ils courent encore. Ils ont dû me prendre pour un revenant.

Au poste, peu s'en est fallu que Jacquot et Larzat n'en fassent autant quand je les ai réveillés, avec invitation à souper ; je ruisselais de l'eau de la Comba que je venais de passer.

L'affaire Mompouïa ? C'est précisément celle qui m'oblige à me mettre en route avec Jacquot. Quant aux troupes nécessaires, j'ai fait venir hier quelques miliciens de Balimoéké ; avec ceux de Comba et ceux de Bernard à Misafo, j'aurai une quinzaine d'hommes, c'est bien suffisant. Le village de Mompouïa ne vaut pas plus, et dans cette histoire, tous les torts probablement ne sont pas du côté des indigènes. Un milicien a été tué, nous ne pouvons pas le tolérer ; l'assassin sera livré, nous verrons après s'il a des circonstances atténuantes, comme je le suppose. Le milicien avait dû commettre quelques méfaits, se livrer à quelque exaction. Le plus grand tort de Mompouïa a été de nous livrer un pauvre diable, un innocent, un captif, et de cacher le vrai coupable.

**

L'opération s'est faite le plus simple-

ment du monde. Le 31 Décembre, dans la nuit, je suis parti de Misafo ; le 1ᵉʳ Janvier, au lever du jour, du premier jour de l'année 1897, mes hommes cernaient le village, et je saisissais tous les notables dans leur lit. Personne n'a songé à tirer un coup de fusil. Mompouïa, terrifié, m'a remis cette fois le véritable meurtrier que j'ai laissé en garde au sergent Bernard ; nous le conduirons à Brazzaville, après l'évacuation du poste. Je suis rentré immédiatement à Comba par un sentier beaucoup plus direct que le chemin habituellement suivi, mais j'ai eu quelque peine à en faire le levé. Il pleuvait à verse, le papier de mon carnet fondait dans mes mains.

Le lendemain, je complétais les renseignements topographiques en parcourant le massif accidenté de la rive gauche de la Comba. Le 3 et le 4 Janvier, j'arrêtais les comptes ; le 5, je rejoignais le sergent Bernard à Misafo, récoltais de nouveaux registres, et le 6, je partais pour Makabendilou.

A FORT-LAVAL

Makabendilou s'appelle désormais Fort-Laval, en souvenir de l'administrateur tué par Mabiala. Je ne reconnais plus nos anciennes cases. Marchand a voulu donner à ce poste un caractère de stabilité, et a fait venir de Loango une maison en bois. J'ai vu passer les planches, j'ai même souvent maugréé contre elles ! Il fallait en vérifier le nombre ; si une charge avait été égarée, la maison n'aurait plus existé ! Aujourd'hui, je la contemple montée ; Germain a été chargé des travaux, en sa qualité de polytechnicien, artilleur, ingénieur. La maison est bâtie sur pilotis à 90 centimètres du sol, elle couvre une superficie de 48 mètres carrés ; sa façade a 8 m. 40, une véranda règne tout autour, protégée contre le soleil par des stores en bambou. De chaque côté, s'élèvent des paillottes, magasins, cases à l'usage des passagers, abris pour les tirailleurs. L'ensemble est entouré d'une barrière de 1 m. 60 de haut, derrière laquelle a été plantée une double haie de palmiers et de bananiers.

Avant d'être en vue de cette maison, de son toit de tôles ondulées, j'avais déjà apprécié certaines améliorations ; le sentier avait subi des rectifications, il s'était élargi ; enfin, au moment où je m'apprêtais comme

par le passé, à m'embourber dans le maré-
cage créé par le ruisseau de Makabendilou,
un pont de 60 mètres s'était allongé sous
mes pieds.

Paillottes, maison, pont, tout cela est
l'œuvre des tirailleurs dirigés par Germain.
Bons à tout, ne boudant devant aucun travail, ils sont charpentiers, maçons, terrassiers. Les miliciens d'à côté pourraient en
faire autant, mais les tirailleurs n'ignorent

A M'BAMOU

Le départ de Fort-Laval a été tardif,
Marchand ayant eu un courrier à expédier
à la côte. A quatre heures et demie du
soir, nous avons dû partir sans lui. En arrivant à la célèbre montagne des chiens, théâtre des exploits de Mayoké et de Missitou,
la nuit nous a pris. Notre entrée à M'Bamou n'en a été que plus pittoresque; Ger-

pas que des soldats doivent mettre au service du bien général leurs connaissances
professionnelles, et les miliciens savent
qu'ils ne sont pas soldats.

D'autres travaux ont encore été exécutés ou entrepris; une large allée descend du poste vers un rond-point qui est
l'emplacement du marché; derrière les
cases, de grandes trouées ont été amorcées
dans la forêt.

Depuis le départ de Germain et des tirailleurs, les travaux sont en suspens, le
Congo n'aura qu'à les continuer.

Demain, Marchand doit arriver, il est
allé à Kimpanzou inaugurer le nouveau
poste; il en ramène le détachement du Sud,
Mangin, Simon, Emily, Leymarie, le commandant Morin et trois sous-officiers. Avec
le sergent Bernard, M. Fredon et moi, nous
serons douze Européens réunis à Fort-Laval. Après-demain, nous filerons sur M'Bamou.

main avait illuminé le poste, et sur les lumières se découpaient confusément des palmiers dont les longues feuilles retombaient
et accrochaient des lueurs à leurs pointes.
Nous entrions dans une oasis. Sous un abri
étincelait une table qui faisait prévoir un
repas de gala, l'attraction qu'elle exerça
immédiatement sur les estomacs affamés dé-
tourna un peu les regards de la poésie des
palmiers. Il était déjà huit heures et demie.
Mais Marchand n'était pas là! Il écrivait
toujours à Fort-Laval. A onze heures seulement, nous nous sommes mis à table.

M'Bamou est à la hauteur de ce que j'en
ai entendu dire. C'est une véritable petite

oasis avec ses bouquets de palmes abritant des cases de formes variées que Mangin, en artiste, n'a pas voulu construire sur le gabarit de la paillotte caserne ; il ne les a pas non plus alignées les unes en face des autres, elles se disséminent comme un petit y a planté plusieurs milliers de pieds de bananiers, de palmiers, de doubalets à grand feuillage ; plus loin, il a défriché quatre hectares de brousse, et les a transformés en champs de manioc. De chaque côté du camp, sur une longueur de plusieurs

ILS ENGAGÈRENT AVEC LUI LA CONVERSATION.

troupeau à l'ombre des feuilles recourbées.

La plus forte partie de la compagnie soudanaise se trouvait là, Mangin a voulu montrer ce qu'il était possible de réaliser, sans budget, avec des tirailleurs. Près de l'oasis, il a aménagé une petite pépinière, il

kilomètres, la route a été élargie ; sur tous les cours d'eau des ponts ont été jetés.

Germain, malgré sa bilieuse, n'est pas resté inactif depuis son arrivée à M'Bamou ; il a tenu à compléter ces travaux et à laisser une marque de son passage. Il ne lu restait plus rien à faire dans le domaine de la culture, et même de l'art, il n'avait rien à reprendre dans cet éden, il s'est rabattu sur le côté scientifique. Presque au sortir du poste, la route de Brazzaville traverse un ravin abrupt, au fond marécageux, de 50 mètres de large, de 6 à 8 mètres de profondeur ; sur cette tranchée, Germain a construit un pont, immédiatement baptisé pont Alexandre III. Une véritable charpente supporte le tablier ; des troncs d'arbres grossièrement équarris forment décharges, entretoises, croisillons, c'est un véritable travail d'art.

Enfin, au centre du poste, l'homme de science a mis sa signature sous forme d'un cadran solaire.

.*.
* *

Une lettre de Brazzaville, du Dᵣ Foutrain, vient de brusquer notre départ : « A l'heure où vous lirez cette lettre, disait le docteur, M. Castellani sera mort, car rien ne peut plus le sauver. »

« Cette nouvelle est tombée sur notre joie et nous a assombris. Castellani était un enfant terrible, mais si ses escapades et son caractère qui n'avait, rien de militaire, avaient forcé Marchand à lui adresser quelques reproches, il ne nous en était pas moins sympathique.

Marchand est immédiatement parti en tipoye, j'ai suivi à pied, jetant dans ma cantine toute la comptabilité du poste ; les autres officiers et tous les tirailleurs partiront demain.

Le long de ma route, je suis distrait de la topographie par la pensée de Castellani. Je m'étais attaché à lui, plus que les autres membres de la Mission ; il avait été mon compagnon de voyage sur le Niari. S'il avait des défauts, je connaissais aussi ses qualités. Et je presse ma marche, je mets les visées doubles ! Mais j'ai 55 kilomètres à faire, je n'arriverai pas avant demain.

Le terrain est accidenté, coupé de vallées encaissées et profondes, ce sont des ondulations qu'il faut constamment gravir et redescendre, tantôt boisées, tantôt sablonneuses. Enfin, voilà le plateau dont on m'a parlé, remarquable par l'herbe courte dont il est tapissé et qui recouvre de gros fruits violets, une espèce de prunes ; j'approche du poste de Soundji.

A Soundji, je passe la nuit, et je repars à 6 heures, dès qu'il fait assez jour pour lire sur ma boussole. Le terrain est encore plus difficile qu'hier, je ne peux guère faire plus de quatre kilomètres à l'heure. A onze heures et demie, je m'arrête un moment au bord de la Loua pour manger mon riz. Je reprends ma route, mes porteurs me montrent du haut d'une colline une coupure lointaine encore, la vallée du Djoué, presque Brazzaville.

Le Djoué ! malgré les tristes réflexions du moment, je ne peux m'empêcher de penser à l'incident qui s'y est produit il y a peu de temps. Le Djoué est un gros affluent du Congo, on ne le franchit pas facilement. Marchand avait ordonné de placer un poste chargé de garder la pirogue servant au passage. Quatre tirailleurs et le vieux caporal Moktar Kari avaient été désignés. Moktar ne connaît que sa consigne ; il arriva au Djoué au moment où Marchand venait de faire paraître un ordre par lequel il mettait en garde les tirailleurs contre les agissements des agents belges cherchant à provoquer la désertion des Sénégalais. Il leur enjoignait si un de ces agents essayait de les débaucher, de le prendre et de le lui amener.

Il y a quelques jours, deux Belges appartenant à la factorerie de Brazzaville se présentèrent pour traverser le Djoué. Mais ils voulurent auparavant déjeuner au bord de l'eau. Désirant être aimables pour ce vieux tirailleur galonné et chevronné, ils engagèrent avec lui la conversation. « Ils connaissaient bien les Sénégalais, ils les aimaient beaucoup, il y en avait des quantités qui travaillaient chez eux au chemin de fer... »

Moktar ne les laissa pas continuer :

— Ah ! toi y a vouloir faire déserter moi !... Tends un peu !

Il appelle un tirailleur :

— Y a amarrer ces hommes-là. Ah ! y a vouloir faire déserter tirailleurs !

En vain les Belges essayèrent de s'expliquer. Ils furent bel et bien ligotés.

Heureusement pour eux, Moktar s'empressa de rendre compte, et quelque heures plus tard, les prisonniers étaient délivrés. Ils étaient d'ailleurs très honteux de leur mésaventure et suppliaient qu'on n'en parlât pas.

Moktar Kari est toujours là. Il me reconnaît en me voyant descendre la côte vers la rivière, il monte dans la pirogue pour venir au-devant de moi.

— Y a rien nouveau, mon capitaine.

Je lui demande s'il a entendu parler de M. Castellani. Mais « lui y a pas connaître ».

D'ailleurs, il n'y a plus qu'un kilomètre d'ici Brazzaville.

Déjà, j'aperçois des cases; quelqu'un vient sur le sentier. Est-ce Marchand? Non, mais... on dirait... Voyons, je deviens fou !... Et la boussole s'échappe de mes mains, je ne peux plus en douter, je le reconnais... C'est Castellani !

— Ah ! c'est trop fort ! Mais vous vous portez aussi bien que moi !

Castellani tombe dans mes bras en éclatant de rire :

— Est-ce que vous vous imaginiez que j'allais lui laisser ma peau à ce médecin !

Au moment où on s'apprêtait à l'enterrer, Castellani subitement avait ressuscité.

Je crois que le Dr Foutrain, sans en vouloir à Castellani d'avoir ainsi trompé son diagnostic, a trouvé que ce malade avait manqué d'égards envers la science.

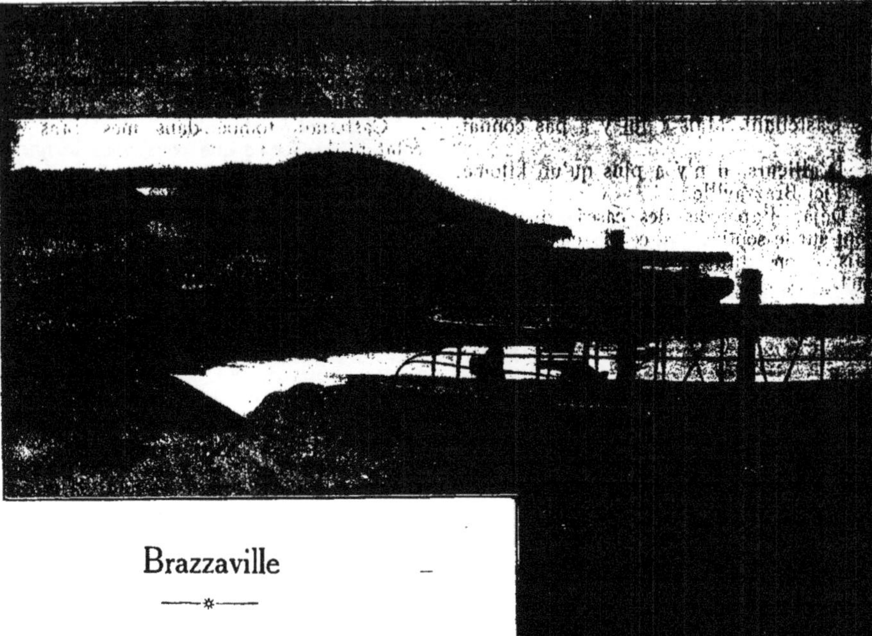

Brazzaville

——✳——

Lorsque revint le premier tirailleur envoyé en courrier à Brazzaville, Mangin lui demanda :

— C'est beau Brazzaville ?

Il répondit sans hésiter :

— Ça y a bon place pour faire grand village.

L'appréciation est d'une justesse indiscutable. Il est impossible de peindre plus exactement, en quelques mots, ce qui aurait pu être et ce qui n'est pas.

L'emplacement est très pittoresque, de premier ordre au point de vue pénétration et exploitation économique, mais ce n'est qu'un emplacement, sur lequel une demi-douzaine de cases semblent égarées.

Avant de se précipiter dans les gorges, d'où par une succession de rapides et de chutes infranchissables, il descend vers la mer, le Congo s'étale en un lac immense de cent kilomètres de longueur et de vingt-cinq de largeur, le Stanley-Pool. A l'extrémité Sud de ce lac, à l'entrée des rapides, se dressent face à face les capitales de l'Etat Indépendant et du Congo français : Léopoldville et Brazzaville.

Du côté belge, le terrain s'abaisse en pente jusqu'au bord du Pool. Du côté français, le plateau de Brazzaville, au sommet d'une falaise à pic, domine toute l'étendue de cette petite mer.

En ce moment, le soleil donne en plein sur la rive orientale et illumine l'immense amphithéâtre borné de collines basses qui apparaissent comme perdues dans l'air bleu. Au milieu du lac ensoleillé, l'île de Kinchassa s'avance en promontoire et coupe l'horizon de cimes vertes sous lesquelles s'abrite une petite ville. A mes pieds, s'étend une plage étroite bordée d'arbres ; elle est plongée dans l'ombre de la falaise et le contraste rend plus éclatantes les eaux qui miroitent et glissent doucement vers le couloir où elles vont s'engouffrer, se transformer en cataractes.

Autour de moi, sur le plateau, quelques constructions se dispersent : au fond, l'habitation, aux murs blanchis à la chaux, du trésorier-payeur, et celle, en briques, du délégué de l'intérieur, à gauche, la case de l'administrateur d'un modèle aussi primitif, recouverte en paille comme les autres ; lui faisant vis-à-vis, une longue baraque en planches montée sur pilotis, la demeure du médecin ; enfin, sur le bord de la falaise, et prête à s'effondrer avec elle, une maison à laquelle des piliers en briques donnent des prétentions architecturales. Voilà tout Brazzaville.

Au Nord, au sommet d'un mamelon s'élève la mission catholique. Elle est séparée du plateau de Brazzaville par un ra

...assez profond; j'aperçois le toit de tôles ondulées d'une maison à un étage, le clocher de l'église et divers bâtiments, ateliers ou magasins.

Au pied de la mission, le terrain descend jusqu'au port de Brazzaville.

Est-il nécessaire de dire que ce port est à un port ce que Brazzaville est à une ville? Dans une crique naturelle, deux petits vapeurs sont échoués, le *Djoué* et l'*Alima*, presque démembrés, abandonnés et condamnés. Un autre vapeur, considéré comme perdu, l'*Oubangui* vient d'être sauvé par un commerçant de Brazzaville, M. Tréchot, qui l'a réparé gratuitement, à condition d'avoir le droit de s'en servir et de se payer de ses frais en transportant des charges pour l'Etat; en ce moment, il navigue. Enfin, le *Faidherbe* est avec Dyé sur l'Oubangui. Il ne reste dans le port que les carcasses délabrées du *Djoué* et de l'*Alima*.

Au bord de la crique est l'atelier de la marine; un peu plus loin, deux cases servant au personnel destiné à la flottille du Haut-Oubangui; à côté, une paillote abrite nos 3.000 charges, ainsi que Landeroin qui a échangé ses fonctions d'interprète contre celles de magasinier en chef.

Au Nord du port, s'échelonnent le long du fleuve les trois maisons de commerce, belge, française et hollandaise.

Brazzaville, l'embryon de village, Brazzaville la morte, était pourtant réservée à un autre avenir. Placée à la tête d'un immense réseau fluvial, au confluent de tous les courants commerciaux du Congo, de l'Oubangui, de la Sangha; servant de base d'opérations à la pénétration vers le Tchad et vers le Nil, elle eût dû être un centre d'activité d'où son influence aurait rayonné sur toute d'Afrique équatoriale; elle n'a guère été qu'une station pour explorateurs.

*
**

La légère effervescence que Marchand a été forcé de calmer, il y a deux mois, n'a pas laissé de trace. Aujourd'hui, tous les concours nous sont acquis. Je le constate, en accompagnant Marchand au port de la maison hollandaise. L'*Antoinette*, un des vapeurs de cette maison, va partir pour Bangui, ayant à bord le sergent Venail et 14 tirailleurs. C'est le second voyage que ce vapeur fait pour nous, il a déjà emmené le 10 Novembre, Bargeau, le sergent Dat,

35 tirailleurs et 900 charges. Mgr Augouard prend également passage sur l'*Antoinette*. M. Greshoff est là, pour assister au départ.

M. Greshoff, Mgr Augouard; les deux puissances de Brazzaville. Ceci dit sans vouloir porter atteinte à leur parfaite correction, vis-à-vis de la troisième puissance, la première dans l'ordre protocolaire, j'ai nommé l'administrateur : M. de Kerraoul. Mais des hommes de l'intelligence, de la valeur de M. Greshoff, et de Mgr Augouard, investis de l'autorité que chacun d'eux tire de son caractère particulier, comptent forcément dans une colonie comme le Congo. Il n'est pas étonnant que ces deux tempéraments d'action, d'énergie, luttant l'un pour les intérêts de la maison hollandaise, l'autre pour ceux de ses missions, ne se rendent pas toujours sans discussions et ne s'inclinent que devant l'intérêt général.

M. Greshoff dirige depuis plus de dix ans la maison hollandaise; celle-ci, la N. A. H. V., comme on l'appelle des initiales de sa raison sociale, est la plus importante de toutes les maisons de commerce du Pool. Elle est représentée à Loango, à Matadi, à Léopoldville; et ses factoreries s'étendent un peu partout dans le Congo, dans l'Etat Indépendant, dans la Sangha, dans l'Oubangui. Son directeur exerce une véritable souveraineté. Il est le Foumou N'Tangou, le roi soleil, et Mangin a constaté avec tristesse que dans toute la région du Manyanga, le nom de la France était ignoré, que seul Foumou N'Tangou était connu. Peut-on faire un crime à M. Greshoff, dont les vapeurs sillonnent le Congo, dont les agents couvrent le pays, de confondre parfois la N. A. H. V. avec un organe de gouvernement?

Mgr Augouard est au moins depuis aussi longtemps que M. Greshoff dans la colonie. Lui, a la puissance qui résulte de la force d'expansion que la foi met dans l'âme de ses apôtres. Vicaire apostolique du Haut-Oubangui, ses missions jalonnent tout le Congo, rayonnent dans le Nord, au delà de Bangui. Si son ardeur, sa passion, ne veulent que conquérir des âmes, par l'existence de ses missions, par leur action, son pouvoir spirituel s'accompagne d'un certain pouvoir temporel.

N'est-il pas excusable, quand, emporté par son zèle, il lui arrive de sortir du domaine spirituel? Il fut zouave pontifical; s'il n'avait gardé de son ancien métier de soldat la passion du commandement, aurait-il ce caractère qui lui fait accomplir de grandes choses, et qui le fait admirer de tous ?

L'*Antoinette* partie, nous sommes remontés sur le plateau. En route, nous avons croisé la mère supérieure des sœurs de Brazzaville.

En la voyant si faible, si pâle, presque blanche, de ce teint décoloré par l'anémie, devant le calme de son visage, j'admirais le contraste offert par elle avec tout ce qui l'environnait. Dans cette atmosphère de lutte âpre et sans merci pour la vie, dans ce pays où les volontés sont perpétuellement tendues vers un but terrestre, les unes vers la gloire, la plupart vers la fortune, elle représentait la paix, le calme, elle était celle qui n'appartient plus au monde, celle qui vit dans la volonté d'En-Haut.

Ici, tous s'inclinent avec respect devant elle et devant ses sœurs, exilées volontaires dont les ennemis mêmes ne peuvent nier le sacrifice ; le climat déjà terrible pour les hommes est mortel pour elles, elles le savent et ne veulent pas y songer.

A les voir passer dans leur simplicité, leur humilité, leur pureté, dissimulant sous un visage toujours affable leurs propres souffrances pour ne penser qu'à celles d'autrui, les plus endurcis s'attendrissent.

Leur présence donne un charme de douceur souriante et de bonté à l'occupation française. Elles la secondent puissamment, elles se concilient mieux que l'administrateur, le médecin ou le missionnaire, la reconnaissance des mères, des enfants, des malades ; par leur œuvre d'assistance et d'enseignement, elles font mieux que les hommes la conquête morale du pays.

C'est surtout quand nous souffrons que leur présence nous est précieuse et nous la désirons d'autant plus que la vie aura été dure pour nous. Et ce n'est pas seulement poésie de l'âme, imagination du cœur, la femme est faite pour la pitié, elle seule sait soulager. En Afrique, ce sentiment est ressenti plus vivement qu'ailleurs.

Et puis, ces religieuses sont femmes dans ce que la femme a de plus pur, ne les appelle-t-on pas ma mère, ma sœur ? Ces deux mots, si loin de la France, qui n'aimerait à les prononcer, pour y retrouver l'illusion de la famille absente, pour y puiser la confiance, l'espoir, lorsque nous sommes atteints par une de ces maladies qui pardonnent rarement ?

Pas un malade, quelles que puissent être ses idées en Europe, n'écarterait ici la sœur venue s'asseoir à son chevet. A tous, elle apporte une consolation. Si pour les croyants, qui à travers leur délire perçoivent dans le battement de la coiffe le battement d'ailes d'un ange, la sœur est le lien entre la terre et le ciel, pour tous, elle est le lien entre l'Afrique et la France. Combien ont trouvé une dernière consolation dans le pâle et doux visage penché sur leur agonie !

Toute faible que soit cette sœur que nous venons de croiser, j'ai pensé que sans être une puissance, elle était une force, peut-être la plus grande force de Brazzaville, celle qui émane de l'amour et de la charité.

*
* *

La grande question à résoudre, est celle du départ de la Mission. Elle ne peut être résolue par la flottille du Congo français, réduite à l'*Oubangui*, réparé tant bien que mal par M. Tréchot. Ce vapeur est capable de prendre seulement deux cent quarante charges, il est d'ailleurs parti le 6 Janvier, faisant son deuxième voyage à Bangui.

Parmi les vapeurs de la maison hollandaise, l'*Antoinette* est en route avec le sergent Venail, le *Holland* et le *Frederik* sont bien disponibles et M. Greshoff les met à notre disposition, mais ils sont insuffisants. Outre le personnel et le matériel de la Mission, il reste à transporter une partie des approvisionnements de l'Oubangui, notre base d'opérations sur le Nil. De plus, il faut songer aux vingt-cinq tirailleurs du sergent Mottuel, destinés à renforcer l'effectif dont dispose M. Gentil au Chari. Enfin, Marchand tient à expédier tous les ravitaillements du Chari et de la Sangha, dont nous avons assuré le passage sur la route de Brazzaville.

Il veut faire cette surprise aux gouverneurs de ces colonies qui crient famine et désespèrent de jamais rien recevoir. Ils s'attendent si peu à cette générosité de notre part que celui de la Sangha vient d'écrire une lettre originale de supplications. Ayant appris que nous avions amené à Brazzaville son ravitaillement, il ne doute pas que nous n'ayons l'intention de nous l'approprier ! Il nous conjure de ne prendre que les caisses destinées à tel ou tel poste, et même de les prendre toutes, mais de lui laisser celle du poste de Carnot.

Une réponse immédiate l'a tranquillisé et probablement étonné : il recevra son ravitaillement complet et dans le plus bref délai.

Mais par quel moyen effectuer tous ces transports? Seul l'Etat Indépendant peut nous sortir d'embarras. Marchand se décide à aller demander au gouverneur, le colonel Wahys, le concours de ses vapeurs.

Il est impossible de débarquer à Léopoldville, sans faire une pénible comparaison. La capitale du Congo belge n'a pas encore atteint le développement que lui donnera prochainement son chemin de fer, lorsque la voie ferrée sera terminée, mais elle a déjà l'aspect d'une petite ville. Dans le port, sont mouillés le *Stanley*, la *Ville-de-Gand*, la *Florida*, la *Ville-d'Anvers*, le *Roi-des-Belges*. Tous chargent ou déchargent des marchandises. A côté, un nouveau vapeur est en construction, le *Commandant-Sagerstrom*. Et combien d'autres naviguent en ce moment entre le Pool et les Stanley-falls (1)?

On peut critiquer l'œuvre du roi des Belges ; généralement, d'ailleurs, ces critiques sont intéressées. Le résultat est là, visible, tangible, et il est impossible de ne pas admirer la conception grandiose de ce roi, chef d'un petit Etat, qui a fait surgir un véritable empire du centre de l'Afrique. Il a prévu l'avenir pour son peuple, qui n'eût peut-être pas compris la nécessité de l'ascension économique, et qu'au milieu du développement de toutes les nations, il serait étouffé s'il ne se tournait vers la mer. Le roi Léopold a assumé cette tâche, gardant pour lui seul tous les frais, tous les risques, toutes les responsabilités. Dans cette voie qu'il s'était tracée, il a marché avec une ténacité et une habileté remarquables. L'Europe le regardait d'un œil sympathique, parce que sceptique, elle croyait à son échec et espérait un jour pouvoir se partager ses immenses territoires, en bénéficiant de ce qu'il y aurait dépensé de forces et d'argent.

La France s'est même assuré un droit de préemption, au cas où la Belgique ne reprendrait pas le Congo ; aujourd'hui, devant les résultats acquis, cette dernière hypothèse n'a aucune chance de se réaliser.

______

(1) Chutes à partir desquelles le Congo est navigable.

La colonisation de l'Etat Indépendant a été conçue et dirigée par un homme d'une intelligence de premier ordre, qui a réussi surtout parce qu'il était maître absolu des ressources, très faibles au début, dont il disposait. Cette colonisation n'est le résultat, ni de la pénétration pacifique, ni de la conquête par les armes. Le congrès de Berlin ayant stipulé la neutralité de l'Etat Indépendant, le roi n'avait pas le droit de se servir de l'armée belge, seuls des officiers

NOUS AVONS CROISÉ LA MÈRE SUPÉRIEURE...

détachés, mis hors cadres, pouvaient y être employés.

L'occupation du Congo a été une opération militairement commerciale. Les officiers exercent à la fois des fonctions militaires et des fonctions commerciales ; dès que l'un d'entre eux est installé dans un poste, il ne se contente pas de prélever l'impôt, il invite les chefs à fournir au delà des quantités d'ivoire ou de caoutchouc pour lesquelles ils sont taxés, et le surplus est acheté et expédié à Léopoldville.

Quant au procédé employé pour se procurer des soldats et s'assurer de leur fidélité, il consiste dans le recrutement « anti-régional »; mais il faut ajouter que ce système a été favorisé dès le début par l'inimitié des races et même, peut-être surtout, par l'anthropophagie. Il est évident que des soldats bangalas, par exemple, faisant leur service chez leurs ennemis, les Ibenzis, exécuteront rigoureusement leur consigne contre ceux-ci, mais si par surcroît, ils sont certains à la première tentative de désertion d'être dévorés par eux, leur fidélité sera absolue. C'est une façon de faire servir l'anthropophagie à la civilisation.

En ce moment, l'Etat Indépendant est sérieusement attaqué, des abus de pouvoir, des actes de cruauté sont dénoncés à la civilisation, probablement en raison de la prospérité de la colonie. Certain pays qui en avait escompté le partage, a amplifié les quelques abus qui se sont produits afin de prouver que le Congo ne devait pas rester la propriété de gens capables de commettre des atrocités.

Il est évident que réunir dans les mêmes mains le pouvoir politique et militaire, et la direction de l'exploitation, présente des dangers et est susceptible de provoquer des exagérations de commandement, mais ce procédé était le seul que pût employer le roi Léopold, il était la seule combinaison qui lui permît de réaliser le système de l'exploitation en régie par un exploiteur unique.

En tout cas, s'il y a eu des abus, ils ont toujours été sévèrement réprimés. Le gouverneur, le colonel Wahys, que va voir Marchand, revient d'une longue tournée du côté des Stanley-Falls, au cours de laquelle il a frappé sept officiers, de peines variant de trois à sept ans de prison. Ces peines sont infligées en dehors du code de justice militaire applicable à l'armée belge, car les officiers qui viennent au Congo ne comptent plus dans l'armée métropolitaine. Les grades qu'ils ont ici ne correspondent en rien à ceux qu'ils avaient avant leur départ, ou qu'ils reprendront après leur retour. Un commandant, au Congo, se retrouvera peut-être lieutenant en Belgique, sous les ordres d'un officier qui est ici son inférieur. S'il y a parmi eux quelques défaillances, comme celles constatées et réprimées par le colonel Wahys, il est impossible de ne pas admirer le dévouement de ces hommes qui ont créé le Congo belge; sa prospérité leur

est due, cet immense mouvement commercial qui anime le port de Léopoldville est leur œuvre.

Pour ne pas arriver en trop pauvre équipage au milieu de tous les vapeurs qui encombrent les quais, Marchand a pris la baleinière en aluminium, que j'ai sortie du magasin de Comba, et nous avons revêtu les pagayeurs de maillots rouges et de chéchias tirés de nos ballots. Nous « sauvons la face » comme nous le pouvons, mais notre démarche elle-même est la preuve de notre misère : la France avec son droit de préemption vient implorer la Belgique !

.·.

Le colonel Wahys a mis à notre disposition la *Ville-de-Bruges*, un des plus grands steamers de l'Etat. C'est le succès assuré. La *Ville-de-Bruges*, qui doit faire deux voyages, transportera nos tirailleurs, notre matériel et les charges de l'Oubangui. Le *Holland* et le *Frederik*, de la maison hollandaise, deviennent donc disponibles pour le transport des ravitaillements de la Sangha.

Hier, 23 Janvier, la *Ville-de-Bruges*, commandée par un Suédois, le commandant Lindholm a mouillé dans le port de Brazzaville et a commencé son chargement. Ce matin, à huit heures, le vapeur s'est éloigné emportant le capitaine Germain, le lieutenant Mangin, le lieutenant Simon, le docteur Emily, l'adjudant de Prat et 102 tirailleurs. Onze cents charges remplissent les cales; un des grands chalands d'aluminium, sauvé par nous, le *Plaigneur*, destiné à aider aux transports sur le Haut-Oubangui, est pris à la remorque; lui aussi a ses cales bondées, et une partie des tirailleurs y est entassée.

Sur le pont de la *Ville-de-Bruges*, les chapeaux sont levés joyeusement en signe d'adieu, l'un d'eux s'agite avec plus de frénésie que les autres, c'est celui de Castellani.

Castellani part ! Et cette fois sans se cacher, sans risquer d'être rôti par la chaudière. Il était temps ! Son impatience allait le rendre misanthrope, pour un peu, il aurait vu un persécuteur dans chaque membre de la Mission, un bourreau dans Marchand. Depuis qu'il est à bord, sa gaieté a reparu; il est convaincu que nous ne conspirions pas contre sa liberté; il va à Bangui ! Une seule figure ne manifeste pas de joie; une figure noire perdue dans la foule des tirailleurs, celle de Marie-Thérèse Tchibinda, princesse du dar Banda! Elle porte toujours son chapeau fleuri de roses qui, pendent plus lamentablement que jamais, elles se sont effeuillées en même temps que s'envolaient une à une les illusions de la Prétendante. Pourtant, elle nourrit encore un secret espoir que l'un de nous relèvera le trône de ses pères et l'invitera à s'y asseoir à côté de lui, mais elle commence à avoir des doutes et à craindre que son royaume ne soit pas de ce monde.

Encore quelques tours de roue, un dernier coup de sifflet de la sirène, et la *Ville-de-Bruges* disparaît.

*
* *

Il n'y a plus à Brazzaville que Marchand, Landeroin, et moi, avec cinq tirailleurs plantons ou gardes-magasins.

La présence de Marchand n'est pas absolument utile dans l'Oubangui où les transports seront assurés à la fois par l'administrateur de la région, M. Bobichon, et par les membres de la Mission qui s'échelonneront sur tous les points importants du parcours. A Brazzaville, au contraire, il reste à achever le travail considérable de liquidation financière des dépenses engagées entre Loango et Brazzaville, et toutes les régularisations indispensables doivent être faites par le chef de la Mission.

Il est certain que ces dépenses étaient nécessaires. On ne peut reprocher à Marchand d'avoir sauvé le Haut-Oubangui de la famine, tout en assurant sa propre base d'opérations, et d'avoir permis à M. Gentil de poursuivre sa marche vers le Tchad. Encore faut-il laisser des comptes en règle. Le Congo paraît croire que tous ces transports vont grever de façon sérieuse le budget de la colonie, c'est une erreur: A l'époque où les Chambres ont voté les crédits essentiels pour ces ravitaillements de 1894 et 1895, elles ont également voté les crédits destinés à leur transport. Ces charges étant demeurées dans les magasins de Loango les frais de portage doivent figurer en économie au budget.

La Mission n'aura pas été une charge pour le Congo, elle lui aura plutôt rendu service; et c'est encore dans cette intention que Marchand reste à Brazzaville. Il tient à faciliter à la colonie le règlement des comptes, et à surveiller, après le départ des tirailleurs, la route des caravanes. L'intervalle qui séparera les deux voyages de la *Ville-de-Bruges*, lui permettra de s'assurer que la sécurité n'est pas troublée.

Il veut en s'éloignant, emporter la certitude que le Congo n'aura rien à lui reprocher. Il n'a pas seulement travaillé pour lui-même en travaillant pour le Chari et pour la Sangha. Il a peut-être fait plus que son devoir, il estime n'avoir fait que son devoir.

LES DERNIERS JOURS A BRAZZAVILLE

La *Ville-de-Bruges* a bien marché. Partie le 24 Janvier, elle est de retour aujourd'hui 1er Mars, prête à franchir de nouveau les 1.000 kilomètres qui séparent Brazzaville de Bangui.

Nous sommes impatients d'embarquer; il nous faut pourtant attendre. Un officier, le capitaine Valdenaire, et cinq sous-officiers, destinés à la relève des troupes du Haut-Oubangui, sont annoncés. Si nous ne les emmenions pas avec nous, Dieu sait quand ils pourraient rejoindre leur poste! M. Jacquot, avec qui nous avons travaillé dans le Congo, et qui est détaché auprès du gouverneur Liotard, arrive également avec eux pour profiter de notre vapeur.

La *Ville-de-Bruges* utilise ce retard pour se ravitailler. Elle comptait transporter seulement quatre Européens, Marchand, Landeroin, M. Fredon et moi; elle va en avoir huit de plus. Aux sept passagers du Haut-Oubangui, s'ajoute, en effet, le Dr Foutrain. Marchand est alité depuis plusieurs jours, aucune complication n'est à craindre, mais il est hors d'état de marcher, et le docteur, bien que rapatriable, a refusé de rentrer en France; il veut accompagner le chef de la Mission jusqu'à ce que ses soins soient inutiles ou que nous ayons retrouvé le Dr Emily.

C'est un mauvais vent qui souffle depuis un mois sur Brazzaville. Coup sur coup, la bilieuse hématurique a enlevé le quartier-maître Rouault de la flottille du Haut-Oubangui, M. Limouze, agent du Congo, et deux agents de la maison hollandaise. Chaque semaine, nous nous sommes rendus au cimetière. Que de croix gardent là le souvenir de ceux qui ont succombé à l'effort! Il y a quelques jours, je regardais joyeux défiler les colis au flanc desquels étaient gravés les noms de tous les pays, et

j'imaginais que devant moi passait la civilisation donnant l'assaut à la barbarie ; sur
ces croix aussi, j'ai pu lire des noms de
Français, d'Anglais, de Belges, de Hollandais ; ce sont les victimes de cet assaut, le
tribut de la victoire payé par l'Europe à
l'Afrique.

Il est triste, aussi loin de France,
de voir mourir des camarades, même
des inconnus, mais cette tristesse est uniquement provoquée par la vision des mères,
des femmes, qui apprendront la triste nouvelle, anéantissement de tous leurs espoirs ;
jamais elle n'est causée par l'idée que le
même sort nous attend peut-être demain.
La mort est sans influence sur notre moral.

Ce n'est pas seulement le résultat de la
confiance un peu présomptueuse que tout
homme a en lui-même ; ici, la mort ne semble plus effrayante, on l'accepte avec résignation, avec indifférence. Est-ce parce qu'à
force de côtoyer un danger, on finit par ne
plus y penser ? Est-ce parce qu'en partant
nous avons fait le sacrifie de notre vie ?
Est-ce parce que nous sommes affranchis
des mille liens dans lesquels la civilisation
nous enchaîne en France ? Est-ce parce que
devant le but à atteindre, nous ne sommes
plus qu'une volonté, et que cette volonté
doit aller au delà de tous les obstacles, au
delà de la mort ? Notre insouciance vient
de toutes ces raisons réunies, mais surtout
de la dernière. Nous disons quelquefois en
riant que nous sommes devenus philosophes.
Oui ; mais ce n'est pas la philosophie qui
nous mène, c'est nous qui la dirigeons. La
philosophie assombrit la vie ou elle l'éclaire,
suivant qu'elle domine ou qu'elle sert.

*
* *

Le travail de comptabilité est achevé,
je finis de le recopier pour en conserver le
double. C'est bien le plus fastidieux travail
qui soit au monde, surtout quand il faut
veiller une partie de la nuit à la lueur d'un
photophore, au milieu du bourdonnement
des moustiques qui ne se contentent pas
seulement de bourdonner ! Mais l'important
est d'être prêt, de ne pas retarder l'embar-
quement.

Si j'éprouvais une peine quelconque à
quitter ce Congo, où nous sommes restés
trop longtemps, où nous avons dû piétiner
pendant six mois, le travail auquel je viens
de me livrer suffirait à me faire aspirer au
départ, à la marche en avant qui ne
commencera vraiment que du jour où la
Ville-de-Bruges quittera de nouveau Brazzaville.

Est-il vrai que je ne me sois pas attaché
au Congo durant ce séjour dont je maudis
la trop longue durée ? Ma vie, en somme,
y a été peu mouvementée, j'ai surtout cir-
culé entre les postes, contrôlant la tenue des
registres. Cependant je me suis intéressé à
cette existence, au pays même ; et lorsque
j'ai quitté Kimbédi, puis Comba, si je suis
parti sans regrets, je suis obligé de reconnaître qu'en disant adieu à des paysages
connus, en leur disant adieu probablement
pour toujours, j'ai éprouvé une impression
que je ne voulais pas m'avouer. Je me re-
fusais à la reconnaître, parce qu'elle corres-
pondait à cette mélancolie qui nous prend
devant toute chose qui finit, parce qu'elle
comportait, sinon un regret, du moins un
regard vers le passé. Et mes yeux ne devaient pas se tourner vers ce qui était fait,
mais vers ce qui était à faire. Avais-je l'idée
que ma signature, mise au bas des registres
de chaque poste, marquait la fin du premier chapitre de la Mission, et que le lendemain je tournerais la page pour entamer
le chapitre suivant... un morceau de l'avenir, de l'inconnu ? Non ; je ne redoutais pas
cet inconnu, je l'appelais même de tous mes
vœux. Et pourtant, malgré mon désir d'ê-
tre déjà sur le Congo, dans l'Oubangui,
sur le Nil, j'avais la faiblesse de situer des
souvenirs le long du sentier : là, c'était
l'endroit où s'abattit le grand fromager ;
plus loin, le point où tomba Mabiala
N'Kinké ; ici, c'était le sentier qui condui-
sait à la grotte de Mabiala... Que l'âme
humaine est compliquée !

J'aurai bien le temps de vivre dans le
passé lorsque je n'aurai plus l'âge ni la
force de vivre dans l'avenir.

Aujourd'hui, regardons devant nous.

*
* *

Depuis hier soir, nous sommes sur la
Ville-de-Bruges ; tous les Européens ont couché à bord. Après quarante-huit heures de
travail, le chargement du vapeur était achevé et Landeroin fermait son magasin, ce
magasin qui ressemblait au tonneau des
Danaïdes, où aujourd'hui il ne reste plus
une charge. Onze cents colis sont arri-
més dans la cale, ou dans le chaland *Lau-*

sière, amarré à bâbord. Ce chaland, comme celui que Germain a déjà emmené, aidera aux transports sur l'Oubangui. A tribord, la baleinière en acier, réparée par Morin, est à la remorque.

Du pont, nous apercevons le *Jacques-d'Uzès* dont la coque terminée vient d'être

la *Ville-de-Bruges* à la terre, sont larguées.

Le commandant Lindholm est à son poste à l'avant. Il tourne le levier du cadran placé devant lui ; un coup de timbre résonne dans la machinerie ; la roue arrière commence à tourner.

lancée ; avant un mois il aura sa chaudière et sa machine, dans deux mois, il sera à Bangui. Marchand, du matelas sur lequel il est allongé, peut le contempler avec satisfaction ; c'est bien à lui que ce vapeur doit son existence, de même que ce chaland, de même que la pirogue en aluminium qui flotte à côté du *d'Uzès*. C'est à lui aussi que M. Gentil devra les miliciens et les ravitaillements que nous allons déposer sur les bords de l'Oubangui, à l'entrée de la route du Chari.

A six heures, les cinq tirailleurs et les vingt-cinq miliciens de M. Fredon embarquent. A sept heures, les amarres qui fixent

Tous les Européens de Brazzaville sont sur la berge, beaucoup nous regardent avec envie. Plus heureux qu'eux, nous partons vers l'inconnu, vers l'action.

Lentement nous virons. Nous nous portons à l'arrière pour répondre aux adieux de ceux dont la voix et les gestes nous lancent les derniers vœux. Au premier rang est M. de Kerraoul, près de lui le commandant Morin et M. Rousset, le directeur de l'Intérieur, devenu pour nous un véritable ami. Leurs regards nous suivent, et nous devinons leurs pensées ; ils se demandent s'ils nous reverront..... C'est nous qui ne devions pas les revoir !

Pouvions-nous penser que, deux mois plus tard, Morin succomberait dans cette case où nous avions fêté si joyeusement le lancement du *d'Uzès*, que Rousset le suivrait de près dans le cimetière de Brazzaville ; que de Kerraoul irait reposer bientôt dans une tombe du poste de Bonga, au confluent de la Sangha ?

Un nouveau coup de timbre du commandant Lindholm ; et la *Ville-de-Bruge* accélère son allure. Sur la berge les silhouettes s'effacent ; les dernières cases de la maison hollandaise sont dépassées ; les toits se confondent dans le feuillage des arbustes ; Brazzaville disparaît… L'Oubangui et le Nil sont en avant.

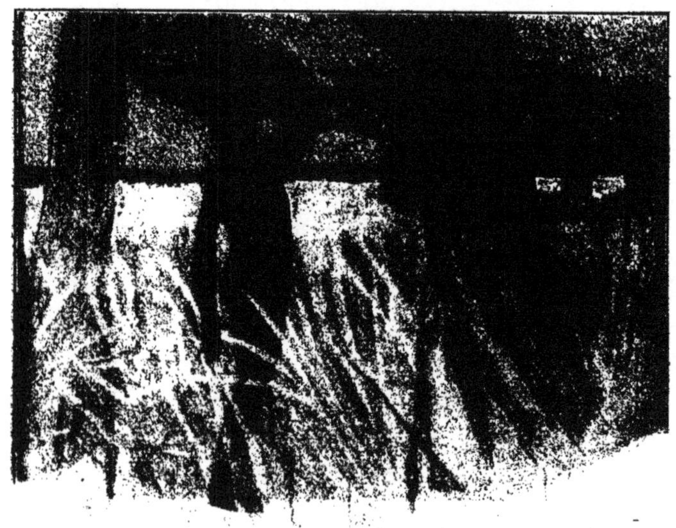

MODERN-BIBLIOTHÈQUE

PRIX DU VOLUME { Broché. . . . . 1 fr. 15
Cartonné. . . . . 1 fr. 75

DANS LA MÊME COLLECTION ONT PARU :

Cruelle Enigme, par Paul Bourget, de l'Acad. Franç**.
Flirt, par Paul Hervieu, de l'Académie Française.
La Maison des Deux Barbeaux, par André Theuriet, de l'Académie Française.
L'Abbé Jules, par Octave Mirbeau.
Les Transatlantiques, par Abel Hermant.
André Cornélis, par Paul Bourget, de l'Acad. Franç**.
La Glu, par Jean Richepin, de l'Académie Française.
Sire, par Henri Lavedan, de l'Académie Française.
L'Inconnu, par Paul Hervieu, de l'Académie Française.
Les Diaboliques, par Barbey d'Aurevilly.
Céleste Prudhomat, par Gustave Guiches.
Souvenirs du Vicomte de Courpière, par Abel Hermant
Monsieur de Courpière marié, par Abel Hermant.
L'Armature, par Paul Hervieu, de l'Académie Française
Les Deux Etreintes, par Léon Daudet.
Mémoires d'un Jeune Homme rangé, par Tristan Bernard.
Renée Mauperin, par Edmond et Jules de Goncourt.
Le Cœur de Pierrette, par Gyp.
L'Avril, par Paul Margueritte.
Le Nouveau Jeu, par Henri Lavedan, de l'Académie Française.
L'Automne d'une Femme, par Marcel Prévost, de l'Académie Française.
L'Aventure, par Pierre Veber.
La Danseuse de Pompéi, par Jean Bertheroy.
Cousine Laura. par Marcel Prévost, de l'Académie Française.
L'Evangéliste, par Alphonse Daudet.
Florise Bonheur, par Adolphe Brisson.
Chonchette, par Marcel Prévost, de l'Académie Française.
Péché Mortel, par André Theuriet, de l'Acad. Franç**.
La Carrière, par Abel Hermant.
Lettres de Femmes, par Marcel Prévost, de l'Académie Française.
Aphrodite, par Pierre Louys.
L'Institutrice de Province, par L. Frapié.
Leurs Sœurs, par Henri Lavedan, de l'Acad. Franç**.
Le Jardin Secret, par Marcel Prévost, de l'Académie Française.
Les Rois en Exil, par Alphonse Daudet.
L'Autre Amour, par Claude Ferval.
Mademoiselle Jaufre, par Marcel Prévost, de l'Académie Française.
Le Jardin de Bérénice, par Maurice Barrès, de l'Académie Française.
La Vie privée de Michel Teissier, par Edouard Rod.
Les Demi-Vierges, par Marcel Prévost, de l'Académie Française.
La Légende de l'Aigle, par G. d'Esparbès.
Peints par eux-mêmes, par Paul Hervieu, de l'Académie Française.
La Bonne Galette, par Gyp.
La Confession d'un Amant, par Marcel Prévost, de l'Académie Française.
Dialogues d'Amour, par Michel Provins.
L'Heureux Ménage. par Marcel Prévost, de l'Académie Française.
Les Débuts de César Borgia, par Jean Richepin, de l'Académie Française.
La Carrière d'André Tourette, par Lucien Muhlfeld.
Nouvelles Lettres de Femmes, par Marcel Prévost, de l'Académie Française.
Les Aventures du Roi Pausole, par Pierre Louys.
Amants, par Paul Margueritte.
Le Mariage de Julienne, par Marcel Prévost, de l'Académie Française.
La Leçon d'Amour dans un Parc, par René Boylesve.
Les Yeux verts et les Yeux bleus, par Paul Hervieu, de l'Académie Française.
Les Chants du Soldat, par Paul Déroulède.
Le Bon Plaisir, par Henri de Régnier.

Lettres à Françoise, par Marcel Prévost, de l'Académie Française.
Totote, par Gyp.
L'Ecornifleur, par Jules Renard.
Le Domino Jaune, par Marcel Prévost, de l'Académie Française.
L'Abbé Tigrane, par Ferdinand Fabre.
Les Roches Blanches, par Edouard Rod.
Dernières Lettres de Femmes, par Marcel Prévost, de l'Académie Française.
La Femme et le Pantin, par Pierre Louys.
La Tourmente, par Paul Margueritte.
Vénus ou les Deux Risques, par Michel Corday.
Vie de Château, par Claude Ferval.
Sous-Offs, par Lucien Descaves.
L'Alpe Homicide, par Paul Hervieu, de l'Académie Française.
La Fée, par Gyp.
Les Jeunes, par Henri Lavedan, de l'Académie Française.
La Princesse d'Erminge, par Marcel Prévost, de l'Académie Française.
Pépète le Bien-Aimé, par Louis Bertrand.
Un Martyr sans la Foi, par Jules Lemaitre, de l'Académie Française.
Histoires naturelles, par Jules Renard, de l'Académie de Goncourt.
L'Amour qui passe, par Henri Bordeaux.
Le Scorpion, par Marcel Prévost, de l'Académie Française.
La Guerre en Dentelles, par Georges d'Esparbès.
Le Sceptre, par Abel Hermant.
L'Essor, par Paul Margueritte.
Du Sang, de la Volupté et de la Mort, par Maurice Barrès, de l'Académie Française.
Le Mariage de Minuit, par Henri de Régnier.
Maman, par Gyp.
Le Lit, par Henri Lavedan, de l'Académie Française.
Le Pays natal, par Henri Bordeaux.
Monsieur et Madame Moloch, par Marcel Prévost, de l'Académie Française.
Le Petit Duc, par Paul Hervieu, de l'Académie Française.
Les Embrasés, par Michel Corday.
Contes choisis, par Pierre Louys.
Pascal Géfosse, par Paul Margueritte.
Le Cavalier Miserey, par Abel Hermant.
Blancador l'Avantageux, par Maurice Maindron.
Crapotte, par Henri Duvernois.
La Fausse Bourgeoise, par Marcel Prévost, de l'Académie Française.
Doudou, par Gyp.
Les Marionnettes, par Henri Lavedan, de l'Académie Française.
L'Amour en fuite, par Henri Bordeaux.
Ma Figure, par Claude Ferval.
Sous la Hache, par Elémir Bourges.
Mademoiselle Cloque, par René Boylesve.
Ma Grande, par Paul Margueritte.
Chronique du Cadet de Coutras, par Abel Hermant.
La Divine Chanson, par Myriam Harry.
Le Double Amour, par Jean Bertheroy.
Deux Plaisanteries, par Paul Hervieu, de l'Académie Française.
Épopées Africaines, par le Colonel Baratier.
Pierre et Thérèse, par Marcel Prévost, de l'Académie Française.
La Meilleure Amie, par Gyp.
Comment elles nous prennent, par Michel Provins.
Les Confidences d'une Aïeule, par Abel Hermant.
Le Lac Noir, par Henri Bordeaux.
Les Chansons de Bilitis, par Pierre Louys.
La Turque, par Eugène Montfort.
Le Cuirassier Blanc, par Paul Margueritte.
Ciel Rouge, par Claude Ferval.
Femmes, par Marcel Prévost, de l'Académie Franç**.

Il paraît un volume au commencement de chaque mois

Société anon. des Imp.
Wellhoff et Roche,
16 et 18, rue N.-Dame-
d.-Victoires. Tél. 310-52.
Ancrau, directeur.